ALFAGUARA

ALFAGUARA INFANTIL

ALFAGUARA

EL LUGAR MÁS BONITO DEL MUNDO
D.R. © Del texto: Ann Cameron, 1988
D.R. © De las ilustraciones: Thomas B. Allen, 1988
D.R. © De la traducción: P. Rozarena, 1996.

D.R. © De esta edición:
Santillana Ediciones Generales S.A. de C.V., 2004
Av. Universidad 767, Col. Del Valle
México, 03100, D.F. Teléfono 5420 7530
www.alfaguarainfantil.com.mx

Éstas son las sedes del **Grupo Santillana**:

ARGENTINA, BOLIVIA, CHILE, COLOMBIA, COSTA RICA, ECUADOR, EL SALVADOR, ESPAÑA, ESTADOS UNIDOS, GUATEMALA, MÉXICO, PANAMÁ, PERÚ, PARAGUAY, PUERTO RICO, REPÚBLICA DOMINICANA, URUGUAY y VENEZUELA.

Primera edición en México: abril de 2000
Segunda edición en Editorial Santillana, S.A. de C.V.: enero de 2002
Primera edición en Santillana Ediciones Generales S.A. de C.V.: marzo de 2004
Segunda reimpresión: agosto de 2005
Tercera reimpresión: octubre de 2005
Cuarta reimpresión: enero de 2006
Quinta reimpresión: septiembre de 2006

ISBN: 968-19-0402-8

Impreso en México

El lugar más bonito del mundo

Ann Cameron

Ilustraciones de Thomas B. Allen
Traducción de P. Rozarena

ALFAGUARA

Para Pablo Zavala,
que me ayudó
a conocer Guatemala

1

Me llamo Juan y vivo en las montañas de Guatemala. Hay tres enormes volcanes cerca de mi pueblo, que se llama San Pablo y que está rodeado de montes escarpados. En las empinadas laderas hay campos muy verdes: son las plantaciones de maíz, ajos y cebollas.

En los valles, los frutos rojos de los cafetales maduran a la sombra de grandes árboles.

Hay muchas flores en mi pueblo y muchas aves: águilas, oropéndolas, búhos, picaflores y bandadas de loros que se lanzan desde los árboles para robar nuestro maíz parloteando en esa lengua suya que sólo ellos entienden.

San Pablo está al borde de un gran lago y hay otros siete pueblos en sus orillas, alrededor de él. La gente va de un pueblo a otro en lanchas con motor o en canoa. Hay una carretera, pero no es buena.

Nunca he ido a los otros pueblos, siempre he estado en San Pablo. En las noches tranquilas me gusta bajar hasta la orilla del lago y mirar las luces de las lanchas de los pescadores que se reflejan en las aguas oscuras.

Veo también las luces de los pueblos que están al otro lado del lago y los miles de estrellas que brillan allá arriba en el cielo. Y me parece como si cada una de estas luces me estuviera diciendo: «No estás solo. Nosotras estamos aquí contigo.»

En San Pablo hay perros sin amo y polvo en las calles, muy pocos coches y sólo algunos autobuses que vienen de las grandes ciudades; hay unas pocas mulas que acarrean leña desde las montañas y hay mucha gente que también acarrea cosas: cántaros de agua, grandes cestos de pan o de verduras colocados en la cabeza, niños sujetos a la espalda y, algunas veces, hasta pesadas vigas de madera llevadas al hombro. Todo lo que necesitan transportar. Como no hay muchos coches, si alguien quiere algo tiene que cargar con ello por muy pesado que sea.

Cuando llega la noche las gentes dejan de acarrear cosas; a esa hora salen de casa sólo para pasear por el pueblo, divertirse, contar historias y charlar con los amigos. Todo el mundo anda por las calles, por el centro de las calles, y si un coche llega cuando alguien está hablando de algo interesante o contando una buena historia, pues el coche tiene que esperar, porque nadie se apartará para dejarle paso hasta que la historia se termine.

Aquí las historias son importantes; los coches, no.

Junto a la playa hay algo que es de verdad muy muy bonito: es una casa de un solo piso, pero muy grande, con muchas ventanas; está rodeada de flores y palmeras y tiene pavos reales andando por el césped y una puerta de hierro por la que se sale directamente al lago.

Allí nací yo. Bueno, la verdad es que yo nací en una casita que hay detrás de la casa grande. Mi padre era el guarda de la casa grande, y a él y a mi madre les habían dejado la casa pequeña para que vivieran. Después de nacer yo, mi padre quería salir por las noches con sus amigos, igual que lo hacía cuando todavía no estaba casado con mi madre, y mi madre le decía que no tenían suficiente dinero para eso, así que se pelearon y un día mi padre se marchó.

Me contaron que tomó el autobús y se fue a la capital, que no está muy lejos. Nunca volvió para vernos a mi madre o a mí. La verdad es que yo me acuerdo más de los pavos reales que andaban por el césped de la casa donde vivíamos que de mi padre.

Cuando mi padre se marchó, los dueños de la casa grande contrataron a otro guarda y, claro, quisieron que viviera en nuestra casita, así que mi madre tuvo que marcharse. Sólo tenía diecisiete años y nada de dinero, ni sabía cómo iba a poder cuidar de mí, así que ella y yo nos fuimos a casa de mi abuela.

El abuelo se murió hace ya mucho tiempo, pero, por suerte, la abuela no es pobre. Tiene una casa hecha de bloques de cemento, las ventanas no tienen cristales, pero tienen puertecillas de madera que la abuela cierra por las noches o cuando llueve. La casa tiene cuatro habitaciones y en las paredes de las cuatro cuelgan muchos cuadros que ha pintado mi tío Miguel; son muy bonitos y él dice que algún día los venderá.

En la parte de afuera, la abuela tiene muchas flores, así que la casa está muy bonita. Claro que lo mejor de todo es que la abuela es la dueña de la casa y del terreno donde está. Guarda los documentos que lo dicen en una caja de hierro debajo de su cama; sabe muy bien lo que dicen porque una persona de su confianza se los leyó, y nadie, gracias a Dios, puede quitarle a la abuela su casa ni el terreno que la rodea.

La casa de la abuela es grande, pero está bastante llena de gente, porque mis tres tíos que no están casados viven con nosotros, y también alguna de mis cinco tías casadas y sus hijos vienen a veces a quedarse durante un tiempo. Hasta los hijos de sus primos han vivido temporadas con nosotros.

La cosa es que si alguien de la familia se queda sin trabajo o se pone enfermo, o no se lleva bien con su marido, o tiene cualquier otro problema, se viene a vivir con la abuela. Ella se ocupa de todo el mundo hasta que el que sea puede arreglárselas por su cuenta. Aunque algunas veces se ve claramente que a ella le gustaría que la gente no tardase tanto en arreglar sus cosas y marcharse.

La abuela se gana la vida vendiendo arroz con leche en el mercado grande, donde la gente va cada día a comprar cosas de comer. El arroz con leche que hace la abuela es especial: no se come con cuchara, se bebe caliente en un vaso. Es un líquido espeso y dulce, y le pone mucha canela. Nadie en el pueblo sabe hacer un arroz con leche como el de la abuela. Se levanta a las cinco de la mañana para empezar a hacerlo. Ha hecho esto mismo casi todos los días de su vida desde que tenía trece años.

Cuando nos vinimos a vivir con la abuela, yo dormía en la misma cama que mi madre y me despertaba cada mañana oyendo los ruidos que hacían los que se estaban levantando.

Oía a tío Miguel que murmuraba entre dientes:

—¿Dónde está mi zapato, mi zapato, mi zapato...?

Y a mi tía María que regañaba a su hijo Carlitos:

—¿Otra vez te has meado en la cama?

Y a Angélica, la regordeta hija pequeña de mi tía Tina, que lloraba porque no quería meterse en la ducha.

Y me llegaba el olor de la leña quemándose en la cocina, y el del arroz con leche hirviendo en el caldero grande y ahumado, y el de las tortillas que estaban haciéndose para el desayuno. Entonces mi madre y yo nos levantábamos y nos íbamos con nuestras toallas porque era nuestro turno de usar la ducha.

La abuela tiene agua corriente en su casa, pero la mayoría del pueblo no la tiene. Ella dice que la necesita para mantener su negocio de hacer arroz con leche; pero en casa de la abuela no hay electricidad ni agua caliente. Dice que la electricidad y el agua caliente son cosas caras y no necesarias.

2

Así que mi madre y yo vivimos juntos en casa de la abuela durante un tiempo; mi madre ganaba un poco de dinero limpiando por las casas y lavando la ropa de gente del pueblo en el lavadero que hay detrás de la casa de la abuela.

Por las noches me llevaba con ella a dar un paseo por el pueblo y nos encontrábamos con sus amigos y hablábamos con todos y era divertido.

Una noche, cuando estábamos paseando, un hombre se acercó a mi madre, sonriendo muy alegre. Dijo:

—¡Qué guapo es tu chico! ¡Se parece mucho a ti!

Y luego me compró un caramelo y se quedó hablando con mi madre un rato.

Al poco tiempo, cada vez que salíamos de paseo nos lo encontrábamos y se venía con nosotros. Después, una noche invitó a mi madre a un baile, y desde la noche del baile mi madre empezó a dejarme en casa cuando salía. Seguramente porque quería estar sola con él.

Y, de repente, un día me dijo que se iba a casar con aquel hombre que habíamos encontrado en la calle. Se iba a ir a vivir con él,

pero yo no me podría ir con ella porque él no quería. Él quería una familia, pero quería niños que fueran hijos suyos, y, además, no tenía dinero para mantenerme a mí.

Y aquel mismo día, mi madre se fue de casa de la abuela para ir a vivir a casa de mi padrastro, que tenía una casa con una sola habitación. No tenía cama, así que él y mi madre entraron en casa de la abuela y desmontaron la cama en que habíamos dormido ella y yo y se la llevaron a su casa. La abuela no estaba en casa cuando ellos se llevaron la cama; es casi seguro que ella no les hubiera dejado que se la llevaran.

Cuando se estaban llevando la cama yo les seguí hasta la carretera, pero mi madre me dijo:

—Tú quédate ahí, Juan.

Así que yo me volví a casa.

Después que se fueron, yo no supe qué hacer, así que anduve de acá para allá por la casa todo el día hasta que volvió la abuela y le enseñé la habitación en que había estado nuestra cama.

Se puso muy seria y dijo:

—Así que ahora no tienes cama.

Yo me eché a llorar. Ya es bastante malo no tener padre ni madre, pero no tener siquiera un sitio donde dormir es todavía peor.

Cuando dejé de llorar, le pedí a la abuela que me dejase dormir con ella, pero me dijo que no.

—Tengo que trabajar muchísimo —me dijo—. Y necesito descansar. Demasiado tiempo he tenido que dormir con niños. Los niños dan patadas.

—Yo no doy patadas —le dije.

—Eso dices tú ahora, pero cuando estés dormido darás patadas —dijo la abuela.

Vio que yo iba a empezar a llorar otra vez.

—Espera un momento —dijo—. Vamos a prepararte algo.

Anduvo rebuscando por la casa y encontró un montón de sacos de arroz vacíos, los puso amontonados junto a su cama y me dio una de sus mantas. Como a las cinco, antes de la hora de cenar, ya había terminado de preparármelo todo. Creo que ella se había dado cuenta de lo triste que yo estaba

porque ya no tenía a mi madre y me sentía abandonado, y pensó que si por lo menos tenía un sitio donde dormir ya no estaría tan asustado.

Entonces me dijo:

—Bueno, nieto, puedes quedarte aquí, pero ya conoces la regla acerca del portón de entrada. Ya sabes que hay que obedecerla sin falta.

—Si, abuela —le contesté.

Alrededor de la casa de la abuela hay una verja muy alta que tiene un portón de madera con una cerradura que ella cierra todas las noches. Los únicos que tienen llaves, además de la abuela, son mis tíos. Todos los demás tenemos que entrar antes de las ocho y media.

Después de esa hora, la abuela no se levanta para abrir a nadie. Por muy fuerte que alguien llame a la puerta, da igual, ella se hace la sorda. Y tampoco deja que nadie vaya a abrir.

Yo le había dicho a mi abuela que había entendido muy bien lo del portón, pero como yo era muy niño entonces, probablemente no lo entendí muy bien del todo.

Después de la marcha de mi madre, empecé a salir solo cuando terminaba de cenar. Nadie se preocupaba por mí, así que yo hacía todo lo que quería.

Una noche, pocos días después de que mi madre se marchara, di un paseo muy largo hasta el lago. Para cuando volví a casa de la abuela hacía ya mucho tiempo que se había hecho de noche y el portón estaba cerrado.

No sabía qué hacer y, además, empezaba a tener frío. Yo sólo llevaba pantalones cortos y una camiseta, y, aunque por el día hace calor en San Pablo, por las noches hace frío, porque estamos a mucha altura y entre montañas.

Lo único que se me ocurrió fue ir en busca de mi madre. Yo sabía dónde estaba la casa de mi padrastro, así que decidí ir allá. Cuando llegué, vi a través de la ventana una vela encendida. Nadie se acuesta o sale dejando una vela encendida, porque puede arder toda la casa, así que yo estaba seguro de que había alguien despierto dentro.

No llegaba bien hasta el

borde de la ventana y no podía ver quién era el que estaba dentro, así que puse una piedra bajo la ventana y me subí encima. Vi a mi madre; estaba sola.

Llamé en la puerta una vez, tan suavemente que no me oyó, luego llamé otra vez más fuerte.

Mi madre abrió la puerta, sólo una rendija, y me vio. No dijo más que:

—¡Tú!

Ella sabía desde siempre la costumbre que tenía la abuela con lo del portón, y también lo tarde que era, así que comprendió que no había podido entrar en casa.

Se quedó un momento en la puerta; luego me dijo:

—Entra.

Vio que yo estaba temblando;

algunas veces no se tiembla sólo de frío.

Dentro de la casa había una mesa con la vela, dos banquitos, dos platos, dos tazas y unos plátanos. Había unas pocas ropas colgadas de clavos en la pared y una alfombrilla en el suelo, y la cama, claro. Eso era todo. La habitación estaba muy vacía; lo que más me hubiera gustado es que tuviera otra puerta por la que yo pudiera escapar si mi padrastro entraba por la puerta delantera.

—Te puedes quedar aquí —me dijo mi madre—, pero si tu padrastro te ve cuando vuelva, se pondrá furioso y te pegará. Tienes que esconderte debajo de la cama y dormir ahí.

Así que me arrastré debajo
de la cama bien pegado a la pared
para que no se me viera, y mi madre sacudió la alfombrita para lim-
piarla un poco y me tapó con ella.

No podía dormirme, me daba

miedo pensar en lo que podría ocurrir cuando mi padrastro volviera.

Después de un rato, sonó un golpe muy fuerte en la puerta y mi madre descorrió el cerrojo. Desde donde yo estaba lo único que pude ver fueron las piernas y los pies de mi padrastro entrando en la casa. Luego oí que besaba a mi madre.

—El tipo ese apareció por fin y me pagó el dinero que me debía —dijo mi padrastro—; así que mañana puedes ir a comprar las cosas que necesites.

—¡Ah, muy bien! —dijo mi madre.

Luego hablaron un poco sobre las cosas que iban a comprar para la casa.

—La vela se está acabando

—dijo mi padrastro—, es hora de echarse a dormir.

Vi cómo sus pies se acercaban y se acercaban; la cama crujió cuando se sentó encima. Se quitó los zapatos y puso los pies descalzos sobre el suelo.

—¿Dónde está la alfombrita? —preguntó.

—La he lavado, está fuera —contestó mi madre—. Aún no está seca.

—Bueno, no importa —dijo mi padrastro, y los dos se acostaron.

Yo me dormí.

3

Por la mañana, mi madre me despertó muy temprano, antes de que se despertase mi padrastro. Salí arrastrándome de debajo de la cama sin decir nada y con todo cuidado para no hacer ningún ruido. Mi madre descorrió el cerrojo y yo caminé de puntillas hasta la puerta.

—Acuérdate —me dijo mi madre en un susurro—, ¡no debes volver aquí nunca más!

Cerró la puerta y yo me fui corriendo por la carretera hasta casa de mi abuela.

—¿Dónde has estado? ¿De dónde vienes? —me preguntó la abuela.

—De casa de mi madre.

—¿Y qué ha pasado? —quiso saber ella.

—Nada —le dije—, sólo que no puedo volver allí nunca más.

Y yo creía de verdad que nunca volvería; pero al llegar la noche mi abuela me agarró de la mano y me dijo:

—Ven conmigo.

Y los dos fuimos hasta casa de mi madre.

La abuela llamó a la puerta, despacio, tres veces.

Mi madre abrió la puerta. Vimos a mi padrastro detrás de ella, sentado en la cama; se puso de pie en cuanto vio a la abuela.

—Hola, madre, ¿cómo estás? —dijo mi madre.

Ella y mi padrastro parecían muy nerviosos, pero la abuela estaba tan tranquila.

—Yo estoy bien, como siempre —dijo la abuela—, pero el chico necesita una cama, y a vosotros os toca conseguírsela.

Se dio la vuelta, me puso una mano en el hombro y nos fuimos.

Y me consiguieron una cama; a la semana siguiente, ellos mismos me la trajeron a casa de la abuela. Era de madera, estaba un poco coja porque las patas no eran igual de largas, pero mi tío Luis pidió prestada una sierra y me la arregló.

Después de eso yo sólo veía a mi madre algunas veces por casualidad en la calle. Ella me decía siempre:

— Hola, Juan, ¿cómo estás? —como si yo le importara algo.

Yo sólo le contestaba:

—Estoy bien, madre— y nada más.

Un día, cuando me la encontré, me di cuenta de que estaba esperando un niño, y unos pocos meses después el niño nació. Así que tuve un medio hermano, claro que él ni siquiera se enteró de que yo existía.

Cuando le vi una vez jugando en un lado de la calle me entraron ganas de pegarle y tirarle al suelo y darle patadas, porque él tenía a mi madre y yo no la tenía; pero nunca le pegué. Era sólo un niño pequeño y yo sabía que él no tenía la culpa de nada.

Bueno, y de todas formas, mi vida no era tan mala. Jugaba al fútbol en la calle con mis primos y los otros chicos de la vecindad. Mi tío Rodolfo me enseñó a dar saltos mortales hacia adelante y hacia atrás y mi tío Miguel me dejaba algunas veces pintar con sus pinturas. Algunas pocas veces salía por las noches a pasear con mis tías como antes hacía con mi madre.

Y otra cosa que también hice fue ayudar a mi abuela a vender arroz con leche en el mercado. Aprendí a servirlo, a cobrarlo y a devolver el cambio, y también a

vigilar que nadie se fuera sin pagar cuando la abuela estaba distraída.

Después que trabajé unos cuantos días con la abuela ella me dijo que creía que ya estaba preparado para tener un negocio por mi cuenta. Me compró un equipo de limpiabotas y una banqueta para

que se sentaran los clientes y me enseñó a lustrar zapatos. Entre los dos pensamos dónde me convendría instalarme para conseguir más trabajo, y decidimos que sería junto a la Oficina de Turismo y la

enorme foto de San Pablo que tenía cosas escritas debajo.

Los primeros días la abuela
me vigilaba. Los zapatos de los
dos primeros clientes los lustré
muy bien, los del tercer cliente me
quedaron un poco menos bien.

—Bueno, no importa —me
dijo el hombre—, están bien así
—y ya iba a pagarme.

Pero la abuela dijo:

—No, no están bien. Tiene
que hacer un buen trabajo cada vez
y todas las veces. Si no lo hace, no
será capaz de ganarse la vida.

—Tiene usted razón —dijo el
cliente.

Así que lustré sus zapatos
hasta dejarlos perfectos.

—¿Serás capaz de hacerlo así
siempre? —me preguntó la abuela.

Le dije que sí, y entonces ella se marchó otra vez al mercado a vender su arroz con leche.

Lustré muchísimos zapatos, y muy pronto ya me estaba ganando un dólar diario. Los hombres sólo ganan dos dólares al día, de modo que yo no lo estaba haciendo nada mal.

Mientras lustraba sus zapatos hablaba con mis clientes, les preguntaba que dónde vivían y lo que hacían, y si tenían hijos. Trabajar era divertido. Todo el dinero que ganaba se lo entregaba a la abuela, y siempre que lo hacía ella me abrazaba sonriendo y me daba un beso y diez céntimos para mí.

4

Sólo había una cosa que, a veces, me hacía sentirme un poco triste, y era cuando veía que pasaban cerca de mí chicos que iban a la escuela. Yo me pasaba el día sentado entre el polvo, manchado de betún, y ellos iban limpios y bien peinados con sus lápices y sus cuadernos camino de sus clases.

Hay muchos chicos que no van a la escuela porque sus padres quieren que trabajen. La ley dice que todos los chicos tienen que ir a la escuela hasta que cumplan doce años; pero la verdad es que en la escuela no hay sitio para todos, así que nadie obliga a los chicos a ir.

La mayor parte de los chicos que trabajan lo hacen en el campo, en las plantaciones de cebollas, así que yo me sentía muy solo cuando veía pasar a los chicos que iban a la escuela.

Después de un tiempo, empecé a preguntarme por qué mi abuela no me habría mandado a mí a la escuela. Y se me ocurrió pensar en que si me quisiera de verdad me habría mandado a la escuela en vez de tenerme limpiando zapatos.

Quería pedirle que me dejara ir a la escuela, pero me daba miedo decírselo. Temía que me dijera que no. Porque entonces yo me daría cuenta de que no me quería por mí, sino porque estaba ganando dinero para ella.

¿Y si ella era como mi padre y mi madre y mi padrastro, que nunca se preocuparon por mí, y yo me daba cuenta de que no me quería y sólo estaba fingiéndolo?

Después acabé por decirme que mi abuela era buena; que ella no tenía la culpa de tener más necesidad de dinero que yo de escuela; al final decidí que no necesitaba la escuela para nada, que yo solo aprendería a leer.

Preguntaba a mis clientes qué letras eran las que aparecían en los letreros de los carteles; muy pronto ya pude leer: COCA-COLA, BANCO DE GUATEMALA, OFICINA DE TURISMO, y hasta lo que estaba escrito debajo de la foto de San Pablo.

Cuando se me acabaron los carteles de los alrededores, alguien me dio un periódico y los clientes me ayudaron.

Corté el periódico y siempre llevaba una página en el bolsillo de atrás de mi pantalón cuando iba a trabajar. Poco a poco empecé a ser capaz de leerlas casi todas. Cuando no estaba leyendo y estaba solo allí sentado esperando a los clientes me ponía a pensar en qué estarían haciendo los chicos en la escuela, y si mi abuela me querría de verdad, y era como si la vida se parase, porque todo eso era lo único en que podía pensar.

Y finalmente decidí que no tenía más remedio que hacerlo, quiero decir, preguntarle a mi abuela lo de ir a la escuela. Le pedí a un amigo mío, Roberto, un huérfano que vive en la calle, que me guardase mi caja de limpiabotas, y me fui al mercado para hablar con la abuela.

Se quedó muy sorprendida cuando me vio porque creía que a aquella hora yo estaba trabajando.

—¿Qué pasa, Juan? —me preguntó.

Y yo le dije:

—Abuela, quiero ir a la escuela.

—¿A la escuela? —me dijo, tan asombrada como si yo le hubiera dicho que quería irme a Marte—. No puedes ir.

—¡Sí que puedo! —dije yo—. Todo lo que tienes que hacer es llevarme.

Yo había pensado que si ella

me decía que no, yo lo aceptaría, pero no lo hice.

—Eres muy pequeño —me dijo—, sólo tienes cinco años.

—Abuela, no tengo cinco, ¡tengo siete!

Éramos tantos los que vivíamos con ella, que había perdido la cuenta de los años que yo tenía.

—¿Que tienes siete? ¿Y por qué no me lo has dicho antes? Sois muchos y no puedo acordarme de la edad que tiene cada uno; debiste habérmelo recordado en su momento. ¿Y cuánto tiempo hace que tienes siete años?

Y me lo preguntó como si sospechase que yo le había jugado una mala pasada cumpliendo siete años.

—Seis meses —le dije.

—¡Y has dejado pasar todo ese tiempo sin decirme nada!

—Era tan importante para mí que no podía hablarte de ello.

—¡Justamente porque es importante para ti es por lo que deberías haberme hablado de ello! —dijo la abuela—. Tienes que luchar por tus cosas, y no importa si pierdes. Lo que importa de veras es que no dejes nunca de batallar por conseguir lo que de verdad quieres. Desde luego —continuó—, hablo de cosas importantes, no de algo como agua caliente o electricidad. Bueno, y si es verdad que ya tienes siete años, debes ir a la escuela. Tendrías que haber estado yendo desde hace ya mucho tiempo.

5

A la mañana siguiente, cuando me vestí, no me puse mi ropa de limpiabotas, sino mi ropa más limpia, y, antes de que empezase la escuela, la abuela y yo fuimos a ver a la maestra de primero, doña Irene.

—Quiero entrar en la escuela —le dije.

—¿Cuántos años tienes? —me preguntó.

—Siete y medio.

—Pues sí, ya tienes la edad, pero no puedes empezar ahora. Entrarás el próximo curso —dijo doña Irene.

Me despidió con una sonrisa y se puso a mirar unos papeles que tenía sobre la mesa.

Mi abuela no se movió.

—Tiene grandes deseos de entrar en la escuela —dijo.

Doña Irene levantó los ojos educadamente y la miró como para reprocharle que no se hubiese enterado de lo que había dicho y que no nos hubiéramos retirado ya.

—Tiene un retraso de tres meses. Los otros chicos están ya estudiando aritmética.

—¡Mi nieto sabe aritmética, ha trabajado conmigo en el mercado!

—Los otros ya empiezan a leer un poco —dijo doña Irene—.

Este chico nunca podrá alcan-
zarlos.

—Está preparado para entrar
en la escuela, les alcanzará —afir-
mó mi abuela.

Doña Irene estaba seria y miraba a mi abuela fijamente, como
para hacerle comprender que era
ella y no mi abuela la que manda-
ba en la escuela.

—No —dijo doña Irene.

—¡Yo *sé* leer! —dije.

Saqué una pagina de periódico de mi bolsillo de atrás y empecé a leer en voz alta.

Doña Irene me miró muy
sorprendida

—Bueno, en ese caso... —dijo.

Así que me admitieron en
primero. Iba a la escuela desde las

ocho de la mañana hasta las dos de la tarde. Después limpiaba zapatos.

Tenía dinero para comprar libros y cuadernos y todo lo demás que necesitaba, porque la abuela había guardado para mí, en su caja de hierro, todo lo que había ganado como limpiabotas.

6

Al cabo de dos meses, doña Irene me dio una nota para que se la llevase a la abuela. Se la enseñé después de la cena y ella le pidió a mi tía Tina que se la leyese, aunque yo le había dicho que yo podría leérsela.

—No, Juan —me dijo la abuela—, habla de ti, así que no eres tú el que debe leerla.

La nota decía que los maestros querían, si a la abuela le parecía bien, pasarme a segundo. Doña Irene decía que nunca habían tenido un alumno como yo, que hubiera aprendido a leer solo antes de empezar a ir a la escuela. Decía que sería una tragedia que un alumno como yo tuviera que dejar los estudios, y que si en algún momento mi abuela no pudiera seguir mandándome a la escuela, los maestros me costearían los estudios.

Cuando mi tía Tina dejó de leer me miró como si antes no me hubiera visto bien en su vida y como si quisiera descubrir ahora qué era lo que yo tenía de especial y no pudiera verlo, así que se rindió.

—Bueno, pues enhorabuena —dijo.

Pensé que la abuela también me iba a felicitar, pero lo que hizo fue echarse a llorar y abrazarme. Y dijo:

—Cuando yo tenía siete años, los maestros iban de casa en casa para apuntar a los niños en la escuela, pero al llegar a mi casa no me vieron porque mis padres me habían escondido en la leñera. Yo miraba por entre las rendijas de la madera y escuchaba. Mis padres dijeron a los maestros que no tenían ningún hijo en edad escolar, ninguno. Lo hicieron porque temían que si yo iba a la escuela no aprendería a trabajar. Lo hicieron por mi bien, y yo no me quejé nunca, aunque siempre he sabido que fue un error.

Se secó los ojos y me aseguró que me ayudaría en mis estudios, incluso si yo llegaba a ir a la Universidad de la capital. Mientras ella viviese, me ayudaría, siempre que yo hiciera todo lo posible por mi parte.

Me miró como si yo ya fuera un hombre y me dijo que quizá a fuerza de estudiar llegaría yo algún día a descubrir por qué algunas personas eran pobres y otras ricas, y por qué algunos países eran ricos y otros pobres, porque ella había pensado mucho en ello y nunca había conseguido comprenderlo.

Me sentí muy orgulloso, pero también algo asustado, porque la verdad era que había llegado casi por casualidad a aprender a leer yo solo, pero eso no significaba que yo fuera tan listo.

Le dije a la abuela:

—A lo mejor no soy siempre capaz de hacer algo fuera de lo corriente.

—No tienes que hacer siempre cosas fuera de lo corriente; lo que tienes que hacer es hacerlo todo de la mejor manera que puedas, eso es todo.

Estaba satisfecho de mí mismo, pero no estaba seguro de si me iba a gustar hacerlo todo siempre de la mejor manera posible. Se me ocurrió pensar que aquello podía llegar a ser bastante fastidioso. Si la gente empezaba a esperar demasiado de mí, iba yo a tener que trabajar más y más cada vez.

—Creo que me pides más que doña Irene y los otros maestros. Ellos no esperan tanto de mí —le dije.

La abuela me miró muy seria.

—Ellos no te quieren tanto como yo.

Luego añadió:

—Ven, vamos a dar un paseo.

Se puso su mejor rebozo y

nos fuimos juntos a la calle. Ella caminaba como lo hace siempre, más alta y más derecha que nadie, y yo iba a su lado con mi brazo alrededor de su cintura.

Fuimos hasta la Oficina de Turismo. Allí nos paramos delante de la foto de San Pablo donde se veían las casas de nuestro pueblo, unas rosas, otras azul turquesa y algunas verde pálido, y detrás de ellas el lago azul y los volcanes y los escarpados montes.

La abuela miró lo que estaba escrito debajo de la fotografía, luego lo tocó con su mano.

—¿Qué pone aquí? —preguntó.

Se lo leí:

—El Lugar Más Bonito del Mundo.

La abuela pareció sorprenderse.

Y yo empecé a pensar si de verdad San Pablo sería el lugar más bonito del mundo. No estaba seguro de si la abuela habría estado en algún otro lugar, pero aun así, pensé que ella sabría si lo era.

—Abuela, ¿lo es? —pregunté.

—¿Es qué?

—¿Es San Pablo el lugar más bonito del mundo?

La abuela me miró pensativa:

—El lugar más bonito del mundo puede ser cualquiera —me respondió.

—¿Cualquiera? —repetí.

—Cualquiera en el que puedas llevar la cabeza alta y en el que te puedas mostrar orgulloso de ti mismo.

—Sí —asentí.

Pero me quedé pensando que allí donde hay alguien a quien se quiere muchísimo y donde hay alguien que nos quiere de veras, ése sí que es el lugar más bonito del mundo.

Ann Cameron

Nació en Rice Lake, Wisconsin, EE.UU. Vive en Nueva York y pasa largas temporadas en Guatemala. Pertenece a la asociación "Amigos de la Biblioteca de Panajachel", Sololá. Ella asegura que escribe para captar la energía positiva de la vida. Ha recibido el Premio de la Asociación de Estudio del Niño.

Este libro se terminó de imprimir en septiembre de
2006, en Priz Impresos, Sur 113-A, Mz. 33, Lote 19,
col. Juventino Rosas, 08700, México, D.F.

Buch

Ticktackticktackticktack – Emma, vierunddreißig Jahre alt und
ehelos glücklich mit Moritz, hört die biologische Uhr so laut ticken, dass sie nachts nicht mehr schlafen kann. Irgendwann hält
sie es nicht mehr aus und setzt die Pille ab – freilich ohne es Moritz zu sagen, denn der ist als Wirtschaftsanwalt gerade auf dem
Karrieretrip. In einer Zeitschrift hat Emma gelesen, dass Frauen in
ihrem Alter durchschnittlich mindestens ein Jahr brauchen, um
schwanger zu werden, da hätte sie dann ja noch genügend Zeit,
ihm die ganze Sache schmackhaft zu machen. Doch leider ist auf
die Statistik nicht immer Verlass – in null Komma nichts ist Emma
schwanger. Und wäre der glücklichste Mensch auf der Welt, wenn
sie es nur Moritz schon gestanden hätte. Schließlich bringt sie es
nicht übers Herz, ihm die ganze Wahrheit zu sagen. Dass sie die
Pille abgesetzt hat, verschweigt sie ihm lieber und präsentiert ihm
stattdessen nur den »harmloseren« Teil der Geschichte: dass sie
eben ein Kind erwartet. Und Moritz ist wirklich und ehrlich begeistert! Alles könnte so schön sein, wenn da nicht diese ständige
Übelkeit wäre, die Emma plagt, und dann dieser wachsende Bauch:
ob Moritz sie so überhaupt noch attraktiv findet? Außerdem nervt
Emmas Mutter, und ihre beste Freundin Nele benimmt sich seit
kurzem auch so seltsam. Das Schlimmste aber ist, dass sich auch
Moritz zu verändern beginnt. Er scheint plötzlich Geheimnisse vor
ihr zu haben …

Autorin

Silke Neumayer wurde 1962 in Zweibrücken geboren. Sie studier-
te Kommunikationswissenschaften in München und arbeitete als
Werbetexterin, bevor sie sich als Drehbuchautorin für Film und
Fernsehen selbstständig machte. »Küss mich, Baby!« ist ihr erster
Roman. Silke Neumayer lebt mit ihrem Mann und ihrer kleinen
Tochter in München.

Silke Neumayer

Küss mich, Baby!

Roman

GOLDMANN

Umwelthinweis:
Alle bedruckten Materialien dieses Taschenbuches
sind chlorfrei und umweltschonend.

4. Auflage
Originalausgabe Juni 2003
Copyright © 2002 by Wilhelm Goldmann Verlag, München,
in der Verlagsgruppe Random House GmbH
Umschlaggestaltung: Design Team München
Umschlagillustration: PicturePress
Satz: deutsch-türkischer fotosatz, Berlin
Druck: GGP Media, Pößneck
Verlagsnummer: 45526
JE · Herstellung: Sebastian Strohmaier
Made in Germany
ISBN 3-442-45526-X
www.goldmann-verlag.de

Für
meine
kleine
Schnullerschnecke

1. Monat

Ja.

Ja.

Ja. Ja. Ja.

Jajajajajajajaja.

Genau da.

Jaaaaaaaaaaaaaaaaaaaaaa-
aaahhhhhhhhhhhhhhhhhhhhhhhhhhhhhhhh.

Moritz fasst mir an diese Stelle, diese eine Stelle, die mich immer so wahnsinnig macht, und ... und irgendwann in den nächsten fünf Minuten ist es dann passiert.

Nehm ich mal an.

Es war ganz normaler, guter Dienstagabendsex. Nichts wirklich Besonderes. So wie es eben ist, wenn man sich schon gute zwei Jahre kennt und die durchvögelten Nächte schon seit längerem von durchschlafenen ersetzt worden sind.

Irgendwie hatte ich mir eingebildet, dass ich es merken würde – ein Kontakt mit dem Universum, der Urmutter, der Urquelle des Lebens, irgendwas – ein Zwicken im Unterleib hätte es vielleicht auch getan. Oder so ein Ziehen, das ich sonst immer habe, wenn ich meine Tage bekomme. Aber nichts, nada, null. Dabei soll es Frauen geben, die ganz genau spüren, wann es passiert. Die nicht nur die Nacht, sondern auch den Moment benennen können, die so verbunden mit ihrem Körper und dem Leben sind, dass sie es erahnen, erfühlen, erleben – aber das sind wahrscheinlich auch die Weiber, die bei Vollmond am

Ammersee nackt einen Menstruationstanz auf-
führen, bis der Förster oder ein Wildschwein sie
erwischen.

Zu diesen Frauen gehöre ich definitiv nicht.
Und deshalb hab ich auch nichts gemerkt, zumindest nicht in den ersten beiden Wochen. Das hat
man dann davon, wenn man seine esoterische Seite zugunsten der kosmetischen sträflich vernachlässigt.

Ich bin schwanger.
In anderen Umständen.
Gesegneten Leibes.
Guter Hoffnung.
Habe einen Braten in der Röhre.
Der Klapperstorch hat mich gebissen.
Ich bekomme ein Kind.

Man kann es nennen, wie man will – in jedem Fall war es
kein Unfall – oder vielleicht doch, je nachdem, wie man es
betrachtet, und ich bitte für mich um mildernde Umstände.
Ha – mildernde Umstände für andere Umstände – trotzdem:
Jede Frau wird mich verstehen. Denn ich bin über dreißig,
genau genommen bin ich vierunddreißig Jahre und fünf
Monate alt und lebe mit Moritz, Wirtschaftsanwalt (fünfunddreißig und mit einem Arsch gesegnet, um den selbst
Brad Pitt ihn beneiden würde) seit zwei Jahren in einer kleinen Altbauwohnung in einer großen Stadt zusammen.

Ticktackticktackticktack – ich habe in den letzten paar Monaten meine biologische Uhr so laut ticken gehört, dass ich

nachts nicht mehr schlafen konnte. Am Anfang wusste ich noch nicht, was das alles zu bedeuten hatte. Statt knackige Männerpos fielen mir plötzlich nackte Babypopos ins Auge. Als ich die frisch geborene Tochter meiner vierundzwanzigjährigen Cousine (die ist ja quasi selbst noch ein Kind) im Arm hielt, bin ich vor Rührung in Tränen ausgebrochen. Und meinen neuen Hosenanzug mit der Babyspucke drauf hab ich zwei Wochen lang nicht reinigen lassen.

Ich verstehe überhaupt nicht, wieso kinderlose Frauen über dreißig in diesem Land als zurechnungsfähig gelten und zum Beispiel Auto fahren dürfen.

Ein Artikel im Spiegel hat mir dann den Rest gegeben. Da stand drin, dass Frauen ab fünfunddreißig eigentlich im Grunde genommen sowieso keine Kinder mehr auf normalem Weg bekommen können und – wenn überhaupt – vorher jede Menge Hormone nehmen müssen – wie Schweine, die schneller wachsen sollen. Und danach bekommen sie – wenn überhaupt – mindestens Fünflinge. Ich will keine Fünflinge, dachte ich mir, eines würde mir erst mal reichen.

Moritz hatte ich von meinem hormonellen Ausnahmezustand und schleichenden Kinderwunsch vorsichtshalber nichts gesagt. Wir hatten das Thema am Anfang unserer Beziehung ausgiebig durchdiskutiert. Nach der fünften gemeinsam verbrachten Nacht – und einem der besten Orgasmen meines Lebens – rauchte ich gerade die Zigarette danach und hörte mich selbst zu meinem eigenen Entsetzen sagen:

»Willst du eigentlich mal Kinder?«

Auweia – keine Ahnung, wie mir das rausrutschen konnte, dabei weiß doch schon jede Vierjährige, dass so eine Frage am Anfang einer Beziehung den absoluten GAU bedeutet. Am Anfang einer Beziehung einen Kinderwunsch zu äußern ist schlimmer, als zuzugeben, dass man Filzläuse oder Tripper hat. Bei Filzläusen kratzt er sich einfach, bei Tripper kann er nur lachen, da er sowieso schon seit zwei Jahren die Syphilis hat. Und Aids haben nach der landläufigen Meinung heterosexueller Männer sowieso immer nur die schwulen Jungs – aber in keinem Fall sie oder die Frau, die sie gerade ohne Gummi flachlegen wollen. Aber Kinder! Nichts katapultiert einen Mann schneller aus dem Bett. Moritz bekam erst mal einen heftigen Hustenanfall, und als er wieder Luft holen konnte, keuchte er:

»Ähh ... wie kommst du jetzt darauf?«

»Ähh ... ich mein nur so«, säuselte ich in dem verzweifelten Versuch, so zu tun, als würden wir einfach nur ganz locker über meine perversesten Sado-Maso-Fantasien reden.

»Ähh ... grundsätzlich ja, aber im Moment wäre das absolut unpassend ... vielleicht so in zwanzig, fünfundzwanzig Jahren, wenn ich noch ein paar Sachen gemacht habe ... beruflich und Reisen und so ... ähh (räusper, räusper) ... du nimmst doch noch die Pille, oder?«

Ich bejahte eifrig, und Moritz war die nächsten Monate besonders liebevoll. Jeden Morgen brachte er mir eine Tasse Tee und die Pille ans Bett und ging erst duschen, wenn ich vor seinen Augen beides geschluckt hatte.

Wenn ich also in meinem Alter statistisch gesehen circa ein Jahr brauche, um überhaupt schwanger zu werden, so dachte ich, hätte ich ja wirklich noch genügend Zeit, ihm die ganze Sache schmackhaft zu machen. Es kommt bei solchen Dingen einfach auf den richtigen Zeitpunkt an. Und es ist ja auch nicht so, dass Moritz keine Kinder will und mag. Ich hab ihn da genau beobachtet, und meiner Meinung nach ist er der perfekte Vater.

Einmal hat er zwei Stunden lang freiwillig für Nico, den fünfjährigen Sohn meiner Cousine, Babysitter gespielt. Dass das Kind danach überall tote Menschen sah und ein paar Nächte lang Albträume hatte, kann man Moritz nicht wirklich vorwerfen. Er ist auf dem Sofa eingeschlafen, und der Kleine hat die Videokassette von »Pokémon« durch »The Sixth Sense« ersetzt. Hat technisches Talent, der Kleine.

Moritz wäre ein guter Vater, nur weiß er das noch nicht. Und seine Gene passen eindeutig eins a zu meinen, wenn ich nach meiner Nase gehe. Und Nasen lügen nicht. So richtig verliebt hab ich mich nämlich in Moritz, als ich das erste Mal an ihm gerochen habe. Und wie wir Frauen mittlerweile wissen, suchen nicht wir, sondern unsere Gene über unsere Nase den am besten passenden Mann aus. Derjenige, den wir am liebsten riechen, ist der, dessen Gene prima zu unseren eigenen passen. Und somit den besten und gesündesten Nachwuchs garantieren.

Und meine Nase sagte bei Moritz eindeutig: Ja! Ja! Ja! Baby! Baby! Baby! Ich könnte ewig an seiner Halskuhle rumschnüffeln. Aber davon alleine wird frau ja nicht schwanger.

Also hab ich dämliche Kuh versuchsweise mal die Pille abgesetzt – ohne Moritz was davon zu sagen.

Und das heimliche Absetzen der Pille ist leider noch nicht alles, was man mir zur Last legen kann. Ich muss zugeben – als Moritz an dem besagten Dienstagabend nach dem Sex unter der Dusche war, hab ich einen Kopfstand gemacht. Freihändig sogar, weil ich ein paar Stunden VHS-Yogakurs hinter mir habe.

Ich hab mal gelesen, dass das bei der Empfängnis helfen soll. Ist ja auch völlig logisch. Vielleicht hat die Natur noch nicht gemerkt, dass wir statt auf vier auf zwei Beinen gehen und nach dem Sex aufstehen, um zu duschen oder um eine Zigarette und ein Glas Wein zu holen. Auf allen vieren (oder wenn man als Frau danach einfach liegen bleibt) müssen die Spermien wenigstens nur waagerecht laufen (schwimmen? rollen? zittern? schwänzeln?). Aber bergauf! Nee. Weiß doch jeder, wie anstrengend das ist. Ich hasse Bergsteigen. Warum hochlaufen, wenn man auch hochfahren kann?

Im Stehen läuft alles, der Schwerkraft sei Dank, in die falsche Richtung (kennt jede Frau: kleb und glibber), aber wenn man sich auf den Kopf stellt, hilft man diesen kleinen Schnuckis, den richtigen Weg zu finden. Man baut sozusagen eine Art Aufzug ein.

Nun, eines dieser kleinen Biester hat meinen Aufzug in jedem Fall benutzt und ist auch noch im richtigen Stockwerk ausgestiegen.

Nach dem Dienstagabend hab ich die Sache dann ganz einfach verdrängt. Und weiterhin so getan, als würde ich die Pille nehmen, und jeden Morgen eine davon in die Toilette gespült. Ich kam mir dabei wie eine Schwerverbrecherin vor –

aber sollen doch die Männer dieses schädliche Zeugs jeden Tag schlucken. Nee, würden die nie machen, die machen es sich nur einfach. Die kriegen ja schon die Krise, wenn sie mal ein Kondom benutzen sollen. Jahrelang jeden Tag Tabletten nehmen würden sie nur, wenn das ihren Schniepel um zwei Millimeter verlängern würde. Aber das Problem mit der Verhütung überlassen sie souverän den Frauen. Also sind sie selbst schuld, wenn was schief geht. Genau.

Ich zog den Lippenstift nach und ging mal kurz in die Stadt. Ein Paar neue Pumps von Manolo Blahnik um 50% reduziert. Und das noch vor dem Sommerschlussverkauf. Ich bin völlig ausgeflippt, als ich sie entdeckt habe. Meine Kreditkarte hat geweint, und mein Bankberater wird mir wieder einen Brief schicken. Aber es gibt einfach nichts Besseres gegen unangenehme Gefühle als ein Paar neue Schuhe.

Außer vielleicht zwei Paar neue Schuhe.

Außerdem war ja eh nichts passiert, und ab nächsten Monat würde ich ganz sicher wieder mit der Pille anfangen und ein ernsthaftes und erwachsenes POG (= Problem-Orientiertes Gespräch) mit Moritz führen. Über Kinder, Familie, Heirat und überhaupt. In der Zwischenzeit ging ich so ziemlich jeden Abend aus – mit Moritz und ohne –, kippte ungefähr vierundzwanzig Caipirinha, drei Flaschen Rotwein und vier Tequila in mich rein und rauchte circa 240 Zigaretten pro Tag. Schließlich war ich nicht schwanger, nur etwas nervös.

Im Job war wie immer die Hölle los. Ich arbeite als freiberufliche Journalistin drei bis fünf Tage die Woche bei einer Frauenzeitschrift.

Das ist zumindest das, was ich auf Partys erzähle, wenn irgendein Idiot die unvermeidliche »Und was machst du denn so«-Frage stellt.

Ich habe in viel zu jungen Jahren den Film »Watergate« gesehen, und vielleicht lag es auch nur an Robert Redfords unglaublichen Augen. Auf jeden Fall wollte ich von da an Journalistin werden. Skandale aufdecken. Politiker entlarven. Schmutzige Konzerne in die Knie zwingen. Meine Artikel sollten brennen. Leute bewegen. Meinung machen. Vor meiner Feder sollten die Mächtigen erzittern.

Am Anfang lief auch alles nach Plan – Praktikum bei einem kleinen Blatt, Studienplatz in Journalistik, Volontariat bei einer großen Zeitung und zwei Jahre bei einer Nachrichtenagentur. Dann bin ich zu einer Tageszeitung gegangen und innerhalb von zwei Monaten wieder gegangen worden. Es lag nicht an mir, ich schwör's – die haben die ganze Abteilung einfach dichtgemacht.

Okay. Es hilft alles nichts. Seien wir ehrlich, Tatsache ist, dass ich zurzeit keine Skandale aufdecke, sondern mir welche ausdenke.

»Caroline von Monaco – mit fünfzig ihr fünftes Kind?«

»Boris Becker – zweites uneheliches Kind in New York aufgetaucht. Kind wurde im Kartoffelkeller gezeugt.«

»Arabella Kiesbauer – Millionär bietet eine Million, damit sie nicht mit ihm schläft.«

Das, was die Prominenten nicht erzählen wollen, das, was hinter vorgehaltener Hand oder offen erzählt wird, und das, was wir uns ausdenken, all das steht in unserer Zeitschrift.

Es ist eben nicht so einfach, als freie Journalistin sein täglich Brot zu verdienen. Und irgendwie ist es doch auch kreativ, sich zu Paparazzi-Fotos irgendwelche Geschichten oder Interviews auszudenken. Sage ich mir zumindest in meinen dunklen Stunden, wenn ich mich frage, wo mein Studium, meine Träume und mein Gewissen geblieben sind.

Nele, meine allerallerallerbeste Freundin, feierte in dieser Zeit ihren 35sten Geburtstag, und wer Nele kennt, weiß, dass ihre Partys Mord sind und nur die Besten sie überleben. Ich bin irgendwann morgens so gegen fünf halb tot nach Hause gekommen. Verschiedene Alkoholsorten kreisten in meiner Blutbahn und zwangen die Welt um mich herum, sich immer schneller zu drehen. Ich weiß nicht, wie die Welt das Rumgeschwirre aushält, mir wird davon jedenfalls immer schlecht.

Ich saß auf der Kloschüssel und sang »I will survive« lauthals und wie immer völlig falsch vor mich hin, bis Moritz, der die Party wegen »Ich muss morgen früh einen Millionenvertrag durcharbeiten« sehr früh verlassen hatte, völlig schlaftrunken ins Bad kam.

»Hey, Süße, jetzt gehen wir aber ins Bett.«

Moritz gähnte vor sich hin und versuchte, mir sanft die Zahnpastatube, die ich als Mikro verwendet hatte, zu entwinden.

»Isch will noch nisch.«

»Doch, du willst, und du wirst mir morgen sehr, sehr dankbar sein.«

Moritz zog mich langsam von der Toilettenschüssel hoch

und versuchte mir gleichzeitig ein Glas mit Alka
Seltzer einzuflößen.

Ich sah ihn an – da war er: unrasiert und unverschämt gutaussehend (ich hatte locker über 2,5
Promille im Blut) – der wunderbarste Mann der
Welt, der Vater meines Kindes. Mir kamen die Tränen.

»Du willss auch nisch, aber du wirss mir auch
noch ssssehr dankbar sein.«

»Ich wär dir dankbar, wenn du jetzt aufstehen
würdest.«

»Kann nisch, mir iss schlech, aber du musch dir keine
Ssorgen machen, das isch gansch normal, isch bin nämlisch
schw… icks …«

Und da sah ich es: Blut im Slip. Kleine rotbraune Flecken.
Sah aus wie beim Rohrschach-Test. Hier gab es aber trotz
des interessanten Musters nur eine einzige Deutung: Nicht
schwanger.

»O Gott … o Gott … o GottoGottoGott … o GottoGot-
toGottoGott …« Ich starrte auf meinen Slip.

Moritz starrte auf mein gesenktes Haupt.

»Meine Tage.«

Ich bin sehr stolz darauf, dass man es mir nie an der Aus-
sprache anmerkt, wenn ich was getrunken habe.

Und dann kotzte ich Moritz auf seinen Lieblingspyjama.

Irgendwie hat Moritz es noch geschafft, uns beide abzudu-
schen und ins Bett zu bringen. Ich liebe ihn. Er hat eindeutig Vaterqualitäten.

Und ich hatte am nächsten Morgen eindeutig einen Kater.

Ich stopfte mir einen Tampon von der Größe eines neusee-
ländischen Schafs rein – die ersten vierundzwanzig Stunden
meiner Tage muss ich sonst alle halbe Stunde wie eine Be-
kloppte aufs Klo rennen und darf nur schwarze Sachen tragen. So tampongestopft zog ich los und kaufte Moritz den
schönsten Seidenpyjama, den ich finden konnte.

Nicht schwanger. Nicht schwanger. Nicht schwanger.
»**Jenny Elvers nicht schwanger.**« »**Cindy Crawford
nicht schwanger.**« »**Sharon Stone nicht schwanger**« – halt, das stimmt, das muss ich wieder löschen. Ich
hackte geistesabwesend in den Computer. Nicht schwanger.
Was hatte ich erwartet? Dass es bei mir nach 500 Jahren Pille sofort klappen würde? Dass ich ein Fruchtbarkeits-Wun-
der bin? Dass dieser Scheiß-Artikel sich von selbst schreiben würde?

Um die Mittagszeit waren alle Schauspielerinnen und Models, über die ich diese Woche schreiben durfte, nicht
schwanger, und es war alles klar.
    Ich war wahrscheinlich überhaupt unfruchtbar. Das war
die Erklärung. All die Jahre das Gefummel mit der Verhütung – überflüssig. All die Kondome, Diaphragmas, die
Schaumzäpfchen, das Rumgezähle … alles sinnlos. All die
Jahre die Pille – warum? Wenn ich zusammenrechne, was
ich in der ganzen Zeit für Verhütung ausgegeben habe,
könnte ich mir dafür locker ein Kleid von Prada leisten. So
ein Scheiß. Und niemand sagt einem das vorher. Woher soll
man wissen, ob man schwanger werden kann, wenn man
noch nie schwanger war? Das ist absurd: Man verhütet, damit man nicht schwanger wird, aber vielleicht würde man

ohne Verhütung auch nicht schwanger werden. Ganz schön blöd das Ganze.

Um zwei Uhr, nach Cordon bleu mit Pommes in der Kantine (okay, das war zu viel FettKalorienKohlehydrateSinnlosEssen, aber dafür hat es geschmeckt, und ich esse die nächsten zwei Jahre einfach nichts mehr), war klar, dass ich schwer krank war. Eierstock-, Gebärmutter-, Blasenkrebs. Das war der Grund. Ich würde keine Kinder mehr bekommen können. Nie mehr. Aus und vorbei. Meine Fortpflanzungsorgane waren für immer zerstört. Totaloperation. Ich würde zu den Frauen gehören, die nur noch äußerlich eine Frau waren. Innerlich wäre ich schon völlig ausgeweidet.

Das Gros meiner weit verzweigten Familie lebt in einer Kleinstadt. Dort macht man das bei Frauen ab fünfunddreißig immer so. Gebärmutter? Eierstöcke? Nehmen nur Platz weg und können sich entzünden oder sonst was Ekliges entwickeln. Ich glaube, in Kleinstädten hat keine Frau über fünfunddreißig mehr ihre Gebärmutter. Warum auch? Braucht man ja nicht unbedingt, dort hat man in dem Alter sowieso schon mindestens zwei bis drei halslose Ungeheuer. So Frauenzeugs. Igitt. Igitt. Und so eine Operation hilft schließlich dem Chefarzt, seine Villa abzuzahlen. Tja, so ist das oder war das zumindest auf dem Land mit den Frauen. Die sind dann aber schon längst Mama. Im Gegensatz zu mir.

Heul.

Um achtzehn Uhr, kurz vor Feierabend, war ich wieder glücklich. Ich war nicht schwanger. Wie wunderbar! Anna und die anderen wollten heute Abend noch kurz auf eine

After-Work-Party in einen angesagten Club. Und ich würde mitgehen. Mich amüsieren. Trinken. Rauchen. Spaß haben. Wer will schon schwanger sein? Sich sein Leben mit plärrenden fünfzig Zentimetern versauen. Auf Vergnügungen verzichten. Auf Alkohol. Auf Zigaretten. Auf Ausschlafen. Auf wilden Sex. Auf spontane Kurztrips nach London. Auf alles, was wirklich Spaß macht. War ich wahnsinnig, ein Kind zu wollen? Ich würde sofort wieder mit der Pille anfangen. Gott sei Dank war dieser Kelch noch einmal an mir vorübergegangen. Nicht schwanger! Ein reines Gewissen Moritz gegenüber! Ach, das Leben konnte wunderbar sein.

Dann fiel mir auf, dass ich den ganzen Tag den Tampon noch nicht gewechselt hatte, ohne dass ein unangenehmes Gefühl von klebriger Nässe sich zwischen meinen Beinen breit gemacht hatte.

Das Rausziehen des Dings war ein Kraftakt. Das Teil war dicker als vorher, aber von meinen Tagen konnte keine Rede sein. Ganz oben an der Spitze zwei, drei Blutstropfen. Ich starrte den baumelnden Tampon vor meiner Nase misstrauisch an. Irgendwie war das Ganze verdächtig.

Höchst verdächtig.

Anne, eine Kollegin aus der Grafik, klopfte wild gegen die Toilettentür.

»Emma, mach schon. Wir haben schon seit drei Stunden Feierabend. Alle warten auf dich.«

Ich murmelte irgendwas völlig Unverständliches vor mich hin, schmiss den Tampon in den Abfalleimer und schob mir vorsichtshalber mal meinen Mittelfinger ziemlich weit nach oben. Expedition Nordpol. Vielleicht tat sich da ja was.

»Emma? Emma? Ist alles in Ordnung? Ist dir schlecht? Kann ich dir irgendwie helfen?«

Anne rüttelte an der verschlossenen Toilettentür.

»Nee, is schon gut, danke.«

Ich nahm den Finger raus – nichts, absolut kein Blut zu sehen. Nun denn – ich zog die Spülung runter, den Rock hoch und kam raus.

Bei der After-Work-Party war ich nicht so ganz bei der Sache. Das heißt, ich ging zwischen zwei Drinks circa zweiundneunzigmal auf die Toilette, um nachzusehen, ob meine Tage jetzt endlich da waren oder nicht. Die Musik dröhnte laut, und alle schienen sich prächtig zu amüsieren.

Anne hatte zwei-, dreimal vergeblich versucht, mich auf die Tanzfläche zu locken. Irgendwann ertappte ich sie dabei, wie sie sich auf die Stirn tippte und in meine Richtung sah. War mir völlig egal.

Irgendwas war nicht in Ordnung. Irgendwas war ganz und gar nicht in Ordnung.

Beim fünfundneunzigsten Besuch der im Übrigen ziemlich stinkenden und versifften Toilette zischte mich ein Typ mit Sonnenbrille, der lässig zwischen der Frauen- und Männerabteilung am Zigarettenautomat lehnte, mit zusammengeklemmten Lippen an.

»Willst du was?«

»Will ich was?«

»Na, eben was.«

»Was?«

»Tu nicht so.«

»Wie tu ich denn?«

»Schätzchen, ich hab alles da, und wenn nicht, kann ich es dir – wusch«, er schnippte mit den Fingern, »besorgen.«

Ich starrte den Typen an.

»Ich brauche nichts – gar nichts. Und ich will nichts, rein gar nichts – und schon gar nicht von dir.«

»Komm, Schätzchen, tu doch nicht so, ich seh doch, du bist voll auf Entzug ... ich hab dich die ganze Zeit beobachtet ... rein ... raus ... rein ... raus ... da wird man ja vom Zuschauen schon ganz nervös.«

»Ich dachte immer, Männer mögen Rein-Raus. Und was für ein Entzug?«

»Mädel, so wie du hin und her hupfst, sieht doch jeder, was mit dir los ist.«

»Ich, ähh, ich bin nicht auf Entzug, ich bin ... ähh ... ich hab ... ähh, ich muss einfach ... ich muss nur öfter mal ...«

Was war bloß los mit mir? Hier stand ich und versuchte einem wildfremden Drogendealer mein Unterleibsproblem zu erklären. Und während ich noch stammelte, ging plötzlich ein erhellendes Grinsen über sein Gesicht. Er nahm wahrhaftig die Sonnenbrille ab.

»Blasenentzündung – Schätzchen, warum sagst du das nicht gleich.«

Der Typ legte vertraulich seinen riesigen Arm um meine kleine Schulter.

»Kenn ich gut, hat meine Freundin mindestens einmal im Monat – na ja, bei dem, was ihr Rock nennt, kein Wunder.«

Er blickte mir anzüglich auf die Beine. Ich verstand überhaupt nicht, was er meinte. Mein Rock war lang, fast schon bodenlang. Na ja, auf jeden Fall ging er beinahe übers Knie. Und schließlich war Sommer. Zumindest dem Kalender nach.

»Also bei ihr hilft da immer Tee aus Bärentraubenblättern. Kochendes Wasser, aufgießen, zehn Minuten ziehen lassen – viel besser als jedes Penicillin. Antibiotika sind eh Scheiß – totale Chemie. Das pure Gift. Wer will das schon seinem Körper antun. Aber Bärentraubenblätter – der Wahnsinn, sag ich dir. Meine Freundin schwört drauf. Schmeckt ein bisschen komisch, aber ist ja schließlich Medizin. Ich hab immer was davon im Auto. Komm mit, schenk ich dir.«

Noch bevor ich mich wirklich wehren konnte, zerrte mich der Typ hinter sich her auf den Parkplatz (»Zier dich nicht so, ist wirklich völlig kostenlos … und bevor du jetzt eine Apotheke findest, die noch offen hat … du wirst mir noch dankbar sein, dass du keine Nierenbeckenentzündung bekommst«).

Da stand ich nun, frierend, und der Typ (»Nenn mich Crazy – sagen alle meine Kunden zu mir«) fummelte ewig auf dem Rücksitz seines alten Mercedes herum.

Schließlich tauchte er wieder auf und drückte mir eine kleine Tüte in die Hand.

»Hier – reicht locker für ein bis zwei Tage.«

Ich nahm die Tüte in die Hand und sah etwas kritisch auf den seltsamen, bröselig braunen Inhalt.

Soweit ich mich erinnern kann, war das dann der Moment, in dem der Flutscheinwerfer anging.

Auf der Polizeistation hatten sie noch nie etwas von Bärentraubenblättern gehört. Aber sie waren sicher, dass es eine

Droge war. Auch wenn sie noch nicht genau wussten, wie sie wirkte.

Ich musste endlose und sinnlose Fragen beantworten. Dass mein Freund Anwalt ist und ich meine Rechte vom vielen Fernsehen her ganz genau kenne (ein Telefonat – leider war Moritz nicht da – nur der Anrufbeantworter – wahrscheinlich war er bei so einer idiotischen After-Work-Party), schien sie nicht im Mindesten zu beeindrucken. Irgendwann kam dann ein verschlafener Arzt, und ich musste schließlich in einen kleinen Plastikbecher pinkeln. Und da stellte man dann fest, dass ich weder eine Blasenentzündung hatte noch drogensüchtig war.

Na bitte, hatte ich doch gesagt.

Aber was um alles in der Welt wollte ich dann mitten in der Nacht mit Bärentraubenblättern? Von einem stadtbekannten Dealer?

Ich wollte gerade zur Antwort ansetzen, als Gott sei Dank Moritz kam, um mich abzuholen. Er hatte den Anrufbeantworter abgehört. Es war drei Uhr morgens.

Crazy musste wohl etwas länger bleiben. In seinem Auto befanden sich außer Bärentraubenblättern noch ein paar andere nicht ganz so legale pflanzliche Produkte. Ich drückte ihm noch die Nummer eines Kollegen von Moritz in die Hand, der auf Strafverteidigung spezialisiert ist, und verließ erleichtert den Ort.

Moritz wollte natürlich eine Erklärung. Ob ich jetzt plötzlich Joints rauche? Ob es mir noch gut gehe? Ob mir klar sei, welchen Schaden ich damit ihm, einem angehenden berühmten Anwalt, verursache?

Ich schwieg einfach.

Moritz schüttelte den Kopf und versuchte es auf die weiche Tour. Wenn ich Probleme hätte, könnten wir jederzeit miteinander reden. Er kenne da einen guten Therapeuten. Wir könnten da auch mal zusammen hingehen.

Er hätte doch Staatsanwalt werden sollen.

Dass ich einfach nur öfter auf die Toilette musste, hat er mir nicht geglaubt. Erst als ich ihm dann erzählte, Crazy hätte mich mit vorgehaltener Waffe raus auf den Parkplatz gezwungen, um mich dort als Drogenkurierin für den Nahen Osten anzuwerben, war er zufrieden. Leider will Moritz dem armen Crazy jetzt noch eine Zivilklage wegen Nötigung anhängen ... da muss ich mir noch eine Story einfallen lassen, um das zu verhindern.

In jedem Fall war ich doch sehr erleichtert, als ich endlich an Moritz gekuschelt einschlief.

Kurz vor zwölf Uhr mittags wurde ich schlagartig wach – Moritz war schon längst im Büro und hatte mich schlafen lassen. Heute war mein »Ich-arbeite-mit-Volldampf-an-meiner-Karriere«-Tag. Oder anders ausgedrückt: Mehr als drei Tage die Woche sind bei der Redaktion im Moment einfach nicht drin. Und deswegen habe ich manchmal mehr Freizeit, als mir und meinem Geldbeutel lieb ist.

Die ersten zehn Sekunden war die Welt noch in Ordnung. Die Sonne schien träge durch die Rolläden. Draußen war ein warmer, summender Sommertag, und ich hatte frei. Ich lag mit geschlossenen Augen auf dem Bett und dachte an Stadtbummel? An den See fahren? Nele anrufen? Straßencafé? Meine Tage?

Mit einem Schlag stand ich im Bett und durchsuchte das Laken. Ich schlafe immer ohne Slip, also müssten hier jetzt irgendwelche Spuren zu finden sein – nada. Nichts. Niente. Noch nicht mal ein Hauch von Rosa.

Oje, oje, das sah gar nicht gut aus. Aber da war doch gestern Nacht noch Blut gewesen. Ich sprang auf und durchsuchte den Wäschekorb. Da war er: eindeutig ein ausgeleierter H&M-Slip mit eindeutig eingetrockneten Blutflecken.

Zur Beruhigung rauchte ich erst mal zwei Zigaretten gleichzeitig. Nun gut. Alles im Leben kann sich mal verschieben. Das hat es schließlich schon öfter gegeben. Vielleicht hatte ich in letzter Zeit einfach zu viel rumgesumpft. Schließlich war ich ja auch nicht mehr die Jüngste. Vielleicht waren das auch die ersten Anzeichen der Menopause. Wann beginnt die eigentlich?

Vielleicht sollte ich erst mal frische Brötchen und O-Saft einkaufen gehen.

Irgendwie stand ich dann ohne Einkäufe vor der Apotheke bei uns ums Eck. Und irgendwie war ich dann plötzlich drin.

Vor mir war eine alte Dame dran, die so um die achtzig war und eines dieser obligatorischen Hütchen trug. Manchmal frage ich mich, ob alle älteren Frauen denken, dass ihnen ohne diese Hütchen der Himmel auf den Kopf fällt. Sie hatte schon einige Arzneipackungen vor sich auf der Theke liegen und wollte anscheinend immer mehr. Wahrscheinlich ist eine Apotheke für ältere Damen das, was für unsereins Gucci ist. Wenn man mal angefangen hat, kann man nicht mehr aufhören.

»... dann nehme ich noch dieses Herztonikum ... ach ...

und diese Tropfen für die Leber … wissen Sie, nach jedem fetten Essen tun die einfach so gut … auch wenn mein Arzt sie mir nicht mehr verschreiben will …«

Der Apotheker ging nach hinten und öffnete Schublade um Schublade.

»… die Herz-Kreislauf-Tabletten, haben Sie die schon eingepackt … und das Tonikum für die Venen, wissen Sie, immer, wenn das Wetter umschlägt, zieht es in meinen Beinen …«

Der Apotheker wurde von Bestellung zu Bestellung glücklicher … ich stand hier schon eine geschlagene Viertelstunde und döste langsam in den Halbschlaf hinüber …

»… und dann nehme ich zur Vorsicht noch zwei Aspirinpackungen … die Fünfziger bitte, und einen Schwangerschaftstest.«

Ich wurde schlagartig wach. Hatte ich da eben *Schwangerschaftstest* gehört? Ich starrte die Frau an – selbst mit viel gutem Willen und nach drei Liftings war sie über siebzig.

Der Apotheker packte völlig selbstverständlich die Aspirin und einen Schwangerschaftstest in eine große Tüte. Die alte Dame verließ glücklich lächelnd den Laden.

Ich überlegte mir, ob ich aus Versehen plötzlich in eine Zukunft versetzt worden war, wo siebzigjährige Frauen noch Kinder bekommen können, oder ob irgendeine medizinische Sensation total an mir Klatschspaltentussi vorbeigerauscht war. Aber dann dachte ich: Wenn sechzigjährige Italienerinnen mit wer weiß welch abenteuerlichen Methoden schwanger werden, können das siebzigjährige Deutsche schon lang.

Schließlich drehte sich der Apotheker, der ein scheußliches Kassengestell auf der Nase trug, kalt lächelnd zu mir um – ich sah wohl nicht so aus, als würde ich mehr als eine Tablette brauchen.

»Sie wünschen?«

Ich starrte ihn an.

»Die … die … die Dame eben … die Frau, mein ich.«

»Der Schwangerschaftstest?«

Ich nickte. Er beugte sich verschwörerisch zu mir vor.

»Unerfüllter Kinderwunsch. Treibt seltsame Blüten. Ich habe hier Kundinnen, die jede Woche einen machen. Einmal war sogar ein Mann hier, der einen für sich selbst wollte.«

Er zuckte viel sagend mit den Schultern.

Fünf Minuten später stand ich wieder auf der Straße – mehrere Packungen Kondome in der Hand. Ich versteh's auch nicht. Ich schwöre, ich hab versucht, »Ich hätte auch gern einen Schwangerschaftstest« zu sagen, aber irgendwie kam es nicht über meine Lippen. Ich stand noch unter Schock. Ich hatte plötzlich die Vision, dass ich ab sofort für die nächsten verbleibenden Jahrzehnte auch jede Woche einen kaufen würde, so selbstverständlich wie Brot und Butter.

Und alles, was recht ist, das Kassengestell kannte sich hervorragend mit Präservativen aus. Ich hatte welche in Extralarge, ein Päckchen vergoldete (für das beste Stück nur das Teuerste), eine Packung mit Super-Feel-Noppen, eine Packung mit … na ja, auf jeden Fall hatte ich vierzig Euro weniger im Geldbeutel.

Drei Apotheken später und zwei Stadtteile weiter hat es dann geklappt. Ich war im Besitz eines Schwangerschaftstests. Und einer dicken Blase am linken Zeh. Ich hatte gedacht, dass ich beim Brötchenholen wunderbar meine neuen Manolos einlaufen könnte. Tolle Idee. Ich hinkte zum nächsten Taxistand.

»... halten Sie die Spitze des Stäbchens für mindestens fünf Sekunden in den Urinstrahl oder fangen Sie den Urin in einem sauberen Behältnis auf und halten Sie dann den Stab für fünf Sekunden hinein. Das Ergebnis ist innerhalb von fünf Minuten ablesbar. Spätere Veränderungen zählen nicht mehr als zuverlässiges Ergebnis. Ein Minuszeichen bedeutet, Sie sind nicht schwanger. Ein Pluszeichen bedeutet, dass aller Wahrscheinlichkeit nach eine Schwangerschaft vorliegt. Besuchen Sie in jedem Fall innerhalb der nächsten Tage Ihren Frauenarzt ...«

Ich aß ein Johannisbeergelee-Brötchen und las dabei die Gebrauchsanleitung des Schwangerschaftstests durch.

In was sollte ich reinpinkeln? Meine Teetasse? Das O-Saft-Glas? Moritz' Kaffeetasse?

Ich entschied mich dann für eine Scheußlichkeit, die mir Tante Magda mal zum Geburtstag geschenkt hatte – ein Milchkännchen mit Goldranken. Ha – ich habe Tante Magda noch nie leiden können, und ihr Geschenk hat es wahrlich verdient.

Ich glaube, es gibt kaum einen entscheidenderen Moment im Leben einer Frau. Vielleicht noch das erste Mal richtigen Sex oder das erste Paar Schuhe, das den Überziehungskredit sprengt. Ich starrte auf das kleine Fenster des weißen Teststabes, und meine eigene Kindheit lief vor mir ab wie ein Film.

Das ist jetzt gelogen.

Eigentlich dachte ich dabei an gar nichts. Mein Gehirn war völlig leer. Ein Zustand, den ich sonst nur kenne, wenn ich mir unter Zeitdruck ein neues Thema für einen Artikel einfallen lassen soll.

Und dann erschien sie: eine dünne waagerechte Linie.

O mein Gott! Nicht schwanger! Nicht schwanger!

Ich sprang auf, tanzte durchs Bad und warf dabei das Milchkännchen ins Waschbecken, das den Sturz leider unversehrt überlebte.

Nicht schwanger! War ja klar, meine Tage waren einfach etwas zu spät dran dieses Mal. Was war ich aber auch für eine hysterische Zimtzicke.

Ich hielt in meinem Freudentanz inne.

Nicht schwanger.

Scheiße. Das bedeutete, ich würde das Ganze nächsten Monat noch mal versuchen müssen. Ach, was soll's. Rom wurde auch nicht in einem Tag erbaut. Und schließlich ist Kindermachen wahrscheinlich weitaus angenehmer als Kinderkriegen.

Ich packte den Schwangerschaftstest, wickelte ihn in Toilettenpapier und versenkte das Ganze im Biomüll. Sicher ist schließlich sicher. Ich nahm nicht an, dass sich Moritz hier auf die Suche nach verloren gegangenen Quittungen für die Steuererklärung machte.

Ich ging ins Wohnzimmer. Zeit für Schokolade.

Moment mal – war da nicht im Sichtfenster quer durch die waagerechte Linie eine ganz, ganz schmale horizontale Linie zu sehen gewesen????

Ach was. Jetzt hatte ich erst mal etwas Entspannung verdient. Zwei Schokoriegel und einmal durch alle Kanäle zappen. Ich fläzte mich auf unsere Couch, und als ich bei Pro7 angekommen war, stand ich wieder auf und durchwühlte alte Eierschalen, schimmelige Teeblätter und vergammelte Obstreste nach diesem blöden Teststäbchen.

Da war es. Ich hielt das Ganze ins Tageslicht. Nun gut, da war vielleicht ein Mikro- oder Nano- oder wie immer das heißen mag – auf jeden Fall ein ganzganzganz schmaler – horizontaler Streifen dazugekommen – das bedeutete gar nichts. Überhaupt nichts.

Ich umwickelte das Teststäbchen mit Alufolie, steckte es in den normalen Müll und kam gerade noch rechtzeitig zum Ende einer Talk-Show mit dem Thema »Ich will ein Kind von meinem Pfarrer«.

Als ich bei VOX angelangt war, war der Streifen eindeutig dicker geworden.

Bis zu N-TV hab ich es dann nicht mehr geschafft. Ich zog mir ein paar bequeme Schuhe an (die Scheiß-Blase von heute früh tat höllisch weh) und rannte in die nächste Apotheke.

O nein. Ich hatte völlig vergessen, dass ich heute schon mal hier gewesen war. Und das Kassengestell hatte immer noch Dienst. Aua. Zu spät zur Flucht, er grinste schon anzüglich in meine Richtung.

»Na, brauchen Sie schon Nachschub?«

»Nein, ähm … ähä … jetzt hätte ich gerne einen Schwangerschaftstest, genau genommen alle Modelle, die Sie so dahaben.«

Er starrte mich an.

»Schwangerschaftstest?«

»Genau – und könnten Sie sich beeilen? Ich muss gleich wieder los.«

»Na, das ging aber schnell.«

Kopfschüttelnd ging er nach hinten.

Er kam mit zwölf verschiedenen Packungen zurück. Als ich bezahlt hatte, drückte er mir noch eine kostenlose Broschüre in die Hand: »Das erste Mal – ein kleines Heft zur sexuellen Aufklärung«.

Ein blaues Kreuzchen. Ein rosa Kreuzchen. Ein roter Kreis. Noch ein blassblaues Kreuzchen … vor mir liegen alle Tests, die Zeichen variieren, aber sie haben alle das gleiche Ergebnis:

Ich bin schwanger. Ich bin schwanger. Ich bin schwanger.

ICH BIN SCHWANGER!!!!!!!!

Ich führte einen Freudentanz auf, der das ganze Bad verwüstete und zum endgültigen Untergang von Tante Magdas Kaffeekännchen führte.

Und dann setzte mein Gehirn wieder ein.

Ich sank langsam auf die scheißkalten Fliesen und dachte über die Nahostkrise, mein Leben und die letzten beiden Wochen im Besonderen nach.

Wie konnte das passieren?

Mir?

2. Monat

Den Rest des Tages verbrachte ich wie in Trance. Gott sei Dank kam Moritz erst spätnachts aus der Kanzlei und fiel nur noch tot neben mir ins Bett.

Ich lag die halbe Nacht wach und habe gegrübelt:

Vielleicht bin ich ja doch nicht schwanger?

Neunundneunzigprozentige Sicherheit. Diese Scheiß-Schwangerschaftstests sind wahrscheinlich sicherer, als wenn man zur Verhütung die Pille, ein Kondom und ein Diaphragma auf einmal nimmt. Das muss man sich mal vorstellen. Aber trotzdem. Irren ist menschlich. Vielleicht kann sich auch ein Test irren. Immerhin werden diese Dinger doch von Menschen gemacht. Wenn ich, sagen wir mal, zwölf Tests insgesamt gemacht habe und alle davon positiv waren, und alle haben eine Sicherheit von 99% – mit welcher Wahrscheinlichkeit bin ich dann schwanger? Ach, ich weiß es nicht. Mathe war noch nie meine Stärke, aber irgendwie erinnere ich mich hoffnungsvoll und sehr vage an ein Beispiel, in dem behauptet wurde, dass, wenn ich zwölf Lose statt einem kaufe, die Wahrscheinlichkeit für einen Hauptgewinn auch nicht höher ist.

Gegen vier Uhr morgens bin ich dann völlig erschöpft eingeschlafen und mit einem Gedanken wach geworden: Nele! Nele ist meine einzige Rettung. Nele kennt meine

schlimmsten Sünden und meine tiefsten Cellulitis-
dellen. Nele kennt meine wahre Meinung über Sex
mit Moritz (er ist besser, als ich es vor ihm zugebe,
schließlich will ich nicht, dass er größenwahnsin-
nig wird), Nele hat mit mir in den letzten Jahren
alle Männer zumindest verbal geteilt, Nele weiß alles über mich und ich alles über sie. Oder fast. Das
mit meinem Kinderwunsch und dem Absetzen der
Pille habe ich seltsamerweise noch nicht mal ihr erzählt. Weiß auch nicht genau, warum.

Aber Nele wird wissen, was zu tun ist. Nele wird mich
verstehen, und wenn sie mich in den Arm nimmt, weiß ich,
alles wird gut. Außerdem hat Nele BWL studiert und ist bestimmt besser in Statistik als ich. Ich verstehe überhaupt
nicht, wieso ich sie nicht gleich gestern angerufen habe.

Shit. Shit. Shit. Nele ist überraschend für ein paar Tage ge-
schäftlich in Island (keine Ahnung, was sie dort macht – ich
wusste noch nicht mal, dass sie dort oben Firmen haben,
geschweige denn, dass sie Unternehmensberaterinnen brauchen – für was bitte – mehr Output bei den Geysiren?), und
ich hab jetzt schon dreimal vergeblich versucht, sie zu erreichen. In dem blöden Hotel dort oben reden die ein Englisch,
das ich nicht verstehe, und auf mein Oxford-Englisch antworten sie mit qwztiiiwhz hwaakzzer – zumindest bilde ich
mir ein, dass ich das verstanden habe.

Nun gut. Ich bin eine erwachsene Frau. Was ist denn schon
dabei? Ich werde Moritz und mir heute Abend was Lecke-
res kochen (ich kann nicht kochen, aber der Italiener um
die Ecke), ein paar Kerzen anzünden, romantische Musik

auflegen, und während Moritz dann versucht, mich auf dem Esstisch zu vernaschen, und den BH wieder nicht aufbekommt, werde ich ganz einfach sagen: Schatz, ich bin schwanger, trotz Pille. Moritz wird daraufhin antworten: Schatz, ich bin trotz der letzten beiden gemeinsamen Jahre stockschwul, und wir werden uns einfach das Sorgerecht teilen. Harry, mein neuer Lover, freut sich sicher darauf, auch Vater zu werden.

Ahhhh. Irgendwas wird mir schon einfallen. Sooo schwer kann das auch nicht sein. Melde mich in der Redaktion in jedem Fall erst mal krank für heute (Migräne vor meinen Tagen) – das kann nie schaden.

Stehe Stunden vor dem Spiegel, blicke mir tief in die Augen und versuche, äußerliche Veränderungen an mir wahrzunehmen. Irgendwelche verräterischen Zeichen: ein dicker Bauch, ein verklärtes Lächeln oder Schwangerschaftsstreifen.

Aber ich seh aus wie immer.

Moritz kommt nach Hause.

Ich liege arglos auf dem Sofa und blättere völlig unschuldig in einer Zeitschrift. Ich bin mit der Strategie »Wie sag ich's meinem Mann« ehrlich gesagt noch keine Spur weitergekommen. War dafür heute Nachmittag Klamotten einkaufen – das hat meine Nerven ungemein beruhigt, schließlich ist Sommerschlussverkauf und ich wollte noch mal so richtig in den guten Läden zuschlagen, bevor ich in ein paar Monaten zur Campingabteilung muss, um für mich und meinen Bauch ein Zelt zu kaufen.

Trotzdem habe ich zehn Zigaretten (nun gut, es waren vierzehn) wegen fürchterlicher Nervosität geraucht – das Baby hat mich mehrfach als Drogensüchtige beschimpft; ich konnte seine kleine Stimme aus meinem Bauch ganz genau hören.

Moritz' Stimme dröhnt aus dem Flur.

»Schaaaaatz?«

»Hast du noch eine Zigarette für mich?«

»In meiner Tasche, bring mir auch eine mit.«

Uff – fünf Minuten Aufschub.

Plötzlich steht Moritz mit seinem »Gleich-gibt's-hier-einen-Riesenkrach«-Gesicht im Türrahmen. Manchmal hasse ich es, dass ich ihn so gut kenne.

Er weiß alles. Aua.

Ich schrumpfe auf dem Sofa zusammen. Er hat den Röntgenblick, er kann in meine Gebärmutter sehen.

»Wieso sind da jede Menge Gummis in deiner Tasche?«

»Gummis? Was für Gummis?«

Wovon redet der Idiot? Ich hab immer ein paar Haargummis in der Tasche.

Und dann fällt es mir ein. Die Schwangerschaftstests hab ich bombensicher in meinen Slipeinlagen versteckt – guter Tip für alle Frauen – an so was wird sich ein Mann nie ranwagen –, aber meinen Shoppingausflug in der allerersten Apotheke habe ich völlig verdrängt.

»Kondome. Präservative. Pariser. Hier liegen mindestens fünf Packungen rum … aha … extralarge …«

Moritz kommt ein paar Schritte ins Wohnzimmer, die Kondompackungen in der Hand.

»Das muss ja ein ganz besonders toller Hengst sein. Kannst du mir das irgendwie erklären?«

Berechtigte Frage. Ich nehme seit ewigen Zeiten die Pille (oder auch nicht – jaul), und Moritz und ich haben uns gleich am Anfang auf HIV testen lassen, um möglichst schnell Sex eben ohne diese Hütchen haben zu können. Das gemeine Kondom ist in diesem Haushalt also ein unbekanntes Wesen.

»Ich ... ähh ...«

»Ich warte.«

O Gott o Gott o Gott. Wie er so vor mir steht. Er ist ein fantastischer Anwalt – wie im Fernsehen, bei amerikanischen Filmen, wenn sie den Mörder ins Kreuzverhör nehmen. Schade, dass er unbedingt so langweilige Wirtschaftssachen machen muss. Und außerdem hab ich niemanden umgebracht. Ich habe quasi das Gegenteil davon gemacht. Kann man dafür auch ins Gefängnis kommen?

Auf jeden Fall bekommt man lebenslänglich dafür.

Lebenslänglich Mama sein und sich Sorgen um den Zwerg machen.

Was soll ich jetzt bloß machen? Ihm sagen: Ach, Schatz, ich habe die Pille ohne dein Wissen und deine Zustimmung einfach abgesetzt und musste deshalb in der Apotheke einen Schwangerschaftstest kaufen, was ich mich aber beim ersten Mal nicht getraut habe, weshalb ich jetzt diese Dinger in der Handtasche habe? Ich bezweifle doch sehr, dass das die richtige Methode ist, seinem Liebsten zu sagen, dass er Vater wird.

Aber was sag ich dann?

Moritz' rechtes Unterlid zuckt nervös. Ich hasse das, weil ich weiß, was es bedeutet. Das hat er immer, wenn er denkt, dass seine Klienten ihn gerade faustdick anlügen. Shit.

Nein, ich habe keine Millionen in der Schweiz.
Zuckzuck.

Nein, es gibt bei uns in der Firma keine doppel-
te Buchführung.

Zuckzuckzuck.

Ich setze mein süßestes Lächeln auf – Unschuld
pur –, und dann sage ich ... und dann sage ich ...
und dann lächle ich noch mal, und dann ...

Es ist einfach zum Wahnsinnigwerden. Beruflich denke ich mir die absurdesten Storys aus, bloß
wenn es um mich selbst geht, fällt mir rein gar nichts ein.

»Ähhm ... die sind nicht für mich ... Melissa aus der Redaktion ... du kennst sie doch, die hat schon seit Ewigkeiten mit niemandem mehr ... du weißt schon ... und wir Mädels, nun, wir Mädels haben uns gedacht, sie hatte doch
schon so lange keinen, da schenken wir ihr eben solche Dinger.«

»Aha, ich verstehe, ihr schenkt ihr Kondome, weil sie mit
niemandem schläft. Interessant.«

Moritz' Unterlid tanzt Salsa.

»Aber klar doch, Schatz, du verstehst das nur nicht richtig, das ist, wie wenn man auf den Bus wartet, und der
kommt und kommt nicht, aber genau in dem Moment, wo
man sich eine Zigarette anzündet, da kommt er dann ganz
sicher ... das ist so was wie Murphy's Law, glaub ich ... wir
wollten ihr einfach nur was Gutes tun. Wenn sie jede Menge Gummis hat, wird's schon klappen, und ich hatte Zeit,
das Zeugs zu besorgen. Gut, dass du es gefunden hast, ich
muss das alles noch einpacken ...«

Puhhh. Das Zucken von Moritz' Unterlid hat Gott sei
Dank aufgehört.

»Mach das, Schatz, ich muss noch was arbeiten.«

Er geht hoch ins Arbeitszimmer.

Ich bleibe im Wohnzimmer, verpacke liebevoll die Pariser-Packungen und bete, dass Melissa bald die Redaktion verlässt oder Moritz mich nie mehr vom Büro abholt.

Melissa, fällt mir jetzt ein, ist total und vollkommen lesbisch.

Vielleicht sollte ich mir schon mal eine Erklärung dafür überlegen, warum Lesben beim Sex so viele Kondome brauchen? Häufig wechselnde Dildos?

Die nächsten beiden Tage bin ich schwanger, und keiner weiß es, und ich kann es keinem sagen. Total blöde Situation. Das ist, als ob man im Lotto gewonnen hat und die Millionen nicht ausgeben darf. Außerdem versuche ich mit dem Rauchen aufzuhören, was mir

- nicht wirklich gelingt (Nervosität – schlimmer als vorm mündlichen Abi) und
- in der Redaktion zu blöden Bemerkungen à la »Wir können dich auch gleich heilig sprechen, und in Zukunft wirst du auch noch mit dem Alkohol aufhören und dich nur noch aus dem Naturkostladen ernähren« führt (sie wissen noch nicht, wie Recht sie haben).

Also paffe ich mit schlechtem Gewissen (auch und gerade demonstrativ vor Moritz) und versuche so zu tun, als wäre alles beim Alten.

Nele ist immer noch nicht da, außerdem finde ich, Moritz hat nun wirklich das Recht, es als Erster zu erfahren. Schließlich hat er ja schon was dazu beigetragen. Auch wenn er es nicht wusste.

Heute Abend ist der Abend der Abende.

Ich habe Spagetti gekocht – sonst kann ich nichts –, keinen Wein aufgemacht (ich muss wirklich anfangen, an das Baby zu denken), ein paar Kerzen angezündet und Moritz' Lieblings-CD aufgelegt. Okay – es ist zurzeit Jennifer Lopez, und ich denke, diese Vorliebe von Moritz hat mehr mit ihrem Po zu tun als mit der Musik – aber welcher Mann ist schon vollkommen?

Moritz sitzt vor mir. Zwölf wunderschön verpackte Päckchen liegen auf seinem Teller. Er blickt zugegebenermaßen etwas misstrauisch drauf.

»Was ist passiert?«

»Passiert? Nichts ist passiert.«

»Ich habe heute nicht Geburtstag.«

»Ich weiß.«

»Ohhh, nein …«, Moritz starrt mich entsetzt an, »mein Auto, mein armes Auto, du hast den Saab zerdellt, gib's zu, du hast mein Auto ruiniert. Wie schlimm ist es? Kann man das noch reparieren lassen? Bitte, bitte, sag, dass sie es reparieren können …«

»Dem Auto geht's gut.«

»Okay. Okay. Dem Auto geht's gut …«

Er blickt mich finster an. Ich habe was verbrochen, und er wird mich zwingen zu gestehen.

»Ohh, nein, es ist die Eisenbahn. Du bist doch auf die Brücke getreten. Ich hab dir immer gesagt, pass auf, du trittst noch irgendwann auf die Brücke, und dann ist die ganze Bahn futsch und damit meine ganze Kindheit und …«

»Die Bahn steht unversehrt im Keller, soweit ich weiß. Jetzt mach schon auf.«

Ich blicke Moritz erwartungsvoll an.

Schließlich öffnet er das erste Päckchen. Dann das zweite, das dritte ... dann liegen schließlich alle positiven Schwangerschaftstests auf seinem Teller, und Moritz sieht ratlos auf die Stäbchen, dann wieder auf mich, dann wieder auf die Stäbchen. Und dann wieder auf mich.

»Was um alles in der Welt ist das?«

Oh, Shit. Das hat nicht geklappt. Aber wenigstens hat er anscheinend wirklich kein Kind mit einer anderen Frau. Sonst hätte er doch so was schon mal gesehen, oder? Dieser Gedanke ist ein gutes Beispiel für weibliche Logik.

»Was das ist?«

»Ja.«

»Das ist ... das ist ... nun, ganz einfach ausgedrückt, ähm, das ist ... das ist ... das sind Teststäbchen für die Raumluft hier, du hast doch seit der Renovierung immer so oft Kopfschmerzen, und ich dachte, wir könnten das einfach mal ausprobieren ... muss man nur ein paar Tage offen rumliegen lassen und ...«

»Und das verpackst du als Geschenk?«

Ich sage einfach nichts. Schweigen. Am besten einfach schweigen.

»Einzeln verpackt?«

Irgendwie läuft hier was schief.

»Nun ja, ich dachte, ich, ähh ... ich dachte ...«

Moritz blickt mich interessiert an. Mein Mund klappt auf und zu wie bei einem Fisch auf dem Trockenen. Und dann krächze ich es hervor:

»Ich bin schwanger.«

Im selben Moment bricht aus mir ein wilder Sturzbach an Tränen hervor.

Moritz sitzt mir wie versteinert gegenüber. Dann wischt er mit einer Armbewegung das ganze Geschirr vom Tisch und kommt mit einem Hechtsprung quer rüber zu mir, um mich zu würgen.

Ich schwöre, das war das, was ich für eine Schrecksekunde gedacht habe.

In Wirklichkeit ist er quer über den Tisch geschliddert, um mich in den Arm zu nehmen und um mit mir einmal quer durchs Wohnzimmer zu tanzen.

»Schwanger? Schwanger? Schwanger? Ist das wahr? Das ist ja ganz fantastisch. Ganz wundervoll. Ich werde Vater. Ich wusste gar nicht, dass ich das kann. Mein Gott, du wirst Mutter. Wir werden Eltern … du bist schwanger … wie toll … ein Baby … ein klitzekleines Baby … der Wahnsinn … ein Baby …«

Und dann hält er inne. Blickt mir tieeeeef in die Augen.

»Wie konnte das passieren?«

»Ähh … ich dachte bisher immer, dass du weißt, wie das geht … so Bienchen und Blümchen und so …«

»Ich dachte, du nimmst die Pille?«

Tja. Hier ist sie. Die Frage, vor der ich schon seit Tagen zittere. Soll ich ihm sagen, dass ich die Pille einfach abgesetzt habe? Dass ich ihn gar nicht gefragt habe? Jetzt habe ich die Möglichkeit, reinen Tisch zu machen. Mein Gewissen für immer zu erleichtern, alle Unstimmigkeiten zwischen uns für immer zu klären, und ich sage:

»Ja, hab ich auch, aber du weißt doch, ich musste mich letzten Monat morgens mal übergeben … und du weißt ja, steht ja auf dem Beipackzettel, dass sie dann nicht mehr so wirken kann … ich weiß auch nicht genau, wie das passieren konnte … vielleicht könntest du den Hersteller verklagen?«

Moritz schüttelt den Kopf.

»… schon gut … aber dass es ausgerechnet jetzt passieren musste … in fünfzehn, zwanzig Jahren, okay … aber im Moment? Ich bin doch noch gar nicht so weit, außerdem bin ich mitten im Aufbau der Kanzlei … die nächsten beiden Jahre wird da noch nicht viel Geld rüberkommen … und wir wollten doch über Weihnachten und Silvester für vier Wochen nach Thailand … und wo soll denn hier das Kinderzimmer hin … mein Gott, ich weiß überhaupt nicht, wie wir das alles …«

Moritz hält inne und blickt mich an. Mir hängen immer noch ein paar Tränen in den Augen. Moritz holt ein Taschentuch hervor, wischt mir ganz sanft das Gesicht ab, setzt sich auf den nächsten Stuhl und zieht mich auf seinen Schoß.

Seine Hand sucht nach meinem Bauch. Er streicht ganz sanft drüber.

»Alles egal. Wir schaffen das. Ich find es wundervoll. Ganz ehrlich. Das ist wirklich das größte und schönste Geschenk, das ich je bekommen habe.«

Und dann küsst er mich, und ich weiß nicht, ob mir von der Schwangerschaft oder von seinem Kuss so wunderbar schwindelig wird.

Tja. Das wäre geschafft. Ich bin stolz auf mich. Ich bin nicht nur werdende Mutter, nein, Moritz ist jetzt auch werdender Vater. Ich habe ihm gesagt, was Sache ist (nun ja, fast – oder nicht? Schließlich hat er sich ja doch wahnsinnig gefreut, ich hab's ja gleich gewusst).

Mit stolzgeschwellter Brust (irgendwie werden die Dinger wirklich größer) und herausgestrecktem Bauch (nun gut, es ist Samstagmorgen, und ich habe heute früh mit Moritz üppig gefrühstückt) stehen wir beide in einer Buchhandlung vor dem Regal »Schwangerschaft und Geburt«. Ein ganzes Regal! Das ist ja unglaublich. Und all diese wundervollen Bücher sind bisher an mir vorbeigegangen. Moritz vertieft sich sofort in die Lektüre von »Die Gebärmutter – Faszination eines Muskels«.

Ich brauche irgendwas, das mir durch die nächste Zeit hilft. Wenn ich meine Mutter um Rat frage, werde ich erstens totgequasselt und zweitens völlig vereinnahmt. Sie wird dann so tun, als würde sie das Kind bekommen. Dann schon lieber ein Buch. Das kann man bei Bedarf in die Ecke legen. Wie wär's mit »Neun schwere Monate leicht gemacht« oder »Schwangerschaft – eine Krankheit oder ein natürlicher Zustand?«, oder vielleicht doch lieber »Wie bekomme ich ein Kind und erhalte meine Figur?«. Die Auswahl ist schier erdrückend.

Ein dicker Bildband erweckt meine Aufmerksamkeit: »Die Geburt – ein Wunder in Bildern«. In sehr vielen Bildern. In sehr bunten Bildern. In sehr realistischen Bildern. Mir wird schlecht. Mir wird schwindlig. Ich will ein Kind und nicht geschlachtet werden. Das sieht ja ganz entsetzlich aus. Und das? Was ist das, um alles in der Welt, was da gerade rauskommt? Alien fünf? Igittigittigittigitt. So genau wollte ich das alles gar nicht wissen. Und das soll ich auch mitmachen? Die spinnen doch. Kommt gar nicht in Frage. Entschlossen klappe ich den Wälzer zu und schiebe ihn zurück ins Regal (ich gehe schließlich auch nie in Horrorfilme), als eine Stimme mich von hinten ansäuselt.

»Hi, was macht ihr denn da? Schön, euch zu sehen.«

Ich dreh mich um und sehe Lisa. Oh, Shit. Ausgerechnet Lisa, eine Bekannte von Moritz, die seit Jahren scharf auf ihn ist, aber er Gott sei Dank nicht auf sie. Sagt er zumindest. Moritz blickt von seiner Gebärmutter auf und grinst Lisa fröhlich an.

Wenn Lisa weiß, dass ich schwanger bin, weiß es gleich die ganze Stadt. Da kann ich auch gleich Busse plakatieren. Ich will aber noch nicht, dass es alle wissen – da sind Moritz und ich uns einig. Außer Nele, meiner Mutter und vielleicht noch Moritz' Eltern soll unser süßes Geheimnis noch niemandem verraten werden. Und außerdem habe ich gerade in einem der Bücher gelesen, dass bis zu 80% aller Schwangerschaften überhaupt nicht über die ersten drei Monate kommen.

Also blicke ich Lisa fest in die Augen und säusele, noch bevor Moritz den Mund überhaupt aufbekommt:

»Ach, weißt du, eine Arbeitskollegin von mir erwartet ihr Erstes, und wir suchen ein Geschenk.«

Komisch. Schwanger sein macht einen offenbar gleichzeitig zu einer Lügnerin. Und zu was für einer. Normalerweise würde ich bei so einer faustdicken Lüge stottern und knallrot im Gesicht anlaufen. Im Job ist Lügen kein Problem für mich. Druckerschwärze kann schließlich nicht erröten. Aber privat sieht das alles völlig anders aus. Und normalerweise merkt Moritz auch immer sofort, wenn ich ihm was verschweige. Aber irgendwie komme ich seit neuestem mit allem durch. Völlig lässig und cool. Das muss an den Hormonen liegen. Vielleicht sollte ich jetzt doch noch schnell Politikerin werden.

Auch Lisa glaubt mir und grinst uns beide einfach nur völlig dämlich an. Und dann seh ich es: Lisa hat eindeutig einen Bauch. Und das sieht nicht einfach nur nach zu üppigem Frühstück aus – außer, sie hat so viel wie ein paar Bauarbeiter auf einmal gegessen. Ich starre auf ihre Mitte.

»Ja, du siehst richtig. Sechster Monat. Michael und ich sind überglücklich. Und es hat ja gleich beim ersten Versuch geklappt … soll ja nicht bei allen Paaren so sein …«

Und dabei wirft sie mir und Moritz einen ganz besonderen, einen ganz besonders besorgten Blick zu.

»Wenn ihr was Gutes zum Thema Schwangerschaft sucht, kann ich euch ein ganz tolles Buch empfehlen … hier …«

Lisa greift ins Regal, plappert uns ungehindert eine geschlagene Viertelstunde nieder, bis ich Moritz endlich dränge, mit einem dünnen Bändchen »Schwangerschaftswitze« zur Kasse zu gehen.

Während Moritz ansteht, zieht Lisa mich vertraulich beiseite. »Übrigens, ich will dir ja nicht zu nahe treten, Emma, aber du bist doch auch schon locker achtunddreißig, neununddreißig, da wird es höchste Zeit, dass du's probierst. Man darf da nicht ewig warten … ticktackticktack … die Fruchtbarkeit nimmt ab …«

Sie zieht bedeutungsvoll die Augenbraue hoch.

»… du wirst auch nicht jünger …«

Wenn Blicke töten könnten, wäre Lisas Kind im Mutterleib jetzt schon Waise.

Gähn. Bin schon zweimal zu spät in der Redaktion erschienen. Ich bin morgens, mittags, abends so müde. So völlig müde. So unendlich müde. Dort weiß aber auch noch niemand, dass ich schwanger bin. Langsam muss ich mir eine andere Ausrede als schon wieder eine Geburtstagsfeier einfallen lassen. Ich bin nicht fest angestellt, also nix Mutterschutz.

Da ich immer noch kein Buch über Schwangerschaft habe, surfe ich den ganzen Tag durchs Internet auf der Suche nach Informationen. Natürlich während der Bürozeiten, auf Bürokosten.

baby.de – schwanger.de – kindunterwegs.de – hormone.de – pregnant.com – ich brauch keine Suchmaschine. Ich lass mir immer einfach einen Begriff einfallen, der mit der ganzen Sache zu tun hat, und hänge ein .de oder .com dahinter. Funktioniert einwandfrei. Aber wenn das rauskommt, muss ich Bulle, unseren Chefredakteur, erpressen.

Bulle heißt eigentlich Herbert Blum, wird aber von allen nur Bulle genannt, weil er so aussieht und sich in regelmäßigen Abständen auch so aufführt. Läuft brüllend durch die Gegend und nimmt alle auf die Hörner.

Ich habe eine Liste, die hier in der Redaktion kursiert, mit den Adressen von allen Pornoseiten im Netz, denen er regelmäßig Besuche abstatten soll. Ob die Liste ausreicht, damit er mich trotz Schwangerschaft nicht rausschmeißt, wage ich zu bezweifeln. (Die Liste wurde natürlich nicht erstellt, um Bulle zu erpressen, sondern damit alle anderen auch mal ihren Spaß haben – erstaunlich, was manche Leute darunter verstehen – mich ekelt's bei dem Anblick eher, oder ich mach mir Sorgen um die Bandscheiben der Frauen.)

Bulle versucht, jeder hier unter den Rock zu fassen, und alle wissen es. Und so gern er auch das tut, was theoretisch zu einer Schwangerschaft führt, so sicher bin ich mir, dass er die Folgen davon aus tiefstem Herzen verabscheut. Ich schätze, dass er diese Einstellung mit vielen Männern teilt. Also werde ich meinen Zustand hier, so lange es geht, geheim halten – ich habe deshalb wahrhaftig schon über Miederhöschen und Korsetts nachgedacht, mache mir aber gleichzeitig Sorgen, dass das Baby davon wahrscheinlich überhaupt nicht begeistert sein wird. Ich will ja auch nicht, dass unsere Achtzig-Quadratmeter- Wohnung plötzlich nur noch vierzig hat.

Es ist so weit. Ich sitze bei meiner Frauenärztin. War Jahre nicht mehr da. Nervös blättere ich in einer Zeitschrift. Ich hasse Arztbesuche, kosten unendlich viel Zeit, und man läuft Gefahr, pumperlgesund zur Tür reinzugehen und todkrank wieder rauszukommen.

Hier im Wartezimmer liegen nur *Bunte*, *Gala* und natürlich *Eltern* in allen Variationen. Alles nichts für mich. Normale Frauen lesen beim Arzt Klatschzeitschriften – auch wenn sie so tun, als würden sie das alles nur hier quasi gezwungenermaßen lesen.

Ich lese beim Arzt ein Wirtschaftsmagazin – als Erholung von meinem Job sozusagen. Und sehe dabei auch unwahrscheinlich gut, überlegen und intellektuell aus. Selbst fünf Minuten vor einer Wurzelbehandlung.

Wenn ich laut den Informationen aus dem Internet richtig gerechnet habe (da gibt es sogar einen Schwangerschaftskalender – man gibt das Datum seiner letzten Tage ein, und schon weiß man, wann das Baby kommt), bin ich in der 6. Woche.

Um mich herum sitzen Bäuche in allen Stadien. Eine Frau

in einem groß geblümten Kaftan fasziniert mich ganz besonders. Nicht wegen der Flower-Power, sondern wegen dem, was trotz der mindestens zehn Stoffballen, die verarbeitet wurden, immer noch sichtbar ist. Wenn ich es nicht mit eigenen Augen sehen würde, würde ich es nicht glauben. Die Frau sieht aus, als würde sie gleich hier und sofort platzen. Schließlich halte ich es nicht mehr aus und beuge mich wissbegierig zu ihr rüber:

»Entschuldigung, aber ich bin quasi neu in diesem Geschäft. Darf ich Sie fragen: Das sind doch Drillinge, oder?«

Die Frau schüttelt den Kopf und sagt dann stolz:

»Nee, ist nur eines, ein Mädchen, bin im siebten Monat.«

Ich starre sie ungläubig an. Ich bin sicher, wenn sie Luft statt eines Babys im Bauch hätte, würde sie drei Meter über dem Boden schweben. Und bevor ich noch in Panik darüber geraten kann, wie ich wohl in fünf Monaten aussehe, werde ich auch schon ins Sprechzimmer gebeten.

Erniedrigend. Zutiefst erniedrigend. Es gibt nichts, absolut nichts auf der Welt, was so beschämend und entwürdigend für eine Frau ist, wie auf einem gynäkologischen Stuhl zu sitzen. Aber heute ist mir das völlig egal. Ich will endlich zum ersten Mal mein Baby sehen. Über kleine Peinlichkeiten muss man als werdende Mutter schließlich hinwegsehen können. Mein Körper ist jetzt in der Hauptsache ein Gefäß für neues Leben – zumindest rede ich mir das jetzt mal ein.

Alles, was man sieht, sind zwei kleine dunkle Flecke. Und das soll mein Baby sein? Unverschämtheit. Das hatte ich mir aber ganz anders vorgestellt. Man sieht doch immer die fürchterlich demonstrativen Bilder der Abtreibungsgegner, mit denen jeder Frau, die ein selbstbestimmtes Leben führen will, mit der ewigen Verdammnis gedroht wird. Dort sind die Winzlinge immer schon richtige Babys mit allem dran (einfach nur ein bisschen klein, so zwei Millimeter groß geraten), die man eigentlich im zweiten Monat schon rausholen und knuddeln könnte. Und diese bösen, bösen Abtreibungsmütter sind echte Baby-Killer.

Und jetzt das: ein dunkler Fleck, nein, eigentlich sogar zwei, und der größere ist noch nicht mal das Baby, sondern der Dottersack, wie mir meine Frauenärztin Frau Dr. Fink erklärt. Es ist alles in Ordnung, der kleinere Fleck ist mein Baby, und es hat sich gut eingenistet, und jetzt muss man einfach nur abwarten, ob es auch bleiben will. Ich soll so in zwei bis drei Wochen wiederkommen. Ich klappe die Beine zusammen, steige vom Stuhl und bin plötzlich völlig benommen. Dr. Fink drückt mir noch ein Ultraschallbild in die Hand: das erste Porträt meines Babys.

Der Wahnsinn. Ich eröffne eine Ahnengalerie.

Als ich draußen bin, falle ich einer älteren Frau mit obligatorischem Hütchen und Hündchen völlig unvermittelt um den Hals und wedle mit dem Ultraschallausdruck vor ihrer Nase herum.

»Ist es nicht süß? Ist es nicht wahnsinnig süß?«

Ich bin wirklich und wahrhaftig schwanger – und das jetzt auch amtlich.

Ich habe das Ultraschallbild gerahmt und über das Sofa ins Wohnzimmer gehängt. Moritz wollte das Bild sofort abhängen. Er hasst abstrakte Malerei. Aber jetzt, wo er weiß, dass es unser Baby ist, starrt er auch ab und zu völlig verklärt drauf, während wir auf dem Sofa liegen, kuscheln und die Tagesschau gucken.

»Wir könnten noch ins Kino gehen …«

»Oder essen …«

»Lilli und Franz haben wir auch schon ewig nicht mehr gesehen …«

»Mmmmh, ist gerade so gemütlich hier …«

Ich kuschele mich noch näher an Moritz.

»Wir könnten auch mal wieder …«

Moritz' Hand wandert meinen Rücken entlang. Und was sie dort macht … ist einfach ziemlich … in jedem Fall gehen wir in den Nahkampf über, und es gibt auch nach zwei Jahren immer noch so Momente zwischen uns, in denen es sich wie ganz am Anfang anfühlt …

»Sind die irgendwie größer geworden?«

Moritz' Hände umfangen meine Brüste.

Wir sind mittlerweile mit lose baumelnden Kleidungsstücken auf dem Boden gelandet, und Günther Jauch schaut uns vom Fernseher aus zu. Ich gönn ihm das, so oft bekommt er so was bestimmt nicht zu Gesicht.

»Denk schon.«

Ich blicke an mir herunter, auf Moritz' Hände, die normalerweise der liebste BH der Welt für mich sind und die, wie es aussieht, jetzt durchaus etwas Mühe haben, den Inhalt ganz zu fassen.

»Mmmm … so was … ist ja wunderbar … also ich finde das Baby jetzt schon ganz toll … kannst du nicht immer schwanger sein?«

Mit diesen Worten taucht Moritz in die unteren Regionen ab. Und ich tauche plötzlich auf. Baby! Da ist ein Baby in meinem Bauch, und was mache ich hier? Wälze mich wie eine läufige Hündin auf dem Fußboden. Das Kind fühlt mit. Was bin ich nur für eine Mutter?

»Ich kann nicht.«

»Was kannst du nicht?« Moritz nuschelt etwas, er knabbert gerade an meinem linken Hüftknochen (na ja – nicht genau da – aber der genaue Ausdruck ist wahrscheinlich nicht jugendfrei).

»Ich bin Mutter.«

»Häh?«

Moritz richtet sich auf.

»Emma, bitte … was soll das jetzt?«

Ich deute auf das Ultraschallbild über dem Sofa. Das Baby blickt streng auf uns herab.

»Okay. Du bist schwanger.«

»Das ist das Gleiche.«

»Nicht ganz, und selbst wenn …« Moritz probiert meine rechte Pobacke.

»Mütter haben keinen Sex.«

»????????????????« Moritz blickt mich ungläubig an.

Ich nicke heftig mit dem Kopf.

»Emma, glaubst du nicht, dass du jetzt ein bisschen übertreibst?«

»Nein, überhaupt nicht.«

»Emma, jetzt komm schon, wir haben ewig nicht mehr …«

Es stimmt, es ist fast vierzehn Tage her – seit ich weiß, dass ich schwanger bin, haben wir nicht mehr.

Moritz versucht auf Stufe drei zu schalten – und er weiß verdammt gut, wie das bei mir geht. Aber heute hat er sich geirrt, heute geht bei mir gar nichts.

Ich stehe auf.

»Moritz, das tut mir jetzt Leid für dich, aber du kannst anscheinend die zarten Gefühle, die eine Mutter hat, doch nicht so ganz nachempfinden. Eine Mutter ist nicht scharf. Eine Mutter wälzt sich nicht am Boden … eine Mutter ist … ach, irgendwie ist es ein völlig anderer Zustand … irgendwie etwas Transzendentales … etwas ganz Besonderes … etwas Mystisches … da findet gerade ein Wunder in mir statt … so ein kleines Wesen … da kann man doch nicht einfach … ich krieg das in jedem Fall nicht zusammen … du und ich hier auf dem Boden … während in mir … was soll das Kind denn dabei denken? Nein, es geht einfach nicht … dieser … dieser … dieser profane Austausch von Körperflüssigkeiten.«

Moritz starrt mich an. Und dann steht er auf und holt zu seinem Schlussplädoyer aus.

»Meine Liebe, darf ich dich daran erinnern, dass der profane Austausch von Körperflüssigkeiten überhaupt erst zu diesem wundervollen Zustand führt … und dass du wirklich nicht mehr alle Tassen im Schrank hast … es tut mir Leid, anders kann ich das nicht mehr bezeichnen … ich wünsche dir und deinem Muttersein in jedem Fall eine wundervolle Nacht …«

Mit diesen Worten schnappt sich Moritz die Decke und ein Kissen vom Sofa und verschwindet türenschlagend in sein Arbeitszimmer unterm Dach.

Ach, ich weiß, was das bedeutet. Alarmstufe orangerot.

Ich seufze einmal tief auf. Ich werde allein erziehende Mutter sein. Nun gut.

Sex. Sex. Sex und sogar Sieben, Acht und Neun. Es ist drei Uhr in der Nacht, und ich habe Moritz gerade nach allen Regeln der Kunst vernascht. Sex nach einem Streit kann einfach wundervoll sein. Moritz schnarcht schon wieder. Ein Orgasmus wirkt bei ihm einfach besser als jedes Schlafmittel. Ich kuschle mich an ihn und bin doch ganz zufrieden, dass ich nicht nur Emma, die Mama, sondern auch noch Emma, die süße kleine Schlampe, bin (na ja, ich geb's zu, so nennt mich Moritz in bestimmten Situationen ab und zu). Ach. Ich bin mir jetzt doch sicher, dass auch Mütter Sex haben können. Und zwar richtig guten.

Heute früh ist mir beim Frühstück das allererste Mal ein kleines bisschen schlecht geworden: Schwangerschaftsübelkeit. Denk ich doch. Das erste Anzeichen meines Babys. Wie schön! Außerdem ist Nele wieder da.

Als ich atemlos am späten Nachmittag in unserem Lieblingscafé ankomme, sitzt Nele schon auf unserem Platz. Perfekt. Schön. Wie immer. Die Sonne scheint, um uns herum explodiert der Sommer. Alle zeigen, was sie haben oder nicht haben.

»Hi, Süße.«

»Hi, Süße … ach, ist das schön, dass du wieder hier bist … wie war's im hohen Norden?«

Ich lasse mich neben sie plumpsen und schiebe meine Sonnenbrille zurecht. Nele grinst mich an.

»Viel Arbeit … viel Vergnügen.«

»Wie viel Vergnügen?«

Nele hält drei Finger in die Höhe.

Ich schüttele bewundernd den Kopf. Drei Jungs – unglaublich – Neles Männerverbrauch nimmt langsam olympische Ausmaße an. Meinen Menge-Zeit-Rekord hat sie schon lange gebrochen, und selbst ihre eigenen Rekorde stellt sie in unglaublicher Geschwindigkeit immer wieder in den Schatten. Langsam wird sie zu einem Super-Single. Keine Nacht mehr allein. Aber nie den gleichen Typen. Ich bin mir nicht sicher, ob ich sie beneide oder nicht.

»War nicht schlecht, aber auch nichts Außergewöhnliches dabei. Isländer sind auch nicht anders – aber ich wollte es mal ausprobieren. In jedem Fall ist das Projekt gut gelaufen. Und was gibt's bei dir Neues?«

Ich zucke die Schultern und blicke angelegentlich in die Karte, die ich eigentlich nicht brauche, da ich hier sowieso immer einen Cappuccino trinke.

»Ooooch … nichts … eigentlich gar nichts. Dasselbe langweilige Zeugs wie immer … Moritz arbeitet zu viel … ich zu wenig … Bulle hatte gestern wieder einen Anfall … ich sag dir, da war …«

»Okay, erzähl schon, was ist los«, Nele unterbricht mich, »ich hab dir schon einen Cappuccino bestellt.«

Nele lehnt sich genüsslich zurück und grinst mich an. Manchmal denke ich, ich sollte lesbisch werden und sie heiraten. Oder nicht lesbisch werden und sie trotzdem heiraten.

»Ich, ähhm … ich weiß auch nicht …«

Nele blickt mir tief in die Augen.

»Du hattest einen Seitensprung.«

»Nicht ganz.«

»Du hast dir Schuhe für über 500 Mäuse gekauft.«

Ich schüttele den Kopf.

»Du hast deiner Mutter endlich mal die Meinung gesagt.«

Ich schüttele erneut den Kopf.

»Ich bin schwanger.«

Nele lässt ihr Latte-Macchiato-Glas fallen.

Es gibt eine Riesensauerei, und als schließlich alles aufgewischt ist, blickt Nele mich an.

»Ich glaub's nicht. Wie konnte denn das passieren?«

»Hat Moritz mich auch gefragt.«

»Und wie isses passiert?«

»Pille abgesetzt.«

»Spinnst du?«

»Vielleicht.«

»Wieso hast du mir das nicht erzählt?«

»Freust du dich nicht?«

»Ich hätte dich zur Vernunft gebracht.«

»Ich wollte nicht vernünftig sein ... wir wollten doch immer Kinder ... ist doch was Schönes, oder?«

»Ja, schon, ... ich freu mich ...«

Ich blicke Nele zweifelnd an.

»Ja, doch ... ich freu mich wirklich für dich ... oder muss ich jetzt sagen für euch? ... es ist nur so ... so neu.«

»Für mich auch.«

Wir blicken uns für ein paar Sekunden schweigend an.

So war das noch nie zwischen uns.

Vielleicht ist Nele sauer, weil ich sie nicht eingeweiht habe. Vielleicht wäre ich das auch, wenn sie plötzlich vor mir stehen würde und mir erzählen würde, sie ist schwanger.

Und dann denke ich was Gemeines: Vielleicht ist Nele

ganz einfach neidisch. Wir haben oft mit dem Gedanken gespielt, ein Kind zu bekommen – rein theoretisch. Und jetzt habe ich ihn praktisch umgesetzt – im Alleingang sozusagen – in jeder Hinsicht. Vielleicht ist das auch in einer gewissen Weise ein Verrat an unserer Freundschaft. Vielleicht verlasse ich Nele damit ein Stück. Vielleicht höre ich jetzt endlich auf, solchen Scheiß zu denken.

»Ach, was soll's … du warst schon immer verrückt.«

Nele grinst, steht auf und umarmt mich, und wir bestellen einen riesigen Freundschaftsbecher Eis, und ich schaufele den größten Teil in mich rein, und wir lachen und ratschen und erzählen uns blöde Schwangerenwitze, und danach ist mir schlecht. So was von schlecht. Eigentlich ist mir kotzübel. Ist ja auch kein Wunder, bei dem vielen Eis.

3. Monat

Oje. Oje. Oje. Mir ist immer noch schlecht. Und wie schlecht. Kotzübel ist mir. Dabei ist vom Eisbecher nun wirklich nichts mehr in mir drin. Ich konnte das anhand des Inhalts der Toilettenschüssel gestern Abend ganz genau überprüfen.

Außerdem habe ich das verdammte Gefühl, dass der Wecker nicht richtig geht. Es ist acht Uhr morgens, und es fühlt sich an, als wäre es mitten in der Nacht. Eigentlich bin ich erst vor zwei Minuten eingeschlafen. Wahrscheinlich haben die wieder die Zeit umgestellt. Machen die doch andauernd.

Moritz ruft mit Zahnpasta im Mund aus dem Bad, dass es erst August ist, damit immer noch Sommer und Sommerzeit, dass der Wecker richtig geht und dass ich gefälligst aufstehen soll, da ich heute arbeiten muss.

»Ich kann nicht aufstehen!«

»Ach, Emma, komm, es ist schon Viertel nach ... du kommst schon wieder zu spät. Bulle wird dich wieder auf die Hörner nehmen.«

»Ich kann nicht.«

»Was ist los?«

»Ich kann einfach nicht aufstehen.«

»Emma, du musst, ich dachte, ihr habt heute eine wichtige Redaktionssitzung.«

»Mir is immer noch schlecht.«

»Komm schon, ich mach dir einen Tee, dann geht es dir besser.«

»Ich will nicht aufstehen.«

»Dann bleib liegen, ich bring dir den Tee ans Bett.«

Zwei Sekunden später liege ich neben Moritz' Füßen im Bad und kotze mein noch nicht mal gegessenes Frühstück in original Villeroy und Boch.

Guten Morgen.

Erstaunlich, was so alles in einem leeren Magen drin ist. Mit klatschnassen Haaren sitze ich an einem von Moritz liebevoll gedeckten Frühstückstisch. Ich bin wild entschlossen, was zu essen, obwohl sich mein Magen immer noch so anfühlt, als wäre eine automatische Schiffsschaukel darin installiert, die auch noch Karussell fährt.

Moritz blickt mich besorgt an und beißt dann herzhaft in sein Brötchen. Ich kann's nicht glauben. Der Typ ist eiskalt. Gnadenlos.

Ich greife entschlossen zu einem Bananen-Joghurt. Iiiiiiii-ih. Mein Gott, riecht das eklig. Das Ding ist sicher schon vollständig abgelaufen. Ich sehe auf das Verfallsdatum. Frisch. Frischer. Am frischesten. Egal. Das Ding landet im Mülleimer. Seit den letzten zweihundert Skandalen trau ich jedem Lebensmittelhersteller alles zu. Datum draufdrucken kann doch wohl jeder.

Okay. Was dann?

Erst mal einen Schluck Tee. Moritz hat mir extra Kamillentee gemacht. Das tut meinem aufgeschreckten Magen bestimmt gut. Ich nehm einen Schluck. Das heißt, ich versuche es. Der Tee riecht nach Fleischbrühe. Kamillentee mit Fleischbrühe. Ganz klar, was hier los ist.

Moritz will mich vergiften.

Ich starre ihn an. Er hat eine Jüngere, Attraktivere, Blondere, nicht Schwangere gefunden und muss mich jetzt aus dem Weg räumen.

Moritz tippt sich an die Stirn, murmelt etwas von Hormonhaushalt. Und damit meint er sicherlich nicht seinen eigenen.

Jetzt weiß ich, was ich brauche: Ein Marmeladenbrot. Erdbeermarmelade. Dicke, rote, saftige Früchte voller Sonne tropfen von einem silbernen Löffel auf ein frisches, krosses, noch warmes Brötchen, auf dem ganz zart etwas goldgelbe Butter zerläuft. Ich hab eindeutig zu viel Werbung gesehen. Aber wahhh, ich seh's genau vor mir.

»Ich brauch Erdbeermarmelade. Und zwar sofort.«

Moritz sieht mir entgeistert nach, als ich mich auf der Suche nach der Marmelade, nur mit Slip und BH bekleidet, auf den Fußboden in die Hocke begebe, um in den tiefsten Tiefen unserer Küche zu wühlen. Irgendwo, irgendwo habe ich mal ein Glas davon gesehen. Ich kann mich ganz genau erinnern. Ha. Hier ist sie. Zwischen den Schuhputzsachen. Wusste ich es doch.

Ich beiße einmal in das dick bestrichene Brötchen.

Und spucke dann alles über den Frühstückstisch.

O mein Gott. Das ist ja widerlich. Die Erdbeermarmelade schmeckt nach Schimmel. Alt. Gammelig. Glibber. Pfui. Ich blicke auf das Glas.

Die Marmelade ist vom Dezember 1979 und von Tante Magda. Und jetzt fällt mir auch ein, dass ich das Glas schon mindestens zwei Umzüge lang mitgeschleppt habe.

Sieht ganz so aus, als ob Moritz jetzt ein frisches Hemd anziehen müsste.

Na ja, warum soll ich die Einzige sein, die unter Schwangerschaftsübelkeit zu leiden hat. Ist doch schließlich auch sein Kind, oder?

Zwei Stunden später und einen halben Zwieback voller bin ich dann endlich im Büro. Gerade noch rechtzeitig zur Redaktionskonferenz. Ich habe Glück. Bulle sieht mich nur mürrisch von der Seite an und lässt ein kurzes, bedrohliches Knurren hören. Ist mir aber völlig egal. Mich beschäftigt im Moment nur eines: Was gibt es zum Mittagessen?

Mittagessen ist halb ausgefallen. Mir ist immer noch schlecht. Hoffe auf morgen. Dann geht es mir sicher besser.

Am nächsten Tag ist mir immer noch schlecht.

Am übernächsten Tag ist mir wieder schlecht.

Am überübernächsten Tag ist es mir so richtig schlecht.

Am überüberübernächsten Tag ist mir nicht mehr schlecht. Mir ist kotzübel.

Ich befinde mich plötzlich in einem Mein-Magen-will-auswandern-Albtraum. Ich weiß nicht, wer den Spruch von der »morgendlichen Übelkeit« erfunden hat. Wahrscheinlich ein Mann – um mal wieder alles zu bagatellisieren. Das bisschen Haushalt, das bisschen Übelkeit, das bisschen Lippenstift an meinem Kragen. Mir in jedem Fall ist morgens schlecht und vormittags und mittags und nachmittags und abends und nachts.

Ich habe mittlerweile

A. Baldrian probiert (Tipp von der Frauenärztin, macht mich nur noch müüüüühhhder, schlecht ist mir genau wie vorher),

B. Homöopathie genommen (ging mir zwei Stunden besser, dann ging's wieder von vorne los),

C. eine Spezialteemischung getrunken (davon wäre mir selbst dann schlecht geworden, wenn mir nicht vorher schon schlecht gewesen wäre),

D. Vomex eingeschoben (mir war weiterhin schlecht, was ich aber für circa eine halbe Stunde nicht bemerkte, da ich fürchterlichen Durchfall bekam und das Vergnügen hatte, die Toilette mal wieder auf herkömmlichem Wege zu benutzen)

Lese gerade ein schlaues Buch über die Schwangerschaft. »Kleine Beschwerden natürlich behandeln«. Kleine Beschwerden! Ha! Die Tussi war sicher noch nie selbst schwanger – ich blicke auf den Umschlag – das Buch hat ein Mann geschrieben. Ein Herr Doktor. Na, das passt. Da steht drin, man soll ein paar Sonnenblumenkerne essen, wenn einem übel wird. HA! Schon bei dem Gedanken an Sonnenblumen …

Ich weiß überhaupt nicht, wie andere Frauen bei einer Schwangerschaft dick werden. Wenn das so weitergeht, sehe ich in sechs Monaten so aus wie Kate Moss mit einem halben umgeschnallten Fußball.

Habe in meiner völligen Verzweiflung bei meiner Frauenärztin angerufen. Bis zu fünfmal Kotzen am Tag ist völlig normal. Wie beruhigend. Erst wenn ich mich noch öfter übergebe, muss ich zwangsernährt werden. Auch schön.

Ich ertappe mich dabei, wie ich nachrechne, wie lange ich noch abtreiben könnte. Und vor lauter Schuldgefühlen über diesen Gedanken wird mir noch schlechter – stöhn. Ich muss irgendwo eine Kerze anzünden gehen, damit das Baby mir solche Gedanken verzeihen kann.

Mein Baby! O Gott, nein, wie süß, wie unglaublich, wie wundervoll. Der dunkle Punkt von vor drei Wochen hat so was wie Ärmchen und Beinchen und einen kleinen Kopf bekommen. Der Fötus in meinem Bauch sieht fast schon aus wie ein richtiges Baby. Na ja, man braucht dafür zugegebenermaßen noch viel Fantasie (sehr viel). Oder den liebenden Blick einer Mutter.

Trotzdem: Das ist ein Wunder. Und das in mir.

Ich liege auf dem Folter-Stuhl und blicke auf den Bildschirm neben mir. Und da ist es, ein kleiner grauer, verschwommener Fleck, und in der Mitte flackert noch ein viel kleinerer Fleck völlig aufgeregt hin und her.

Das ist der Herzschlag meines Babys. Ich fange, so wie ich hier liege, zu weinen an, hemmungslos und hemmungslos glücklich. Ich bekomme ein Baby. Ich! Ich bin doch selbst noch ein Kind, und jetzt ist dieses winzige, flackernde Etwas in mir, und ich kann es nicht richtig begreifen. Aber auch mein eigenes Herz fängt an zu flackern und schneller zu schlagen.

Von mir aus kann mir ab jetzt für den Rest meines Lebens schlecht sein.

Als ich wieder mit zusammengeklappten Beinen vor meiner Ärztin sitze, bekomme ich den Mutterpass. »Pass« heißt das Ganze wahrscheinlich deshalb, weil Schwangerschaft eine Grenzerfahrung ist, und man soll ja gut rüberkommen. Über die Grenze mein ich. Mir hat mal eine damals hochschwangere Bekannte erzählt, dass ihre Hebamme im Geburtsvorbereitungskurs mal gesagt hat, dass bei jeder Geburt ein Moment kommt, an dem man fast stirbt.

Ich bin mir sicher, diese Bemerkung wirkte ungeheuer beruhigend und entspannend auf alle Kursteilnehmerinnen.

»O mein Gott!«
»O mein Gott!«
»O mein Gooooottt!«
»O Goooooooooottttttttttttt!!!!!!!!!!«

Ich weiß, es ist ziemlich peinlich, aber wenn ich einen Orgasmus habe, schreie ich nach dem lieben Gott. Ich kann's mir einfach nicht abgewöhnen, und zum Glück mögen es die meisten Männer, wenn man sie so anredet – und der da oben hat anscheinend auch nichts dagegen.

Erschöpft und schweißnass steige ich von Moritz runter. Schwanger sein ist wundervoll. Ganz wundervoll. Unglaublich wundervoll. Ich kann ohne Übertreibung sagen, ich habe die besten Orgasmen meines Lebens. Es ist einfach fantastisch, was ein gut durchblutetes Becken zustande bringt.

Moritz spielt dabei natürlich auch eine gewisse Rolle. Ich bin so froh, dass ich meine »Eine-Mutter-hat-keinen-Sex-Krise« überwunden habe. Nicht auszudenken, was ich in den nächsten Monaten alles versäumt hätte.

Glücklich seufzend kuschle ich mich an Moritz.

»Das war schön.«

»Ah ja.«

Moritz klingt nicht so begeistert.

»Einfach fantastisch.«

»Gut.«

Höre ich da so etwas wie leise Kritik in seiner Stimme?

»Tut mir Leid, ich hoffe, du verzeihst mir, nächstes Mal denke ich auch wieder an dich, aber ich bin jetzt echt zu müde …«

Ich drehe mich um und bin im nächsten Augenblick auch schon fast eingeschlafen. Schwanger sein macht müde. Soooo müüüde. Moritz dreht sich seufzend auf die Seite. Sein bestes Teil steht immer noch wie eine Eins. Moritz macht sich dran, es wieder runterzuholen. Ich schätze, es ist ziemlich schwer, mit einer Riesenlatte einzuschlafen.

In einem meiner Schwangerschaftsbücher habe ich gelesen, dass irgendein Stoff im Sperma in der Lage ist, Wehen auszulösen. Hebammen benutzen diesen Effekt sogar, wenn die Schwangerschaft zu lange dauert. Ist doch interessant, dass man am Ende quasi das Gleiche machen muss wie am Anfang.

Poppen, bis der Arzt kommt, sozusagen.

Auf jeden Fall sind Moritz und ich seitdem übereingekommen, dass Moritz nicht mehr in mir kommt.

Ich bin schon fast eingeschlafen, als ich Moritz' finales Stöhnen höre. Irgendwie kann ich mich des Eindrucks nicht erwehren, dass Moritz mit dieser Regelung nicht ganz so glücklich ist wie ich.

Es ist zwei Uhr mittags, und ich war gerade beim Thailänder essen. Das Kind wird ein Asiate. Ganz klar. Obwohl alle

Ratgeber sagen, ich soll mich, solange mir übel ist, nur von Zwieback oder Seniorenkost ernähren, ist asiatisch und superscharf gewürzt das, was im Moment am besten geht. Es würde mich nicht wundern, wenn mein Baby mit Schlitzaugen zur Welt käme.

Ich war die einzige Frau, allein an einem Tisch im Restaurant. Mutterseelenallein. Single sozusagen.

Nie, nie, nie in meiner Zeit als wirklicher Single hätte ich mich getraut, einfach so in ein Lokal zu spazieren und einen Tisch zu verlangen. Es ist genau das passiert, was ich mir dabei immer vorgestellt habe. Alle anwesenden Paare oder Grüppchen starrten mich an, als wäre ich eine Schleim absondernde Erscheinung mit riesigen grünen Ohren.

Wenn ich nicht gerade Double statt Single wäre (auch wenn man es noch nicht sieht), wäre ich vor Scham im Boden versunken. Man kann als Frau so viel verdienen wie ein Mann, höchstpersönlich die Reifen am eigenen Porsche wechseln und seinem Bankberater erklären, was Puts und Pulls sind – aber Frau kann nicht einfach alleine in ein Lokal gehen. Ich schätze, bis das möglich ist, brauchen wir noch mal hundert Jahre, und selbst dann werden wir noch dieses blöde »Bestellt-und-nicht-abgeholt-Gefühl« haben.

Aber mir war alles scheißegal. Das Baby wollte eine Tom Yam Gung und Hummerkrabben mit Thai rot Curry, und das hat es bekommen. Sollen die Idioten doch glotzen – ich habe eine Lanze für alle Single-Frauen der Welt gebrochen – und das als Schwangere. Das muss mir erst mal eine Hardcore-Feministin nachmachen.

Auf dem Rückweg komme ich bei H+M vorbei, und obwohl ich eigentlich in die Redaktion müsste, stehe ich plötzlich ein paar Meter vor der Babyabteilung.

Das ist unbekanntes Terrain. Hier war ich noch nie.

Unglaublich. Ich traue mich diese winzigen Teile nur von weitem zu begutachten.

Wie süß. Wie süß. Wie süüüüühhhhhüüüß.

Aber ich bin erst in der zehnten Woche. Ich will die Götter nicht herausfordern.

Ich bin abergläubisch.

Ich verlasse Hasi und Mausi mit vier Teilen aus der Damenabteilung, die mir wahrscheinlich erst in zehn Jahren wieder passen werden – wenn überhaupt.

Nun gut, ich gebe es zu, ich habe ein paar klitze-klitze-klitzekleine geringelte Söckchen fürs Baby gekauft. Die würden bei mir gerade mal auf den großen Zeh passen. Aber (und das ist für die Götter) die sind so klein, die zählen ja eigentlich gar nicht, und außerdem sind es im Grunde genommen ein Paar Eierwärmer für die Wachteleier, die ich immer an Ostern zur Deko kaufe.

»Ich bin dick.«

»Du bist schwanger.«

»Ich bin dick.«

»Schwanger.«

»… zumindest sehe ich dick aus.«

»Du siehst schwanger aus.«

»Ich seh dick aus … bei schwanger hat man nicht diese

Fettrolle in der Taille, sondern einen schönen Kugelbauch, und und jeder weiß dann, dass man nicht einfach zu viel gegessen hat.«

»Dafür weiß dann jeder, dass du einmal zu viel gevögelt hast.«

Stimmt auch wieder.

Trotzdem sehe ich plötzlich irgendwie dick aus – das Erste, was sich verabschiedet, ist die Taille. Nicht dass ich davon vorher besonders viel oder vielmehr besonders wenig gehabt hätte. Aber jetzt habe ich eindeutig gar keine mehr.

Ich stehe vorm Spiegel und betrachte mich kritisch. Moritz brütet derweil über Akten, die er mit nach Hause genommen hat.

»Dir ist völlig egal, wie ich und unser Kind aussehen.«

»Emma, bitte, ich muss arbeiten.«

»Schau doch einmal nur kurz her und sag mir, dass ich nicht dick aussehe.«

Moritz blickt weiter in seine Akten.

»Du siehst nicht dick aus.«

»Findest du ehrlich?«

Moritz seufzt auf. Er klappt die Akte zu und blickt mich an. »Hast du es ihr schon gesagt?«

Geschickter Themenwechsel. Guter Anwalt. Dumme Emma.

Ich schüttele den Kopf.

Moritz grinst und öffnet die Akte wieder.

Ich setze meinen neuesten »Ich-bin-ein-schwangeres-Weibchen-bitte-bitte-hilf-mir-und-beschütze-mich«-Blick auf, mit dem ich Moritz neuerdings dazu bringe, mir unter anderem morgens das Frühstück ans Bett zu bringen.

»Könntest *du* nicht vielleicht?«

Jetzt schüttelt Moritz energisch den Kopf.

»Aber ich finde, es wird höchste Zeit, dass du es tust. Zum Beispiel gleich jetzt. Was du heute kannst besorgen … trallala und trallala …«

Moritz macht sich vergnügt wieder über seine Akten her.

Er hat leider Recht. Das sollte wohl wirklich besser ich selbst machen: meine Mama anrufen und ihr die frohe Botschaft verkünden …

Mama heißt eigentlich schon immer Mam und wohnt mittlerweile in Berlin.

Ich in München.

Gute sechshundert Kilometer dazwischen. Und das reicht immer noch nicht aus für uns beide. Deutschland ist einfach zu klein. Ich hatte mir schon mal überlegt, nach Amerika auszuwandern, aber dann hat mich die Aussicht, dass meine Mutter mich zwar wahrscheinlich weniger, aber dafür umso länger besuchen würde, davon abgehalten. Diese Erfahrung habe ich in meinem Au-pair-Jahr in London machen müssen, wo meine Mutter wochenlang bei meiner Gastfamilie zu Besuch war und wegen akuten Platzmangels mit im Bett der kleinen Emily geschlafen hat. Ich bin mir sicher, die kleine Emily wird spätestens als große Emily deswegen einen wirklich kompetenten Psychoanalytiker brauchen.

Schließlich sind sechsundneunzig Kilo Lebendgewicht in einem Kinderbett nicht das einzig Ausufernde an meiner Mutter.

Moritz hat leicht grinsen. Moritz hat es gut. Moritz' Familie ist über den ganzen Globus verstreut. Seine leibliche und (nach zwei Kindern und fünf Ehejahren) mittlerweile lesbische Mutter ist zurzeit, glaube ich, mit einer Geliebten irgendwo in irgendeinem Rave-Camp in Goa, und sein Vater hat sich gerade in den USA zum fünften Mal scheiden lassen. Moritz' leiblicher Bruder arbeitet in Brasilien, und die drei Halbgeschwister aus den diversen Ehen seines Vaters sind auf verschiedene Internate in der ganzen Welt verstreut.

In den letzten zehn Jahren hat es die Familie ein einziges Mal geschafft, sich komplett zu treffen: Für zwei Stunden an Weihnachten in der Frequent Traveller Lounge in Singapur.

Ich schätze, dass es dieser Familie einfach reicht, dass sie trotz allem eine Familie sind, ohne dass sie sich ständig sehen müssen. Vielleicht ist das der Idealzustand aller Familien überhaupt. Körperlich über Kontinente hinweg verteilt, ist emotionale Nähe wahrscheinlich leichter zu ertragen.

Na toll. Das sagt jetzt eine, die gerade dabei ist, eine kuschelige, klassische klaustrophobische Kleinfamilie zu gründen. Und damit eigentlich das wiederholt, was sie selbst erlebt hat. Nur in der Ikea- statt in der Deutschen-Eiche-Variante sozusagen. Ob es das besser macht? Vielleicht sollte ich Moritz ja auch vorschlagen, dass er nach Australien auswandert, ich gehe nach Amerika, und das Baby geht in die Kinderkrippe hier um die Ecke.

Mam ist eigentlich gar keine Mutter.

Wer sie mal erlebt hat, weiß, sie ist eine Urgewalt, in ihren Auswirkungen höchstens vergleichbar mit Mutter Erde (Vulkanausbrüche, Erdbeben, Überschwemmungen etc.). Seit ich laufen kann, gehe ich ihr am liebsten aus dem

Weg … das ist aber nicht so einfach. Bisher hat sie mich immer wieder eingeholt. Da ich weder Bruder noch Schwester habe, konzentriert sich ihr ganzer Brutpflegetrieb auf mich.

Gerade kommt mir ein ganz entsetzlicher Gedanke. Vielleicht sind Mütter *immer* so übergriffig. Vielleicht denkt das Baby in meinem Bauch das auch irgendwann – oder vielleicht denkt es das sogar jetzt schon. Ist schon komisch. Die wenigsten Frauen, die ich kenne, haben ein wirklich gutes Verhältnis zu ihren Müttern, stellen es sich aber toll vor, selbst Mutter zu sein. Na, ich kann das ja in jedem Fall bald am eigenen Leib erfahren, wie es ist, die Rollen zu wechseln. Oder vielmehr, wie es ist, beides gleichzeitig zu sein. Tochter und Mutter in Personalunion. Wahrscheinlich sollte ich mich schon jetzt nach einem guten Therapieplatz umhören – für jeden von uns je einen – in einer Familientherapie werden wir uns wahrscheinlich gegenseitig umbringen.

Ich greife todesmutig zum Telefonhörer und geh damit ins Schlafzimmer. Moritz muss das Gemetzel ja nicht mit anhören.

Es tutet einfach nur das Freizeichen.

Mam ist sicherlich nicht zu Hause. Ich kann sie ja auch morgen noch anrufen. Oder übermorgen. Oder überübermorgen. Oder …

»Katzmeyer … guten Abend.«

»Scheiße.«

»Wie bitte?«

»Oh, hi, Mam, ich bin's, ich habe nur, mir ist nur gerade

eine Hantel auf die Füße gefallen ... Aua ... Shit, das tut weh.«

Ich hüpfe vorsichtshalber auf einem Fuß auf und ab, damit das Ganze glaubwürdig rüberkommt.

»Dass du dich auch mal wieder meldest.«

»Wir haben erst vor einer Woche miteinander telefoniert.« (Und da bin ich leider nicht dazu gekommen, zu sagen, was los ist.)

»Ja, eben.«

»Mam, ich muss hin und wieder auch arbeiten.«

»So, arbeiten nennst du das, in anderer Leute Privatleben rumzuschnüffeln.«

»Mam, bitte, ich würde auch lieber für den Spiegel arbeiten.«

»Und warum tust du es dann nicht?«

»Das ist nicht so einfach.«

»Kind, Kind, du hattest schon immer einen Mangel an Motivation.«

»Ich habe keinen Mangel an Motivation. Außerdem mag ich meinen Job irgendwie ...«

»Du hängst in der Gegend rum ... und dafür habe ich dir Klavierunterricht geben lassen.«

»Mama, bitte, was hat jetzt das Klavierspielen damit ...«

»... und Ballettunterricht, aber da wolltest du ja nach einem halben Jahr nicht mehr hin ... weiß Gott, wir haben wirklich versucht, dich zu fördern, wo wir nur konnten ... wenn dein Vater sehen könnte, was aus dir geworden ist ...«

»Mama, ich bin schwanger.«

Ich brülle das ins Telefon.

Das ist die einzige Möglichkeit, eine halbstündige Tirade über meinen vor fünfundzwanzig Jahren verstorbenen Vater abzubrechen und mindestens zwanzig Euro Telefonkosten zu sparen.

Am anderen Ende der Leitung herrscht für eine Sekunde tödliches Schweigen. Ich glaube, das ist die längste Redepause, die meine Mutter je gemacht hat.

»Kind, das ist in deinem Alter doch gar nicht mehr möglich.«

»Mam, ich bin vierunddreißig.«

»Drei Viertel.«

»Ja und?«

»Dass deine Tage ausbleiben, Kind, ist ganz normal, das ist der Beginn der Wechseljahre, ich hab dir immer gesagt, geh rechtzeitig zum Arzt ...«

»Mam, ich bekomme ein Baby, ich bin schon im dritten Monat, du wirst Großmutter ...«

Zwei Sekunden Schweigen.

»Tatsächlich?«

»Voraussichtlicher Geburtstermin ist der fünfzehnte März.«

»Ich bin in zwei Stunden in München. Beweg dich nicht. Leg dich hin, ruh dich aus. Ich werde alles für dich tun.«

Genau das hatte ich befürchtet.

Unter Aufbietung meiner letzten Kraft, oder, besser gesagt, einer Lüge (wir fahren in Urlaub), konnte ich verhindern, dass sie gleich morgen früh hier einläuft. Aber sie wird kommen. A.s.a.p. – as soon as possible. Das ist sicher. Schließlich folgt der Tag auf die Nacht und umgekehrt. Und diese Abfolge hat noch niemand aufhalten können. Wie sollte es dann bei meiner Mutter gelingen?

Chorionzottenbiopsie.

Ich kann das Wort noch nicht mal richtig aussprechen. Ich weiß, ich bin erst vierunddreißig ein Drittel, und das Risiko für ein Downsyndrom steigt erst richtig an, wenn die Mutter über fünfunddreißig ist, aber ich bin einfach auch sehr vorsichtig. Ich habe sogar aufgehört zu rauchen.

Moritz und ich (das stimmt so nicht, es waren eigentlich ich und Moritz, da er alles wahnsinnig locker sieht – wird schon alles gut gehen, Schatzi –; kein Wunder, ist ja auch nicht sein Bauch). Also ich und Moritz haben in jedem Fall beschlossen, dass wir es ganz genau wissen wollen.

Und jetzt liege ich hier unter dem Ultraschall in der Spezialpraxis. Und was für ein Ultraschall, das Gerät sieht verglichen mit dem meiner Ärztin aus wie ein Porsche neben einem Fahrrad. Über mir hängt ein riesiger Bildschirm, auf den das Ganze übertragen wird. Ich komme mir vor wie im Kino vor einer Großleinwand. Die Schwester reicht mir eine Tüte süßes Popcorn und eine Flasche Coke light.

Und dann schwebt es quasi ein. Eine Fuge von Bach erklingt vom Himmel (nein, ich spinne nicht – die haben hier wahrscheinlich Lautsprecher in die Decke montiert). Und dann taucht es auf, im Schwarz der Leinwand.

Aus dem ehemaligen Punkt ist etwas geworden, das echt schon verdammt nach Baby aussieht. Es hat Ärmchen, Beinchen, einen ziemlich dicken Kopf – und eine Stupsnase. Eine Stupsnase! Wie schön, dass das Baby nicht meinen Zinken durch die Welt tragen muss.

»Es« schwimmt wie ein Astronaut in einer fernen Welt über den Bildschirm. Das Schwarz der Gebärmutter ist das Schwarz des Alls, unterbrochen von dem Sternengesprenkel des Bildschirmrauschens. Die Nabelschnur sieht aus wie die Sauerstoff-Verbindung der Astronauten zum Mutterschiff. Auch die Bewegungen sind die gleichen. Schwerelos, leicht und spielerisch. Drehungen, Wendungen und Kapriolen jenseits der Schwerkraft. Und für eine Sekunde bilde ich mir ein, dass er mir zuwinkt. Mein kleiner Astronaut.

Moritz, der das erste Mal beim Arzt dabei ist und das Baby deshalb zum ersten Mal live sieht, wischt sich heimlich die Augen.

Ha! Das ist besser als Hollywood und Champions-League zusammen.

Und dann sehe ich die Biopsie-Nadel.

Mindestens einen halben Meter lang und verdammt spitz. Ich beschließe spontan, dass ich doch locker mit dem leicht erhöhten Down-Risiko leben kann. Mit diesem Ding sticht niemand in meinen Bauch – und schon gar nicht in die Nähe von meinem kleinen Astronauten. Sollen die hier doch jemand anderen pieksen. Ohne Betäubung! Das ist ja wohl eine Zumutung.

Ich weiß nicht, ob ich Moritz bei der Geburt wirklich dabei-haben will. Wir sitzen gerade in einem Café. Ich brauche zur Stärkung ein Stück Sahnetorte. Moritz ist immer noch völlig grün im Gesicht und verweigert seit zwei Stunden das Essen. Er meint, ich war sehr tapfer, als mir die Ärztin die Nadel in den Unterleib gerammt hat.

Wer wäre das nicht, wenn er gleichzeitig im Ultraschall

sieht, wie das Monster-Ding knapp an dem Baby vorbeigeht, und er weiß, dass schon ein Pups einen Mord bedeuten könnte.

Ha. Mein Kind hat eine Mutter, die dem Schrecken ins Auge geblickt hat. Was bin ich für ein Vorbild. Trotzdem beschließe ich, dass ich in Zukunft bei seltsam fremdländisch klingenden Untersuchungen doch lieber noch mal nachdenke, ob das wirklich sein muss.

4. Monat

Ommmmm. Ommmm. Ommmm.

Ich mache gerade die Brücke über den Kwai oder so ähnlich aus einem Yoga-Übungsbuch für Schwangere und habe beschlossen, ab jetzt nur noch positive Gedanken an mich ranzulassen.

Schließlich steht jetzt quasi die Standleitung runter zum Zwerg. Mit jedem Tag bekommt er mehr mit von der Welt draußen und wie ich mich in ihr fühle. Ich habe mal gehört, die Koreaner betrachten die Zeit der Schwangerschaft als das erste Lebensjahr eines Menschen. Ein schöner Gedanke.

Ich bin eine stolze Mama. Und es wird höchste Zeit, mein Mutterglück nicht nur mit meinen engsten Vertrauten, sondern mit der ganzen Welt zu teilen. Denn das Ergebnis der Chorionzottenbiopsie ist da – alles in Ordnung – Gott sei Dank.

Ich habe an Moritz' Schulter geheult, als ich den Bescheid bekommen habe. Man stellt sich das alles immer so einfach vor. Ich bin eine moderne Frau, und ich bekomme selbstverständlich kein behindertes Kind – das bekommen immer nur die anderen.

Ein schlechter Befund hätte in jedem Fall eine Tragödie ausgelöst. Ich weiß nicht, was ich oder wir dann wirklich getan hätten ... und es ist ein Segen (wenn man schwanger ist, kommen einem solche Wörter über die Lippen, auch wenn man seit zwanzig Jahren keine Kirche von innen gesehen hat. Italienische Kirchen mit ihren Fresken zählen dabei nicht wirklich), und ich bin heilfroh (sic!), dass ich hier keinen Ernstfall proben muss.

Somit sind für die Schädigungen, die der kleine Zwerg später hat, dann nicht die Gene, sondern nur die Neurosen von Mama und Papa verantwortlich.

Ich fläze mich auf dem Sofa, streiche über meinen Bauch, greife zu meinem Telefonbuch. Wen haben wir denn da? Ahhh, Sylvia … meine Cousine Sylvia (selbst zwei Kinder – Zwillinge, Jungs, 9 Jahre alt) wird sich sicher mit mir freuen:

»Schwanger? Du? Bist du vollkommen wahnsinnig? Du versaust dir dein ganzes Leben … *rääääähhhhhh* … *wummmmmmm* … *schepper* … ich muss auflegen … hier ist gerade der dritte Weltkrieg ausgebrochen … ruf mich an, wenn es da ist und ich bis dahin noch lebe … und ich habe dich immer so um deine Unabhängigkeit beneidet.«

Es klingt, als würde in ihrer Drei-Zimmer-Wohnung gerade ein Raumschiff mit Außerirdischen landen. Gott, bin ich froh, dass ich keine Zwillinge bekomme. Und wieso beneidet? Und wieso sagt sie mir das erst jetzt? Eigentlich hat sie immer den Eindruck erweckt, als würde sie mich wegen meiner vertrockneten Gebärmutter eher bemitleiden.

Gut. Nicht alle können in Freudengeheul ausbrechen. Wer ist der Nächste? Ah ja, hier: Bernd Rabel – mein bester Freund (rein platonisch) von der Achten bis zum Abi. Er wollte immer Rockmusiker werden, spielt heute noch hervorragend Luftgitarre, programmiert allerdings jetzt hauptberuflich Internetseiten:

»Schwanger? O mein Gott, ausgerechnet du. Von dir hätte ich das nie gedacht. Die Welt ist überbevölkert, das haben wir doch schon in der Zwölften in Sozialkunde durchgenommen, und täglich werden es mehr, ich geb uns noch zwanzig Jahre, und dann kann man sich nicht mehr drehen, so voll wird das hier sein ... und da musstest du jetzt auch noch einen Beitrag dazu leisten ...«

Na ja, Bernd hat sich wirklich nicht sehr verändert.

Ist auch egal. Denn jetzt kommt Onkel Wolfgang, mein Lieblings- und Patenonkel, unverbesserlicher Junggeselle mit einem unglaublichen Frauenverbrauch:

»Schwanger? Ich hoffe, der Kerl heiratet dich endlich, sonst kann er gleich mal ein Zimmer im Krankenhaus buchen ...«

Ach, Onkel Wolfgang ist ein Schatz. Er liebt mich immer noch wie früher, als ich ein kleines Mädchen war und er mich auf seinem Motorrad mitgenommen hat.

Übrigens hat er Moritz eine Heirats-Frist bis zum achten Monat gesetzt, sonst will er ihm beide Arme brechen. Ich denke nicht, dass er darüber nachgedacht hat, dass ich Moritz und das Baby dann gleichzeitig füttern müsste. Onkel Wolfgang war noch nie praktisch veranlagt.

Britta ist die Nächste. Britta ist eine ehemalige Kollegin aus meiner Zeit bei der Zeitung. Arbeitet seit einem Jahr völlig freiberuflich, weil sie die schlechten Vibes im Büro nicht mehr ertragen konnte und außerdem eine vom Arbeitsamt bezahlte Ausbildung zur heilpraktischen Reikilehrerin machen wollte.

»Ein Kind? Du traust dich was. Das wird teuer. Hast du dir mal ausgerechnet, was das kostet, bis es fertig studiert hat? 80.000 alleine bis zum Abi, und da ist die Inflationsrate noch gar nicht mit eingerechnet …«

Britta hat Gott sei Dank aufgelegt, bevor ich bei ihr schnell mal zehn Ausbildungsversicherungen abgeschlossen habe. Ihr Mann ist gerade nach Hause gekommen, und seine Aura sah ganz fürchterlich schlecht aus. Da muss sie mal kurz mit dem Bergkristall drüber.

Jetzt ist Stefanie dran. Stefanie Kohlmann hat mit mir studiert und ein Jahr lang eine Vierundzwanzig-Quadratmeter-Wohnung mit mir geteilt. Mittlerweile ist sie Brokerin bei einer großen deutschen Bank. Der Kontakt ist etwas lau geworden, seit wir nicht mehr in derselben Stadt wohnen, aber trotzdem, sie soll sich auch freuen:

»Schwanger, ach wie schön. Ganz toll. Das ist die echte Verbindung zu Mutter Erde, selbst Mutter zu werden.«

Sie freut sich! Stefanie freut sich. Ich kann es gar nicht glauben. Endlich mal jemand, der sich wirklich einfach mal nur mit mir freut.

»Wann kommt es denn? Mitte März? Oje.«

Pause am anderen Ende der Leitung.

»Ganz schlecht, ganz schlecht. Das wird ein Fisch. Konntet ihr das denn nicht besser timen? Ich hätte euch doch jederzeit geholfen, den richtigen Zeitpunkt zu finden. Schließlich bist du Löwe, und Moritz ist, soweit ich weiß,

Steinbock. Da passt ein Fisch gar nicht … das wird Probleme geben, jede Menge Probleme, sag ich dir … aber vielleicht kann man ja mit dem Aszendenten noch was retten …«

Als ich mir gerade überlege, wie ich die Geburt um mindestens vier bis fünf Wochen vorverlegen kann, damit mein Kind auch sternentechnisch optimal zu mir passt, muss Stefanie auflegen – die Börsennews.

Mir reicht es für heute Abend. Ich hoffe, die Engel hatten bei der Verkündung von Marias froher Botschaft mehr Erfolg. Euch ist ein Heiland geboren, sangen die Engel, und die Hirten sagten: Ja, ist ja schön und gut, und begannen dann erst mal über die Folgekosten wie Christenverbrennung, Inquisition, jede Menge sauteure, heute meist leer stehende Kirchengebäude etc. zu diskutieren.

Ich lege den Telefonhörer auf und beschließe, direkt ins Bett zu gehen, als es plötzlich klingelt. Es ist Maja, eine alte Urlaubsbekanntschaft (zwei Wochen Club Med auf Kos mit durchgeknallten Franzosen. Ohne Maja hätte ich nicht überlebt). Wir haben uns mindestens vier Jahre nicht mehr gesehen oder gesprochen. Sie ist gerade auf der Durchreise und fragt, ob wir uns morgen zum Abendessen treffen können.

»Du bist schwanger? Mein Gott, wie schön. Das ist ja eine wundervolle Nachricht. Du bist bestimmt wahnsinnig glücklich … seit meine Kleine da ist, macht alles noch viel mehr Spaß … das wird ganz toll werden, glaub mir … ich bin in jedem Fall der glücklichste Mensch auf der Welt, und ich freu mich ja soo für dich … wir wär's denn mit morgen

Abend? Ich muss auf jeden Fall deinen kleinen Babybauch sehen ...«

Als ich nach dem Telefonat mit Maja endlich im Bett liege, Moritz sich an mich kuschelt und ich beide Hände auf meinen Bauch lege, bin auch ich für ein paar Momente der glücklichste Mensch auf der Welt.

Die Welt ist einfach perfekt gerade, so, wie ich hier auf dem Bett liege, neben mir schnarcht sanft Moritz, in mir schläft sanft das Baby. Die Bettwäsche ist seidig und duftet wunderbar, meine beiden Hände liegen auf meinem Bauch.

Ich spreche mit dem Baby, und ich kann es vor mir sehen. Ein ganz kleiner Zwerg, von Kopf bis Po gute sechs Zentimeter lang. Der Zwerg winkt mir zu. Und dann holt er tief Luft und greift nach einem Becher Schokoeis mit Schokosplittern und Sahne, den ich heute Abend zum Nachtisch verdrückt habe. In einer unglaublichen Geschwindigkeit schaufelt er das Eis in sich rein. Und dann ein Schnitzel. Und Pommes rot-weiß. Und einen Big Mac und Eisbein mit Sauerkraut.

Der Zwerg in mir wächst und wächst und wächst, und mit ihm wachsen mein Bauch und meine Brüste. Ich kann schon lange nicht mehr meine Zehen sehen. Mein Busen sprengt das Pyjamaoberteil. Die Perlmuttknöpfe fliegen wie Geschosse durch die Luft. Moritz neben mir versucht unter die Bettdecke in Deckung zu gehen, aber vergeblich. Er wird von meiner stetig wachsenden Leibesfülle gnadenlos aus dem Bett geworfen. Verzweifelt versucht er sich seinen Platz zwischen meinen beiden enormen Brüsten und dem Bauch zurückzuerobern. Zu spät.

Ich wachse und wachse und wachse.

Das Schlafzimmer wird viel zu klein für mich. Ich hebe die Decke von unserem Haus ab und fange langsam an, in den sternengesprenkelten Himmel zu entschweben wie ein Luftballon. Nicht einer von denen, die man so vom Kindergeburtstag kennt. Nein, ich sehe eher aus wie ein Heißluftballon. Auf mir drauf (quer über meinen riesigen Bauch) ist groß eine Werbung für Hipp Babynahrung gedruckt – das finde ich nun ehrlich gesagt irgendwie irritierend.

Als ich schließlich mit einem Schrei platze und lauter kleine rosa und hellblaue Luftballons über München freilasse, werde ich schweißgebadet wach.

Zitternd gehe ich ins Bad und stelle mich auf die Waage. Ein Kilo mehr als vorher. Noch mindestens neun sollen und müssen es noch werden. Wie soll ich das bloß überleben? Wahhh, und ich hatte mal eine gute Figur – von der Seite gesehen, wenn ich meinen Bauch eingezogen habe.

Wenigstens meine Titten sind wirklich wundervoll – nicht nur in Moritz' Augen. Das sieht besser aus als mit jedem Wonderbra der Welt. Schwangerschaft statt Gel-Einlagen.

Etwas getröstet wanke ich zurück ins Bett. Man müsste eine Schwangerschaft erfinden, bei der man keinen dicken Bauch bekommt – wieso versuchen die Idioten das nicht mal. Da fliegen die zum Mond, und ich muss am Ende immer noch so aussehen, als hätte ich einen Riesenkürbis verschluckt. Typisch Mann. Wird höchste Zeit, dass mehr Frauen in die Forschung gehen.

Okay. Es ist so weit. Meine beiden Lieblingshosen passen nicht mehr. Oder vielmehr, sie passen schon noch, wenn ich den Reißverschluss nur bis zur Hälfte zuziehe. Mit Gewalt geht es auch noch bis ganz oben, aber dann quietscht das Baby empört auf.

Abgesehen davon, dass ich immer noch keine Schwangerschaftsklamotten habe, kriege ich langsam das Problem, dass das Bäuchli leider nicht mehr lange zu übersehen sein wird.

Anna in der Redaktion hat mich schon ein paar Mal ziemlich komisch von der Seite angesehen.

Ich hab nur mit den Schultern gezuckt und »Ich muss wohl weniger Spaghetti essen und endlich deine Blutgruppendiät ausprobieren« gemurmelt.

Trotzdem, es wird Zeit, dass ich zu Bulle gehe und ihm sage, was los ist. Wahrscheinlich wird er mich auf der Stelle feuern – bei Freiberuflern wie mir ist das problemlos möglich.

Ach, Festanstellung! Ach, Mutterschutz! All die Jahre habe ich die täglich malochenden Spießer bedauert. Jetzt werden sie mich mitleidig anblicken.

Moritz verdient mit der Kanzlei im Moment gerade genug, um nicht selbst zu verhungern und den größeren Teil der Miete zu übernehmen. Wenn er auch noch mich und das Baby voll finanzieren muss, werden wir wohl Sozialhilfe beantragen müssen, was wieder nicht klappen wird, da Moritz garantiert einen Euro und zehn Cent über der Bemessungsgrenze liegt.

Na ja, ich kann ja dann immer noch betteln gehen. Ein weinendes Baby auf dem Arm ist dabei sicherlich sehr hilfreich.

Ach, es hilft alles nichts. Ich muss es Bulle sagen. Ich habe es immer weiter und weiter vor mir hergeschoben. Es ist schon elf Uhr vorbei, und ich müsste mir eigentlich was Neues zum Wussow-Clan einfallen lassen, aber gleichzeitig weiß ich genau, dass Bulle vormittags die bessere Laune hat.

Elf Uhr und sechzehn Minuten. Ich stehe entschlossen auf. Mein Kind hat eine mutige Mama, die dem Feind direkt ins Auge blickt. Jawoll.

Als ich kurz vor Bulles verschlossener Tür bin, kommt ein fast zwei Meter großes heulendes Etwas aus seinem Büro. Es schleicht schluchzend, mit hängenden Schultern, in Richtung Männertoilette. Wenn mich nicht alles täuscht, war das unser neuer Praktikant. Ein bildhübscher Kerl, spielt in der Freizeit Rugby und Basketball – hat alles nichts genützt.

Mir fällt ein, dass ich eigentlich dringend was kopieren muss, und ich eile zurück an meinen Arbeitsplatz. Ich denke, dass ich dem alten Wussow-Knacker ein uneheliches Kind andichten werde. »Späte Vaterfreuden bei ... Fragezeichen Fragezeichen Fragezeichen«, hacke ich gerade in den Computer, als ein heftiges Parfum mich umhaut.

»Ich würd's ihm einfach sagen.«

»Wie, was sagen?«

Vor mir steht Pia und grinst mich an. Seit ich hier arbeite, sind Pia und ich die besten Feindinnen. Sie hatte damals ein Verhältnis mit Bulle und alles dafür getan, dass ich mich hier in der Redaktion so rundum unwohl fühle. Ihre kleinen Fiesigkeiten hörten erst auf, als das Verhältnis mit Bulle in die Brüche ging und er bei der wöchentlichen Redaktionskonferenz ständig versuchte, mir unter den Rock zu gucken. Ich schätze, sie hatte Angst, ich würde in ihre Fußstapfen beziehungsweise String-Tangas treten und den Spieß umdrehen.

»Na, du kannst auch warten, bis die Wehen einsetzen.« Pia geht zwei Schritte weiter und dreht sich dann noch mal um.

»Vielleicht fällt ihm ja auch irgendwann auf, dass es in deinen Artikeln nur noch so von Babys wimmelt. Du hast in den letzten zwei Monaten ungefähr fünfundfünfzig eheliche und mehr als dreißig uneheliche Kinder erfunden ... ah, die Fünflinge im aserbaidschanischen Königshaus nicht zu vergessen ... viel Spaaahaß.«

Pia geht arschwackelnd davon.

»Du frigide, nein, ich korrigiere mich, du frigide und unfruchtbare Zicke!!!«

Ich schreie es durch die ganze Redaktion. Alle drehen sich erschrocken zu mir um. Ich bin doch sonst so harmoniebedürftig.

Bin ich auch, deswegen findet diese Szene leider nur in meinem Kopf statt. So viele Hormone hab ich nun doch nicht im Blut, dass ich mich das traue. Östrogen wirkt einfach nicht wie Testosteron.

Und dann schleiche ich gesenkten Hauptes doch in Richtung Chef. Ich klopfe und öffne die Tür zu Bulles Büro.

Ich trete ein.

Ich setze mich auf den extra niedrig eingestellten Stuhl vor Bulles imposanten Schreibtisch. Uralter Trick, und leider immer noch wirkungsvoll.

Bulle blickt noch nicht mal von seinem Computer auf. Er schreibt was und telefoniert gleichzeitig. New York. London. Tokio. Ach, das Leben als Chefredakteur einer Klatschzeitschrift ist wirklich ungeheuer spannend. Wer hat mit wem, wer hat überhaupt, und wie viel wird die Scheidung kosten?

Er nimmt mich überhaupt nicht wahr.

Ich bin eigentlich gar nicht vorhanden. Ich bin völlig unwichtig. Wahrscheinlich hat er mich noch nie vorher gesehen.

Wenn ich also eigentlich nicht vorhanden bin, kann ich also eigentlich gar nicht schwanger sein und eigentlich auch gleich wieder gehen.

Ich habe mich gerade zwei Zentimeter aus diesem unbequemen Sitzdings erhoben, als Bulle, immer noch telefonierend und mit zwei Fingern in den Computer hackend, plötzlich losbrüllt.

»Also was ist los????«

Ich plumpse vor Schreck zurück in den Sessel. Ein dämliches Scharnier löst sich, der Sessel ruckt, und ich sitze plötzlich noch mal zwanzig Zentimeter tiefer.

Wenn ich mich anstrenge, bin ich mit Augenhöhe auf Schreibtischkante.

»Äha, nichts, rein gar nichts ist los.«

Ich habe plötzlich die Stimme der frühen Madonna, als sie noch wie eine Jungfrau war. Ich versuche mich verzweifelt aus der abgeknickten Sitzposition zu erheben, was mir leider nicht gelingt.

»Schon wieder 'ne Gehaltserhöhung? Is nicht, kann ich gleich sagen.«

»Äh, nein, das ist es nicht.«

»Was ist es dann, rücken Sie schon raus, ich hab nicht ewig Zeit.«

Das ist gut. Er telefoniert jetzt anscheinend mit Paris und

Rom gleichzeitig und tippt dabei immer noch in seinen Computer.

»Ähm, ich … ich wollte nur sagen, dass ich neuen Kaffee gekocht habe und dass ich …«

Bulle starrt mich an, als wäre ich nicht mehr ganz dicht. Er legt den Telefonhörer auf und beginnt die Nummer von Haar, der größten Irrenanstalt bei München, zu wählen.

»… dass ich, ähm … dass ich …«

Bulle starrt mich an. Seine Augen sind müde. So müde. Ständig hat er es mit irgendwelchen sabbernden Leuten zu tun, die meinen, sie seien Journalisten, und noch nicht mal einen vollständigen deutschen Satz rausbringen. Soll er mich jetzt aus Mitleid erschießen? Eine Achtunddreißiger liegt für solche Fälle immer griffbereit in der untersten Schreibtischschublade.

Oder soll er doch lieber seiner Wut freien Lauf lassen? Dann kann ich wenigstens sein Büro verlassen, ohne die Tür öffnen zu müssen. Wenn da ein Zwei-Meter-Praktikant untendrunter durchpasst, hilft es auch nichts, dass ich heute meine höchsten Stöckelschuhe trage.

»… dass ich, ähm … also ich bin schwanger, und ich weiß, ich bin hier nicht fest angestellt, und Sie können mich sofort vor die Tür setzen, aber ich brauche diesen Job ganz dringend bis zur Geburt, und auch gleich danach, denn mein Freund verdient nicht genug, und ich weiß, dass Schwangere und Mütter nicht gern gesehene Arbeitnehmer sind, aber ich bitte Sie trotzdem …«

Meine Stimme geht in ein hohes Quieken über. Damit könnte ich jetzt sogar Dieter Bohlen Konkurrenz machen.

Bulle ist aus dem lederbezogenen Chefsessel aufgesprungen und starrt mich mit gefährlich glitzernden Augen quer über den Schreibtisch hinweg an.

Waaah. Ich will nach Haar. Freiwillig.

Ich bin wirklich wahnsinnig, ihm zu sagen, dass ich schwanger bin.

Fünf Minuten später liege ich, von einem Kaschmirplaid umhüllt, auf dem sauteuren und sauunbequemen Designersofa im großen Konferenzsaal und starre an die Decke.

Bulle kommt rein, in der einen Hand eine Tasse mit Hühnerbrühe (vom Feinkostladen gegenüber), in der anderen Hand ein Daunenkissen, das er mir unter die Beine schiebt.

»Sie müssen sich jetzt schonen, das ist das Allerallerwichtigste.«

Bulle blickt völlig verzückt auf meinen Bauch hinab. Bisher hat er immer nur völlig verzückt auf meine Titten geblickt.

»Ein Baby. Wie wundervoll. Da drin. Kann man sich kaum vorstellen …«

Er probiert die Hühnerbrühe, sie darf nicht zu heiß für mich sein. Dann blickt er mich mit großen Augen an. Er räuspert sich verlegen.

»Könnten Sie … ich meine, ich will ja nicht zudringlich sein … aber meine Frau und ich versuchen es schon so lange … könnten Sie mir vielleicht morgen ein Ultraschallbild mitbringen? Ich will das kleine Wutzel doch auch mal sehen.«

Ich nicke gottergeben und verwundert (wie will Bulle Kinder mit seiner Frau machen, wenn er seinen Samen die meiste Zeit aushäusig … na ja, ist ja nicht mein Problem), und Bulle schließt glücklich lächelnd leise, leise die Tür hinter sich.

Draußen höre ich ihn brüllen, dass mich ja keiner in der nächsten halben Stunde stören soll. Eine werdende Mutter wie ich braucht ihre Ruhe.

Er hat mir verboten, mich heute noch mal an den Computer zu setzen, und ich musste ihm versprechen, mich jede Stunde mindestens zehn Minuten hinzulegen.

Ach, ich weiß eigentlich gar nicht, wie ich das finden soll. Als Pia reinkommt, um mich zu fragen, ob ich irgendetwas brauche, weiß ich, wie ich das finde. Toll. Einfach toll.

Pia ist für die Zeit der Schwangerschaft zu meiner persönlichen Wohlfühl-Assistentin abkommandiert worden. Und sie muss mir jeden Tag eine Tasse mit frischer Hühnerbrühe vom Feinkostladen bringen. Ist gut für das Kind.

Schlecht ist nur, dass ich Hühnerbrühe hasse.

Ćevapčiči. Eindeutig Ćevapčiči. Der Typ neben mir in der U-Bahn hat ganz sicher Ćevapčiči zu Mittag gegessen. Wie kann man nur? Vielleicht isst er jeden Tag Ćevapčiči. Morgens. Mittags. Abends. Ich würde so was, schwanger oder nicht schwanger, noch nicht mal mit vorgehaltener Waffe runterkriegen. Und diese blöde Tussi schräg gegenüber hat wahrscheinlich Wochen nicht geduscht. Igitt, igitt. Viel Parfum drüber und sich drunter nicht waschen. Das haben wir gern.

Man hat mir übrigens vor zwei Wochen einen Job als Drogenspürhund angeboten. Seit ich schwanger bin, ist meine Nase jedem Schäferhund überlegen. Leider ist das nicht in jedem Lebensbereich von Vorteil. Sogar Moritz müffelt – aber nur ganz, ganz manchmal.

Marienplatz – ich muss Gott sei Dank raus aus der U-Bahn, bevor ich auch noch mitbekomme, wie der Typ in der Lederjacke da drüben so im Intimbereich duftet.

Ich weiß nicht, ob das anderen auch schon aufgefallen ist. Wenn man in der U-Bahn endlich einen der raren Sitzplätze ergattert hat, befindet man sich leider genau in Augen- und Nasenhöhe mit dem Genitalbereich der meisten stehenden Mitfahrer. Das ist schon im Normalfall manchmal hart. Schwanger und damit mit dem neuen Östrogen-Geruchssinn ausgestattet, kann das dazu führen, dass man es vorziehen würde, lieber stehend zwischen Odeonsplatz und Giselastraße sofort zu gebären, als sich sitzend auszuruhen.

Zartrosa geblümte, zusammengenähte Bettlaken. Ich wusste nicht, dass es Frauen gibt, die so was anziehen. Ehrlich gesagt wusste ich auch nicht, dass irgendjemand innerhalb von neun Monaten wirklich soooo dick werden kann.

Ich bin fassungslos. Ich steh in einem bekannten und sauteuren Laden für Babys und werdende Mamas und blicke auf Schwangerschaftsklamotten, die das Pendant zu einer Wohnzimmerschrankwand aus deutscher Eiche sind.

O mein Gott. Glauben die Designer dieser Monstrositäten hier, dass Schwangerschaftshormone bei Frauen zu völliger Geschmacksverirrung führen? Aber wahrscheinlich funktioniert das Ganze doch eher nach dem Motto: »Ich bin dick und völlig unattraktiv – da ist sowieso schon alles egal.«

Und wenn man es sich überlegt, sind zweihundertfünfunddreißig Euro und fünfundzwanzig Cent für ein zart geblümtes Sechs-Mann-Zelt in blassrosa im Grunde genommen doch recht günstig.

Außerdem hat man ja mit einer Schwangerschaft biologisch und evolutionär das eigentliche Ziel von Reizwäsche, Miniröcken, Push-ups und High Heels ja nun wirklich definitiv erreicht. Das dient doch schließlich alles nur dazu, das richtige Männchen anzulocken, um mit ihm richtigen Sex zu machen und dann die richtigen Kinder zu bekommen.

Wieso soll eine Frau danach noch attraktiv aussehen wollen? Ist doch nun wirklich völlig unnötig. Außerdem dient diese Art von Kleidung wahrscheinlich der seelischen Vorbereitung. Schwangerschaft ist eine Übergangszeit. Von der Frau zur Mutter. Von Push-ups zu Still-BHs. Von High Heels zu Birkenstocks. Von Jil-Sander- zu Jogginghosen. Vielleicht ist es ja gar nicht so schlecht, wenn man sich in den neun Monaten, bevor das Baby da ist, schon mal damit abfindet, dass man Abschied nehmen muss von all den schönen Dingen.

Ich flüchte aus dieser Geisterbahn des guten Geschmacks direkt in die Arme von Hasi und Mausi. Die haben mich in jeder noch so schweren Krise getröstet.

Schließlich sind heiße Hosen zum Preis eines Abendessens und knappe Tops zum Preis eines Big Macs manchmal die besten Seelentröster.

Und siehe da – H+M hat nicht nur ein Herz für Teenies mit zu knappem Taschengeld, nein, sie denken auch an alle Frauen, die neun Monate Zeit haben, sich von normalen Kleidergrößen für immer zu verabschieden.

Mit einer Kunstlederhose mit eingearbeitetem Stretchbund, der sogar Drillingsbäuche locker schafft, verlasse ich Hasi und Mausi.

Ich bin schwanger.

Ich bin sexy.

Soll doch jeder sehen.

Say it loud: I am pregnant and I am proud.

Dass ich beim nächsten Schaufenster, als ich mein Spiegelbild sehe, kurz versuche, den Bauch einzuziehen, behaupten nur wirklich bösartige Leute.

Ziehe gerade meine neuen Schwangerschaftshosen an, ein paar Manolos drunter (hoffe, dass ich nicht vom Sockel falle und dabei das Baby verletze), Moritz fährt über meinen eigentlich noch recht kleinen Bauch und küsst mich in den Nacken.

»Du bist die schärfste Schwangere, die ich je gesehen habe.«

Ich strahle ihn an. Moritz ist ein Schatz. Er würde so was wahrscheinlich noch sagen, wenn ich seit Stunden brüllend und schwitzend im Kreißsaal liegen würde.

Wir gehen aus. Ins schickste Lokal der Stadt. Wir können uns das gar nicht leisten. Aber Moritz' Vater ist auf seiner Hochzeitsreise nach Südafrika mit seiner neuen Frau hier in der Stadt vorbeigekommen und lädt uns ein.

Wie praktisch. Ein gutes Essen, und Moritz' Vater weiß noch gar nicht, dass er zum ersten Mal in seinem Leben Großvater wird. Bisher ist er eigentlich nur selbst ständig Vater geworden.

Ich bin mir nicht so sicher, wie ihm das Wort Opa gefällt. Passt nicht so ganz zu seinen Designer-Anzügen und zu seinem Designer-Leben.

Und da ist sie, sitzt strahlend lächelnd neben Moritz' Vater: meine neue Stiefschwiegermutter: Shirley, 27 Jahre. Blonde Haare (was sonst), blaue Augen (was sonst), eine Figur wie Barbie, ein Hosenanzug von Armani, perfekt lackierte Fingernägel, und ich fühle mich innerhalb von einer Sekunde neben ihr wie ein Wischmopp.

Ich hasse sie. Ich bin stutenbissig. Ich gebe es zu. Ich nehme an, die meisten Frauen sind nicht gerade begeistert von ihrer Schwiegermutter. Aber dass ihre Stiefschwiegermutter erheblich jünger ist als sie und außerdem besser aussieht, ist einfach zu viel des Guten. Und das Allerschlimmste ist, sie hat 'nen Doktor in Biologie. Ich fühle mich nicht nur wie ein Wischmopp, sondern auch gleich noch wie die dazugehörende Putzfrau.

Moritz' Vater will mir einen Schluck Prosecco nachschenken.

»Nein, danke, für mich nicht.«

Ich halte die Hand über mein Glas und starre Shirley feindselig an.

Okay … sie sieht besser aus. Aber ich bin fruchtbar.

Okay … sie hat einen Doktortitel und ich mit Mühe das Studium geschafft. Aber ich bekomme ein Baby.

Okay … ihre Fingernägel sind perfekt maniküt … aber damit kann man doch keinen Säugling wickeln.

Ha! Mein Selbstwertgefühl steigt um einige Grade nach oben, und ich strahle Moritz' Vater an und trete unter dem Tisch Moritz ans Schienbein.

Moritz räuspert sich.

»Ähm … wie wir wissen, ist das Leben ein Geschenk … und jetzt ist gerade Weihnachten und Ostern gleichzeitig …

wir müssen euch nämlich was erzählen … Emma ist schwanger.«

Moritz' Vater blickt einen Moment irritiert.

Normalerweise ist das *sein* Eröffnungssatz, mit dem er Moritz die Ankunft eines neuen Halbgeschwisters eröffnet.

»Wie schön – Emma und Moritz – ein Baby – wer hätte das gedacht.«

Und dann greift er lächelnd nach der Hand seiner Frau (die übrigens auch jünger als seine beiden Söhne ist) und winkt dem Kellner rüber.

»Zwei Flaschen Champagner, bitte.«

Er dreht sich wieder zu uns um.

»Ja … wie wir wissen, ist das Leben ein Geschenk … und jetzt ist gerade anscheinend Weihnachten, Ostern, Pfingsten, Bar Mizwa und Silvester zusammen … wir haben nämlich auch eine Neuigkeit für euch. Shirley ist auch schwanger. Zweiter Monat. Wir wollten es eigentlich noch niemandem verraten, ist ja noch so klein … aber ich finde, in diesem Fall müssen wir einfach zu viert auf diesen Glücksfall anstoßen.«

Moritz strahlt. Moritz' Vater strahlt. Shirley strahlt. Ein Rest Höflichkeit bringt auch meine Mundwinkel nach oben.

»Isn't it wonderful?«

Ich starre Shirley an. Diese Frau ist aus Voll-Plastik. Die bekommt gar kein Baby. Die bekommt eine Baby-Puppe – so eine von den möglichst lebensechten, denen man Fläschchen geben kann, die schreien, wenn man den rechten Arm runterdrückt, und pinkeln, wenn man den linken Arm nach oben zieht. Gibt's in Amerika wahrscheinlich schon lange im Katalog zum Bestellen. Oder im Fernsehen – dort verkaufen die doch mittlerweile wirklich alles.

»Wie schön. Ich freue mich ja so.«

Ich presse das auf Englisch zwischen meinen Zähnen hervor, lächele Shirley an und kippe kurz hintereinander zwei Gläser Champagner in mich rein. Mein Baby muss mir das jetzt einfach mal verzeihen. Das ist ein Notfall. Mein Selbstbewusstsein braucht einfach Betäubung, um diesen Abend zu überstehen.

Wie stillt man eigentlich mit Silikon-Titten? Kriegt das Baby da mit der Muttermilch gleich auch noch etwas von dem Gel eingeflößt? Und was passiert überhaupt mit Silikon-Titten in der Schwangerschaft? Platzen die dann? Die Dinger, die Shirley sehr offenherzig spazieren führt, sind garantiert nicht echt. Und sie sind so groß, wie meine noch nicht mal bei einer Fünflingsschwangerschaft werden würden. Neid und Missgunst. Gift und Galle.

Moritz' Vater schämt sich für gar nichts. Wahhh. Nicht nur genug damit, dass meine Stiefschwiegermutter viel jünger ist als ich. Das ist schon eine Kränkung, die eine Frau über dreißig nicht mehr so leicht wegstecken kann.

Aber das Allerschlimmste ist: Auch der Onkel oder die Tante meiner kleinen Maus werden jünger sein als sie. Wie soll ich das bitte meinem Kind erklären? Als ich klein war, da war die Welt noch völlig in Ordnung. Da waren Onkels große uralte Männer mit siebenundzwanzig Jahren, und sie trugen Bärte und rauchten. Und die Tanten dufteten nach Parfüm und trugen Kostüm und Stöckelschuhe.

Der Onkel meines Kindes wird Pampers tragen, und die Tante wird am Daumen lutschen. Schöne neue Welt.

Zum Abschied draußen vor dem Lokal gebe ich Shirley ein Küsschen rechts und ein Küsschen links auf die Wange.

»Ich freue mich ja so, dass du die neue Stiefgroßmutter unseres Babys sein wirst.«

Shirleys Lächeln gefriert, als Moritz' Vater ihr diesen doch recht komplizierten deutschen Satz ins Englische übersetzt. Ha. Wenigstens einen Triumph nehme ich mit nach Hause, auch wenn Shirley hundert Jahre jünger ist und zehnmal besser aussieht.

Ich wenigstens werde nicht gleichzeitig Mutter und Großmutter.

Großmutter.

Genau. Mam ist da. Drei Tage früher als geplant.

Hätte ich mir denken können. Stand heute früh einfach vor der Tür. Mit zwei Koffern mehr als üblich. Sie bringt immer alles Mögliche zu essen mit, da sie der Meinung ist, dass ich nicht kochen kann. Was ja auch stimmt, aber ich bin trotzdem bisher nicht verhungert. Dass eventuell Moritz kochen könnte, kommt ihr überhaupt nicht in den Sinn. In ihrer Welt kochen Männer einfach nicht.

Mam hat es in den letzten acht Stunden geschafft:
- die Küche – auch hinter und in den Geräten – zu putzen (und mir nebenbei das Gefühl zu geben, ich sei eine katastrophale Hausfrau),
- das Schlafzimmer umzustellen – nach neuesten Feng-Shui-Erkenntnissen, damit meine Beziehung zu Moritz besser wird (und mir nebenbei das Gefühl zu geben, ich sei eine katastrophale Geliebte),
- eine komplette Neugeborenen-Ausstattung im teuersten Geschäft der Stadt zu kaufen (und mir nebenbei das Ge-

fühl zu geben, ich sei als Mutter ein armer und armseliger Totalversager).

Jetzt hat sie mich aufs Sofa verbannt – ich muss mich ausruhen – und schäkert mit Moritz drüben in der Küche. Wahrscheinlich über ihrem dritten Campari Orange, während sie nebenbei Moritz' Leib- und Magenspeise (Ente mit Knödeln und Blaukraut) fertig kocht.

Die beiden kichern sich einen ab.

Moritz und meine Mutter verstehen sich prächtig. Er findet sie so toll mütterlich (er hatte immer nur Kindermädchen), und sie findet, er ist der perfekte Schwiegersohn (sie wollte immer, dass ich Jura studiere).

Kicher. Kicher. Brüll. Prust. Lautes Gekreische aus der Küche. Sie flirten immer miteinander. Das kann jetzt tagelang so gehen.

Wie werde ich sie bloß wieder los?

Mam ist abgereist.

Nicht ohne den Kühlschrank mit vorgekochtem Essen zu füllen, mir das Versprechen abzunehmen, mich jeden Tag zwei Stunden hinzulegen, und noch schnell das Badezimmer neu zu streichen. In ihrer Lieblingsfarbe – blass-apricot.

In einem ihrer Vereine (Mam ist in tausenden ehrenamtlich tätig) ist eine außerordentliche Vorstandssitzung einberufen worden.

Ich werde eine Kerze in der Frauenkirche stiften.

Sie will ab jetzt jeden Monat ein paar Tage vorbeischauen. Vielleicht sollte ich gleich eine ganze Messe lesen lassen – oder doch besser einen Exorzisten beauftragen?

Fürs Erste streiche ich unser Badezimmer wieder weiß.

Rosa. Zartrosa. Blassrosa. Babyrosa. Rosarot.

Barbiepuppen. Kleidchen. Haarspängelchen. Badehöschen mit Rüschchen. Ein Puppenhaus, ja, genau, ein Puppenhaus mit einem kleinen Herd mit winzigen Töpfen und Pfannen.

Ich blättere in einem der unzähligen Babyausstattungs-Kataloge, die mittlerweile unsere Wohnung bevölkern, und versinke im Wahn.

Es wird ein Mädchen.

Der Brief von der Praxis, die die Coriozottenbiopsie gemacht hat, ist gerade mit einiger Verspätung angekommen.

Ein Mädchen.

Ich, die ich immer für die volle Emanzipation der Frau eingetreten bin, sehe plötzlich das ganze repressive Repertoire weiblicher Sozialisation vor mir. Und es ist mir scheißegal. Es wird mir einfach nur wahnsinnigen Spaß machen, selbst wieder mit all diesen Dingen zu spielen.

Und neben all dem wundervollen rosa Zeugs werde ich ihr beibringen, wie man wilde Pferde zureitet, den Nobelpreis in Physik gewinnt, einen Mann unter den Tisch trinkt und sich nimmt, was man haben will. So.

Moritz strahlt und träumt schon davon, wie er mit so einer kleinen mit Zöpfen bewehrten Maus auf den Schultern zum Eishockeyspiel gehen wird. Und alle seine Kumpels werden sich sofort in die Kleine verlieben.

Seine geballte Faust landet plötzlich zwischen uns auf dem Frühstückstisch. Der Tee schwappt bedenklich.

»O nein. Das darf nicht wahr sein.«

»Was ist denn jetzt plötzlich los?«

Ich blickte ihn durch meine rosaroten Weibchen-Wolken erschrocken und verständnislos an.

»Pubertierende hormongesteuerte Kälber.«

»Häh????«

»Ich mein, die ganzen pickeligen Jungs, die hier Schlange stehen werden für ein Date mit ihr. Wollen alle mit ihr ausgehen und wollen alle nur das eine. Das kenn ich doch. Aber das gibt es nicht. Nicht mit meiner Tochter, und nicht, solang ich noch da bin.«

Oje. Oje-oje. Ich blicke in Moritz' Gesicht und ziehe die Notbremse. Ich blicke angestrengt auf meine Armbanduhr.

»Du, Schatz, es ist schon fast halb zehn, die Uhr in der Küche geht irgendwie falsch, Batterie ist wahrscheinlich leer. Ich denke, du musst in die Kanzlei, oder nicht?«

»Was??? Scheiße, ein Mandant kommt in fünf Minuten.«

Moritz starrt mich an und zieht dann, ein Jackett in der Hand und immer noch grummelnd, in aller Eile die Tür hinter sich zu.

Und im gleichen Moment geht sie wieder auf. Moritz' abgeschnittener Kopf schaut herein.

»Versprich mir, dass sie, bis sie einundzwanzig ist, abends immer vor zehn im Bett sein muss – allein selbstverständlich.«

Ich nicke ergeben, und Moritz verschwindet endgültig.

Ach, wie schön. Ein Mädchen.

Ich greife zum Feuilletonteil der Zeitung, schenke Tee nach und mache es mir noch mal so richtig gemütlich.

Mir ist Gott sei Dank nicht mehr schlecht, und es ist auch eigentlich erst acht Uhr fünfundvierzig. Ich hab noch genügend Zeit, bis ich in die Redaktion muss.

Ein Mädchen! Dabei hätten Moritz und ich durchaus

auch einen Jungen genommen. So ist es ja nicht. Aber wenn ich ganz, ganz ehrlich bin, habe ich mir ganz still und heimlich ein Mädchen gewünscht.

5. Monat

»Glaubst du, dass das Baby merkt, ob die Sonne scheint oder nicht?«

»Mmmh … weiß nich …«

Es sind die letzten Altweibersommer-Tage. Alles riecht schon nach Herbst, aber um die Mittagszeit kommt der Sommer noch schnell mal für ein, zwei Stunden zurück.

Nele liegt nackt, wie ihre Mama und ihr Papa sie schufen, neben mir im Garten ihrer Mama und ihres Papas. Die beiden sind für ein paar Tage verreist, und Nele macht Housesitter. In einer Villa in Bogenhausen mit Pool und prall gefülltem Kühlschrank.

Some girls have all the luck.

»Ich meine, ich weiß nicht, ob es die ganze Zeit in meinem Bauch Nacht ist oder ob das Baby merkt, dass es Tag wird oder dass jetzt die Sonne scheint …«

»Emma, ich würde gerne weiterlesen …«

»Du liest doch gar nicht – du guckst doch nur Bilder.«

»Emma, bitte …«

Nele dreht ihren Luxuskörper auf den Bauch. Sie sieht aus wie eines der Models aus der Vogue, in der sie gerade liest. Ich bin auch nackt, lese *Eltern* und lass mir die Sonne auf mein Bäuchli scheinen. Mich würde nie jemand – ob schwanger oder nicht – je für ein Model halten.

»Vielleicht ist es ihr ja gerade zu hell. Ich meine, die Sonnenstrahlen werden immer intensiver, und da unten in Australien verbrennen alle Leute, und jeder weiß doch, was

Babys für empfindliche Haut haben … gibst du mir mal die Sonnenmilch rüber?«

»Grummel grummel.«

Nele reicht mir eine Tube.

»Die hat nur Faktor sechs … kann ich bitte die andere haben?«

Das Grummeln von Nele wird tiefer, sie reicht mir die Fünfundzwanziger rüber.

Ich creme mich ein. Und dann lege ich meine neue Fake-Gucci-Sonnenbrille auf meinen Bauch (im Frühling in Rom bei einem Straßenhändler erstanden, zwanzigtausend Lire, echtes Schnäppchen – keine Sau erkennt den Unterschied), dahin, wo ich denke, dass gerade Mausis Kopf ist. Man kann ja nie wissen (wahrscheinlich hat sie jetzt die Sonnenbrille direkt am Po). Ich blättere weiter in *Eltern*.

»O Gott, Nele.«

Ich stehe senkrecht auf der Liege – Neles Drink fällt klirrend um.

Das darf nicht wahr sein.

»Ich muss wieder verhüten.«

»Emma, darf ich dich erinnern: Du bist schon schwanger … da isses schon passiert … das hättest du dir vorher überlegen müssen … Scheiße, jetzt brauch ich einen neuen Drink.«

»Ich geh gleich rein und mach dir einen … trotzdem … ich brauch Kondome, die Pille für Schwangere … irgendwas.«

»Jetzt spinnst du völlig …«

»Hier … hier.«

Ich halte Nele einen Artikel aus *Eltern* unter die Nase. Nele blickt desinteressiert auf eine Frau mit dickem Bauch.

»Noch 'ne Schwangere. Ja und?«

»Die Frau bekommt zwei.«

»Das soll vorkommen.«

»Ja … aber hier steht, dass sie im fünften Monat war, als sie erneut schwanger geworden ist … ein medizinisches Wunder sozusagen … ein Eisprung während einer Schwangerschaft … jetzt hat sie zwei unterschiedlich alte Babys im Bauch, und das eine holen sie im Siebten per Kaiserschnitt, und das andere lassen sie noch länger drin und … sind die beiden dann Zwillinge oder nur Geschwister? … mein Gott.«

Ich rechne nach. Dauert etwas.

»Die Frau ist dann vierzehn Monate schwanger. Kannst du dir das vorstellen? Vierzehn Monate! Ich brauch sofort Kondome.«

Nele blickt mich an.

»Hier.«

Ich blicke verständnislos auf eine Baseball-Mütze, die Nele mir hinhält.

»Was soll das?«

»Ein Diaphragma für Riesinnen.« Neles Humor ist manchmal etwas gewöhnungsbedürftig.

»Ich mein's ernst.«

»Ich auch. Zieh das auf. Du hast einen Sonnenstich.«

»Hab ich nicht … aber stell dir vor, ich werde jetzt gleich noch mal schwanger und dann …«

Nele richtet sich auf. Sie hat, das muss man wirklich sagen, die schärfsten Titten der Welt. Und die werden so bleiben … während meine nach dem Stillen wahrscheinlich zur Generalüberholung müssten und …

»Schwanger. Schwanger. Schwanger. Ich kann's echt

nicht mehr hören. Verdammte Scheiße, Emma – kannst du eigentlich noch über irgendetwas anderes reden als über Babys und Pampers und Schwangerenbäuche und so einen Scheiß. Es gibt noch andere Dinge auf dieser Welt, als Kinder zu kriegen. Und sie werden nicht alle völlig unwichtig, nur weil du plötzlich einen dicken Bauch hast … reiß dich doch einfach mal zusammen.«

Mit diesen Worten springt Nele auf und taucht ihren Luxuskörper mit einem eleganten Sprung in den Pool.

Ich starre ihr entgeistert hinterher. So kenn ich sie gar nicht.

Auf der Heimfahrt ramme ich mit dem Fahrrad fast einen Kinderwagen. Die Tussi muss auch mitten auf dem Fahrradweg gehen. Typischer Fall von Über-Mama – diese Frauen, die dauernd »Ich bin Mutter, also bin ich« zu sagen scheinen.

Vielleicht hat Nele ja Recht und ich mutiere schon jetzt zu einem dieser Muttertiere, die wirklich nur noch über Kinder reden können und nur noch durch die Kinder existieren. Ich weiß nicht. Vielleicht haben Singles auch einfach nicht die nötige Geduld und das nötige Verständnis für meinen Zustand. Neles Leben bleibt schließlich auch in nächster Zeit so, wie es jetzt ist: Wilde Partys. Scharfe Jungs. Coole Drinks … während ich … nun ja … der Zug rollt und ist nicht mehr aufzuhalten.

Wenn ich ehrlich bin: Als ich Single war, oder auch zu meiner Zeit als bessere Hälfte eines DINKS (Double Income No Kids), kannte ich auch keine Mütter mit Kindern – oder

Schwangere. Was soll man auch schon mit denen anfangen? Die dürfen nichts trinken oder müssen immer schon um zehn nach Hause, weil der Babysitter schließlich noch in die Disco will. Vielleicht ist es höchste Zeit, meinen Freundinnenkreis doch jetzt langsam etwas zu erweitern. Ich brauche einfach andere Schwangere oder – auch gut – Frauen, die schon Kinder haben. Genau. Aber woher soll ich die nehmen?

Ich denke scharf nach, und mir fällt wirklich kaum eine Frau ein, die infrage kommen würde. Vielleicht noch die Putzfrau in Moritz' Büro. Aber die ist fünfundfünfzig, Polin und hat sechs erwachsene Söhne. Ich könnte ja alle Frauen auf der Straße mit Kinderwagen einfach mit dem Fahrrad umnieten …

Fünf Tage später bin ich in einem Haus, das von der Größe her als Grundschule durchgehen könnte. Bis ich allein hierher gefunden habe! Eine Odyssee.

Ich war noch nie in dieser Vorstadt. Genau genommen war ich eigentlich überhaupt noch nie in einer Vorstadt. Und ganz sicher war ich noch nie in einer Villensiedlung wie dieser hier. Ich wusste überhaupt nicht, dass man so wohnen kann. Ich dachte immer, das wird nur kurz zum Fotografieren für Elle Decoration aufgebaut.

Aber das hier ist real. Ich sitze in einem perfekt eingerichteten Wohnzimmer von schätzungsweise 200 Quadratmetern Sandra gegenüber. Genau genommen Sandra und ihren drei Kindern Sascha (2), Sabine (5) und Sven (8), die sich zwei Fußballfelder weiter mit kreativen Dingen beschäftigen.

Sandra ist eine alte Schulfreundin von mir, die es zufällig

in die gleiche Stadt verschlagen hat. Bei meiner verzweifelten Suche nach neuen Kontakten zu seienden oder werdenden Müttern ist sie mir wie ein rettender Engel eingefallen. Mam hat mich (gegen meinen ausdrücklichen Willen) immer mal wieder über ihren Werdegang auf dem Laufenden gehalten. Wir selbst hatten seit Ewigkeiten keinen Kontakt mehr. Und ehrlich gesagt konnte ich mich an ihr Gesicht aus der Schulzeit kaum noch erinnern. Aber ich bin wild entschlossen, eine neue Freundin zu finden, die mich in alle Geheimnisse des Mutterseins einweiht.

Ich blicke mich um und kann es nicht glauben. Das Leben kann so schön sein. Ach. Ich lehne mich in die dicken weißen Sofapolster zurück (da schau her, Weiß geht also, auch mit drei Kindern). Der koffeinfreie Latte Macchiato duftet köstlich. Es gibt irgendwelche winzigen Kuchen, die mich alle entsetzlichen Kaffee-und-Kuchen-Nachmittage meiner Kindheit vergessen lassen.

Es soll alles so bleiben, wie es ist. Zum ersten Mal verstehe ich diesen Werbespruch. Sandra war völlig begeistert davon, mich wiederzusehen, und bei der Nachricht, dass ich schwanger bin, ist sie in Freudengeheul ausgebrochen.

»Weißt du, mein Leben ist völlig erfüllt, seit die Kinder da sind.«

Ich nicke und schnappe mir noch einen dieser Minikuchen. Schließlich esse ich für zwei.

»Wie schön, dass du jetzt auch bald ein solches Glück erfahren darfst. Seid ihr eigentlich verheiratet?«

Ich schüttele den Kopf. Mit vollem Mund soll man nicht reden. Sandra beugt sich verschwörerisch vor zu mir.

»Falsch. Völlig falsch, meine Liebe. Setz ihn unter Druck, schau, dass du unter die Haube kommst, bevor das Kind da ist. Wenn Männer begreifen, dass Kinder schreien und schmutzen, lässt ihr Bindungswille erheblich nach.«

Ich nicke bestätigend und greife nach etwas, das wie Eierlikörsahne aussieht.

»Ich sage dir, schmiede das Eisen, solange es heiß ist. Schau, sind sie nicht süß.«

Sandra lächelt über die Fußballfelder zu ihren Kindern hin. Die Kinder lächeln pädagogisch wertvoll beschäftigt zurück.

»Ich habe ein wundervolles Leben. Ein großes Haus, zwei Kindermädchen, eine Putzfrau, jede Menge Zeit für Golf, Reiten und die Kosmetikerin. Kinder zu haben ist einfach wundervoll.«

Ich nicke und nicke und nicke die ganze nächste Stunde voller Bewunderung, bis die Haustür aufgeht und ein Mann in einem sündhaft teuren Business-Anzug, begleitet von einer Frau in einem nicht weniger teuren, aber erheblich enger sitzenden Business-Kostüm, hereinkommt.

»Hallo, Schatz.«

»Hallo, Schatzi.«

Sandra steht auf und gibt dem Mann ein Küsschen rechts, ein Küsschen links, dann lächelt sie der Frau warm und huldvoll zu.

»Darf ich übrigens vorstellen, Liebling, das ist Emma, eine alte Schulfreundin von mir. Emma, das ist Rudolf, mein Mann, und das Isabelle, seine Assistentin und Geliebte. – Aber setzt euch doch zu uns, ich wollte Emma gerade einen alkoholfreien Cocktail servieren – Emma ist nämlich schwanger, ist das nicht wundervoll –, aber ihr mögt doch sicher auch was zum Trinken, etwas Kräftiges mit Schuss, nehm ich an?«

Und während ich mir ernste Sorgen darüber mache, ob ich gerade einen Hörsturz hatte, setzen sich die beiden zu uns, schlürfen an einem Gin Tonic und reden über die Salzburger Festspiele.

Sandra bringt mich dann noch zur Tür. Ich werde mir morgen früh sofort einen Termin beim nächsten HNO-Arzt geben lassen. Irgendwie verursacht die Schwangerschaft bei mir nicht nur kolossale Müdigkeit, sondern schlägt mir anscheinend auch auf die Ohren. O Mann, vielleicht brauche ich sogar ein Hörgerät.

Sandra gibt mir Küsschen rechts und Küsschen links.

»Denk dran, was ich dir vorhin gesagt habe. Heiraten! Sofort! Rudolf kann mich ganz einfach die nächsten Jahre nicht verlassen. Der Unterhalt würde selbst ihn komplett ruinieren. Und statt zwei getrennte Wohnungen zu finanzieren, leben wir lieber zusammen in diesem schönen Häuschen und fahren von dem vielen gesparten Geld einmal im Jahr gemeinsam mit den Kindern ganz toll in Urlaub. Ist das nicht wundervoll?«

Ich blicke Sandra etwas irritiert an. Vielleicht ist mittlerweile nicht nur mein Ohr, sondern auch mein Gehirn in Mitleidenschaft gezogen worden.

Auf jeden Fall ist es besser, ich steige schon mal ins Auto. Sandra beugt sich durch die offene Fahrertür noch mal zu mir.

»Ich bin übrigens auch kein Kind von Traurigkeit – du musst einfach unbedingt nächste Woche wiederkommen – dann wirst du auch Enrique, meinen Salsalehrer, kennen lernen ... es lohnt sich ... sagen auch meine anderen Freundinnen.«

Nele! Ich vermisse dich! Ich liebe dich! Ich will auch mit fünf plärrenden Bälgern immer deine Freundin sein und verspreche dir, dass ich nienienie wieder meinen Zustand oder sonst irgendwas in dieser Richtung erwähnen werde. Kinder? Was ist das?

Als Moritz gegen zehn Uhr völlig überarbeitet nach Hause kommt, findet er mich total verheult auf dem Sofa. Um mich herum Papiertaschentücher wie Schneebälle verteilt.

»Wo warst du so lange?«

»Im Büro, wo sonst ...«

Er geht drei Schritte Richtung Küche, dann sieht er die Taschentücher und meine roten Augen.

»Mein Gott, ist etwas passiert? O Gott, stimmt was mit dem Baby nicht?«

Ich schüttele nur verzweifelt den Kopf. Moritz seufzt erleichtert auf.

»Ja, aber was ist denn dann, mein Schatz? Wieso heulst du?«

»Ich – schnief – heule gar nicht.«

»Tust du schon.«

»Du betrügst mich.«

»Wie kommst du jetzt darauf?«

»Gib es zu.«

»Emma, wir hatten einfach eine längere Besprechung wegen eines schwierigen Falls von Steuerhinterziehung, und ich bin einfach müde und hab jetzt überhaupt keine Lust auf diesen Käse ...«

Ich heule auf.

»Dann wirst du mich betrügen.«

»Emma, deine Hormone drehen durch.«

»Deine werden auch durchdrehen. Du wirst schon sehen. Wir werden nie wieder Sex haben, und du wirst nur noch im Büro sein, und deine Assistentin wird immer kürzere Röcke tragen, und ...«

»Hier.«

Moritz drückt mir ein frisches Taschentuch in die Hand. Und dann tut er das einzig Richtige. Er steckt mich und Mausi in eine heiße Badewanne und kommt dann mit einem kühlen Bier dazu. Und es wird noch ein ziemlich schöner Abend.

Aber wehe, er stellt eine neue Assistentin mit kurzem Rock ein.

Über dreißig Kilo! Ich habe aus sicherer Quelle (Getuschel beim Frauenarzt) von Frauen gehört, die angeblich in ihrer Schwangerschaft über dreißig Kilo zugenommen haben. Das ist etwas weniger als die Hälfte meines Ausgangsgewichts. Das würde bedeuten, dass ich mich innerhalb von neun Monaten quasi halbiert verdopple. Au weia. So viel kann ein Baby doch gar nicht wiegen – außer, es ist ein Elefantenbaby.

Ich rechne aus, dass ich dann in den nächsten zweiundzwanzig Wochen achtundzwanzig Kilo zunehmen müsste. Ich hoffe, dass das rein anatomisch gar nicht möglich ist. Glaube aber, dass die Über-Dreißig-Kilo-Frauen sich das auch mal gedacht haben.

»Na, brüten wir beide über einer fetten Schlagzeile?«

Ich zucke zusammen.

Und dann lächle ich und murmle etwas von ja, klar.

Bulle lächelt mich freundlich an und stellt mir eine Tasse mit dampfender Hühnerbrühe vor die Nase. Ich hasse Hühnerbrühe. Mittlerweile wird mir – obwohl mir nicht mehr von der Schwangerschaft schlecht wird – schon bei dem Gedanken an Hühner schlecht. Ich kann noch nicht mal eine Feder anschauen, ohne an Hühner und dann an Hühnerbrühe zu denken. Und ich weiß gottverdammt nicht, wie ich aus diesem Hühnerbrühenswimmingpool jemals wieder rauskommen soll.

Schließlich meint Bulle es doch nur gut ... und ich will ihn nicht verärgern. Aber jeden Tag einen halben Liter Hühnerbrühe ... das verträgt selbst der Ficus Benjamini hinter meinem Bürostuhl nicht besonders gut. Seine Blätter werden davon ganz gelb, und manchmal gibt er sinnloses Gegackere von sich.

Bulle zieht glücklich seines Weges, Angst und Terror in der Redaktion verbreitend, nicht ohne mir noch mal an den Bauch gelangt zu haben.

»Bringt Glück, sagen die Italiener.«

Ich glaube nicht, dass Bulle jemals einer Frau so unverfänglich an irgendein Körperteil gelangt hat, wie er mir an meinen Bauch langt. Und vielleicht war er dabei auch noch nie so glücklich.

Das Telefon klingelt.

»Redaktion Famous. Guten Tag. Was kann ich für Sie tun?«

Schweigen.

»Hallo ... hallo?«

Schweigen.

Ich will gerade auflegen, als eine heisere männliche Stimme sich meldet.

»Sind Sie allein?«

Ich blicke mich um. Ich sitze quasi in einem Großraum-Büro, in dem Zellen durch Glaswände abgetrennt worden sind. Um mich herum befinden sich circa zwanzig Leute in den verschiedensten Stufen der Hysterie.

Aber einen schweinischen Anruf hatte ich schon lange nicht mehr. Und das auch noch im Büro. Wie nett. Ich mache es mir in meinem Stuhl so richtig bequem – bin mal gespannt, was der Junge so bringt – und suche in meinem Schreibtisch nach meiner Trillerpfeife, die garantiert jedes Trommelfell zum Orgasmus bringt.

Ah, da ist sie ja. Es kann losgehen.

»Ja … warum fragen Sie?«

»Das ist gut … gut so … können Sie reden?«

»Fließend, seit meinem zweiten Lebensjahr.«

»Ich hätte da was für Sie.«

»Ach ja?«

»Ja, ein ganz großes Ding. Sind Sie interessiert?«

Langsam kommen wir der Sache näher.

»Ich bin immer an großen Dingern interessiert.«

»Das ist schön, sehr schön …«

Der Typ am anderen Ende atmet heftiger.

»Es würde auch ganz schön was dabei rauskommen …«

»Ah ja?«

»Aber es muss ganz unter uns bleiben … Sie dürfen niemandem, niemandem davon erzählen … wir würden uns treffen … zum Beispiel im Hotel Blauer Engel … vielleicht zunächst nur wir beide …«

»Wir beide …«

»Ja … später können dann die anderen dazukommen.«

»Die anderen dazukommen … aha … interessant.«

Das Atmen des Typen wird schneller, keuchender … ich bringe die Trillerpfeife in Anschlag.

»Natürlich können wir grundsätzlich über jede Stellung reden … ich bin da sehr flexibel … es kommt ganz darauf an, was Sie sich da so vorstellen …«

Na warte, du Würstchen. Ich werd's dir gleich besorgen. Ich hole tief Luft und …

Triiiiiiiiiiiiiiiiiiiiiiiiiiiiiiiiiiiiiiiiiiiiiiiiiii.

Am anderen Ende der Leitung höre ich durch das entsetzlich laute Schrillen der Pfeife ganz vage noch:

»Die Redaktion von Newsletter sucht …«

Ich verschlucke die Trillerpfeife. Wenigstens hört dieses grässliche Geräusch sofort auf. Dann spucke ich das Ding im hohen Bogen wieder aus. Plopp. Treffsicher auf den Hinterkopf von Bernie, zwei Schreibtische weiter. Der blickt sich wütend um und sucht vergeblich den Missetäter. Ich gehe mit dem Telefon unter meinem Schreibtisch in Deckung, bevor sein Verdacht auf mich fällt. Bernie ist immer so rachsüchtig.

»Hallo … hallo … sind Sie noch dran?«, schreie ich verzweifelt in den Hörer.

Schweigen.

»Hallo?«

Schweigen.

»Hallo?«

Da geht sie hin. Die Chance meines Lebens. Von einer Trillerpfeife versenkt. Typisch. Ich bin einfach ein Totalversager. Auf allen Ebenen. Hoffentlich vererbt sich das nicht. Mein armes Baby.

»Mein Gott, was war denn das?«

Eine dünne Stimme dringt durch das Telefon.

»Ich, ähhh ... tut mir Leid ... ich glaube, das war gerade ... da ist gerade ein Flugzeug über uns weggeflogen ... Bombenalarm wahrscheinlich ... seit dem 11. September sind alle etwas nervös hier ... Hochhaus und so ...«

»Ich verstehe ... also wie gesagt, die Redaktion von Newsletter sucht eine neue Redakteurin für Aktuelles, und wir von Stemmer Consulting denken, Sie wären da genau die Richtige ...«

Stemmer Consulting. Der Headhunter. Newsletter. Das neue Nachrichtenmagazin. Richtige Nachrichten. Kein Tratsch und Klatsch. Seriös und kompetent. Der blanke Wahnsinn. Und die wollen mich. Nur mich.

Ich bin ja so toll.

Ich bin fantastisch.

Ich bin grandios.

Ich bin die Beste.

Ich bin genau die Richtige.

Ich bin schwanger.

Scheiße.

Ich hab dem Typen natürlich nicht gesagt, dass ich schwanger bin, sondern für nächste Woche einen Vorstellungstermin ausgemacht. Vielleicht wollen sie ja eine Schwangere einstellen. Für einen 60-Stunden-Job, bei dem ich ständig unterwegs sein muss. Wer weiß. Ich hab schon Pferde kotzen sehen (is nicht wahr, aber was soll's). Nichts kann heute meine gute Laune verderben.

Schließlich wollen die mich.

Mich!

BABY GAP – ich bin hier, im Mekka aller werdenden und seienden Up-to-date-Mütter. Normalerweise kaufe ich hier Unterwäsche oder Pyjamas, jetzt schleiche ich ein Stockwerk höher und nähere mich dem Paradies für hormongestörte Frauen. Ich will die Erste sein, die für Mausi was zum Anziehen kauft.

Das Paradies liegt mitten in der Fußgängerzone, in einem ziemlich hässlichen Gebäude im fünften Stock: Winzige Jeansjäckchen für Neugeborene, rosa Söckchen, auf denen *I love you* draufsteht, herzallerliebste Häubchen mit Bärenohren und jede Menge durchgedrehte Mütter mit einer Gier im Blick, die mit jedem Sommerschlussverkauf bei Gucci locker mithalten kann.

Als ich wieder vor der Tür stehe, bin ich mit Einkaufstüten beladen. Meine Kreditkarte raucht. Der blanke Wahnsinn. Neue Schuhe für mich kann ich die nächsten zehn Jahre vergessen. Außer, ich bekomme den Job bei Newsletter oder gewinne im Lotto. Das war mein erster Baby-Kaufrausch, und ich habe mehr Geld ausgegeben als bei meinem Lieblingsdesigner. Dafür besitze ich jetzt eine komplette Neugeborenen-Ausstattung inklusive Jeansjäckchen. Jaaauuul.

Ich muss mit meiner Frauenärztin reden. Vielleicht gibt es ja ein pflanzliches Mittel dagegen – zum Beispiel Kreditkarte rausoperieren.

Den Rest des Tages verbringe ich damit, unser Schlafzimmer mit aus Zeitschriften herausgerissenen Bildern erfolgreicher Mütter zu tapezieren: Madonna natürlich allen voran, Susan Sarandon, Cher, Annie Leibowitz (jetzt gerade mit 56!!! Die haben sie bei ihrem Alter garantiert so mit Hormonen voll gepumpt, dass es für einen ganzen Schweinestall gereicht hätte), Hillary Clinton, Cindy Crawford, Steffi Graf und sogar Liz Hurley, diese Schlampe.

Ich befinde mich also in bester Gesellschaft. Einer Karriere stehen fünfzig schreiende Zentimeter doch wohl nicht im Weg. Eine kleine Stimme im Hinterkopf sagt mir, dass all diese Frauen schon ziemlich bekannt waren und jede Menge Kohle und Kindermädchen hatten, bevor sie einen dicken Bauch bekamen – aber ich kann diese Stimme ganz gut ignorieren.

Als Moritz den neuen Wandschmuck sieht, behauptet er, dass ihn das Ganze doch eher an einen Starschnitt von Bravo erinnert als an ein Motivationstraining für zukünftige Top-Journalistinnen. Aber Moritz ist ja auch nur ein Mann. Und er besteht leider unter der Androhung von Kuschelentzug darauf, dass ich alles wieder abhänge und mir stattdessen ein Fotoalbum zulege.

Scheiße. Was mach ich bloß?

Die Unterhose zwickt. Sie kneift. Drückt. Kratzt. Quetscht. Jaul. Toll, dass ich das jetzt beim Sitzen erst bemerke. Bin vorhin einfach zu viel vorm Spiegel hin und her gehüpft. Das hab ich nun davon. Vielleicht hätte ich doch nicht meinen kleinsten und schwärzesten Spitzentanga auswählen sollen – aber das Ding bringt mir normalerweise Glück und sitzt perfekt. Tja, fünfter Monat ist fünfter Monat.

So steh ich das Vorstellungsgespräch nie durch. Meine Muschi miaut empört, und ich muss aufpassen, dass Mausi nicht guillotiniert wird.

Es ist halb zehn Uhr morgens in Deutschland, ich sitze im Auto, habe in einer halben Stunde den wichtigsten Termin meines bisherigen Berufslebens, bin sowieso schon zu spät dran, weil ich noch durch die halbe Stadt muss.

Und jetzt zwickt dieses Scheiß-Teil wie die Hölle. Dabei hätte ich schon gestern während meines Einkaufsmarathons fast einen Nervenzusammenbruch bekommen, bei dem Versuch, ein Business-Outfit zu finden, das den fünften Monat verdeckt, ohne mich wie eine Kaftanträgerin aussehen zu lassen. Dicke Frauen haben in diesem Job wahrscheinlich noch weniger Chancen als Schwangere. Ein Empire-Minikleid für schlappe 250 Mäuse hat das Problem dann gelöst. Das nennt man strategische Investition.

Ich hätte mir nur noch Unterhosen in XXL dazu kaufen sollen.

Ich schätze, der Lastwagenfahrer, der immer den Lebensmittelladen bei uns um die Ecke beliefert, hatte dank seines erhöhten Sitzes einen schönen Morgen mit hoffentlich nicht allzu tiefen gynäkologischen Einblicken, als er mir dabei zusehen durfte, wie ich mir schließlich im Auto unter den unmöglichsten Verrenkungen bei hellichtem Tageslicht den Slip ausgezogen habe.

Wahrscheinlich krieg ich jetzt auch noch eine Blasenentzündung. Früher fand ich Ausgehen ohne Slip total erotisch. Im Moment find ich's einfach nur noch kalt.

Und mir wird immer kälter, als ich sehe, was da von Newsletter auf mich zukommt: Vier Typen und eine Frau –

und das alles meinetwegen. Hilfe! Das ist doch nur ein Vorstellungsgespräch.

Irgendwie läuft das alles nicht so gut hier. Die Chefredakteurin – Frau Doktor Eiermann – sie heißt wirklich so – nimmt mich gehörig in die Mangel, ich fange immer stärker an zu schwitzen, bekomme meine beliebten Hektikflecken und merke, wie ich immer unruhiger auf dem Ledersessel hin und her rutsche. In meinen Ohren beginnt es laut zu rauschen, und vor meinen Augen macht sich langsam roter Nebel breit. Ich kann Frau Doktor Eiermann kaum noch erkennen, geschweige denn hören, was sie so sagt. Prophylaktisch nicke ich einfach hin und wieder.

Scheiße, ich hätte doch vorher Valium nehmen sollen. Geht aber wegen Baby schlecht. Also hole ich tief Luft und greife zu Omas Hausmittel gegen nervös bedingten Herzinfarkt.

Ich stelle mir alle in Unterwäsche vor.

Frau Doktor Eiermann und Co.

Sind schließlich auch nur Menschen.

Die Welt ist ein Jammertal.

Der Marmor der Eingangshalle von Newsletter ist grau.

Der Himmel ist grau.

Die Anzüge um mich herum sind grau.

Ich habe alles versaut – bei dem Gedanken, dass die Chefredakteurin und ihre vier Jungs in Unterwäsche dasitzen und ich ihnen gegenübersitze und untenrum gerade wirklich keinen Slip anhabe, bin ich in ein hysterisches Gekichere ausgebrochen, das sich für Minuten einfach nicht mehr abstellen ließ.

Der Rest des Gesprächs ist dann für mich in gnädigem grauem Nebel untergegangen. So grau wie alles hier.

Eine Stimme dringt schließlich wie eine Schiffssirene zu mir durch.

»Fantastisch. Einfach fantastisch!«

Der Typ von Stemmer Consulting, der während des ganzes Gesprächs dabei war, geht neben mir in Richtung Parkplatz.

Ich bin noch immer richtig benommen.

»Ich war gut?«

»Sie waren sensationell – genau an der Stelle zu lachen, wo die Chefredakteurin diese unsäglich lange und langweilige Anekdote von ihrem ersten Job erzählt – das hat noch keiner der Bewerber und Bewerberinnen vor Ihnen fertig gebracht. Und wie Sie gelacht haben … aus vollem Herzen, aus tiefster Seele – grandios – wirklich grandios. Hatten Sie mal Schauspielunterricht?«

Ich schüttle den Kopf. Ich kann es gar nicht glauben.

»Ich bin sicher, Sie bekommen den Job. Sobald die von Newsletter bei mir anrufen, werde ich mich sofort bei Ihnen melden.«

Wir stehen vor meinem Wagen. Als ich in meiner Handtasche krame und meinen Autoschlüssel endlich hervorziehe, fällt ein winziges schwarzes Etwas auf den Boden.

Ich kann mich schlecht bücken. Der Rock ist zu kurz, und drunter ist nichts.

Stemmer Consulting, ganz Gentleman, geht in die Knie.

Er richtet sich wieder auf und hält mir meinen kleinen Lieblingstanga unter die Nase.

Danke!

Schwangerschaftsstreifen. Schwangerschaftsstreifen.

Ich stehe vor dem Spiegel im Bad, und ich sehe es ganz genau. Das werden Schwangerschaftsstreifen. Hier und hier und hier.

Moritz singt unter der Dusche.

Ha. Er wiegt ja auch so viel wie vor ein paar Monaten, da würde ich auch singen. Na ja – ein Kilo hat auch er zugenommen – aus Solidarität, sagt er. Schließlich sind »wir« schwanger. Ich schätze, das Kilo geht weniger auf das Konto der Solidarität als auf das Konto von Augustiner-Bräu.

Zwei werdende Väter auf der Toilette. Sagt der eine zum anderen: »In welchem Kasten bist du denn?«

Der Angesprochene klopft sich stolz auf seine Wampe.

»Im sechsten Löwenbräu.«

Ha ha ha.

Ich in jedem Fall nehme zu und zu und zu. Und ich werde noch viel mehr zunehmen. Deshalb creme und massiere ich seit dem zweiten Monat wie eine Besessene.

Moritz kommt aus der Dusche, ich stehe nackt vor dem Spiegel und mustere mich kritisch von oben bis unten.

»Schwangerschaftsstreifen«, murmle ich leise.

Moritz reagiert nicht und beginnt sich die Zähne zu putzen.

»Schwangerschaftsstreifen.« Das war schon etwas lauter. Moritz gurgelt fröhlich vor sich hin. Dieser Ignorant. Ha. Aber nicht mehr lange.

»Schwaaaangerschaaaaftsstreieieieifen!«

Jetzt hat er mich verstanden und blickt mich ratlos, immer noch zähneputzend, an.

Männer wissen nicht, was Cellulitis ist (im Zweifelsfall irgend so eine eklige weibliche Unterleibsgeschichte, mit der sie besser nichts zu tun haben wollen). Woher sollen sie dann die großen Schwestern der Cellulitis, die Schwangerschaftsstreifen, kennen?

Rallyestreifen. Streifenhörnchen. Die drei Adidas-Streifen. Damit könnte er jetzt was anfangen. Wenn ich mit so was Probleme hätte – das könnte er verstehen, da würde er mir helfen. Aber so?

»Wasch isch dasch??« Moritz spuckt Zahnpasta aus.

»Hier und hier und hier.« Ich deute auf meine PZ's: Mein Bauch, mein Busen und mein Po. PZ's sind Problemzonen – auch etwas, das Männer nicht kennen, wahrscheinlich, weil sich diese Zonen bei denen nur im Gehirn befinden.

»Das sind so blöde rote Streifen, die durch die Dehnung des Gewebes durch das Baby entstehen. Gehen nie nie nie wieder weg, werden nach der Geburt nur blasser. Schau mal, hier siehst du einen.«

Ich deute auf mein kleines Bäuchli.

»Isch seh nischts.«

Das hätte ich mir denken können. Moritz würde eine Cellu-Delle nur erkennen, wenn sie nach einem Mondkrater benannt wäre und schon dessen Ausmaß hätte. Ist ja auch sympathisch, nur nicht immer ganz hilfreich.

»Hier, siehst du nicht, ganz, ganz fein, das sieht etwas rot aus.«

Moritz geht ganz nah an meinen Bauch ran.

»Also beim besten Willen, Emma, ich kann gar nichts sehen. Keine Streifen. Weder rot noch weiß noch schwarz. Da is nix.«

Ich seufze auf. Gut – es sind zwar noch keine Schwangerschaftsautobahnen auf meinem Bauch zu sehen, aber nur weil Moritz sie nicht sieht, heißt das nicht, dass da keine sind.

Muss das morgen unbedingt Nele zeigen. Und: Sie erkennt jeden Mitesser auf zehn Meter Entfernung. Au Scheiße, geht nicht – ich habe Nele hoch und heilig versprochen, nicht mehr dauernd über »Sie wissen schon was« zu reden.

»Nun gut, wenn du meinst.« Es gibt Momente, da bin ich durchaus diplomatisch. Mit einem weiteren leichten Seufzer greife ich zu einer Tube mit Creme gegen die blöden Streifen, drücke eine große Portion davon heraus und beginne, das Ganze mit »großzügigen kreisenden Bewegungen auf Brust, Bauch und Po zu verteilen«.

Moritz blickt mich interessiert an. Dann blickt er auf die verschiedenen Tiegel und Döschen, die um mich herum verteilt im Bad stehen. Interessiert nimmt er eine Tube in die Hand.

In der nächsten Sekunde fällt die Tube mit einem lauten Scheppern auf den Boden.

Wahrscheinlich hat die Tube gerade kräftig zugebissen. Ist ja auch nur für schwangere Frauen gedacht. Moritz sieht mich entsetzt an.

»Was? Das Zeugs kostet achtunddreißig Euro fünfzig?«

Bevor ich es verhindern kann, greift er nach der nächsten Tube.

»Vierundfünfzig Euro! Bist du denn völlig übergeschnappt?«

»Was kann ich gegen die Preispolitik von Biotherm schon machen?«, antworte ich, denn ich weiß, dass Moritz als Anwalt ein Fan von logischen Argumenten ist.

Er ergreift einen Tiegel nach dem anderen.

»Neunundvierzig. Zweiundzwanzig. Zehnfünfundsieb-zig. Na, das ist ja ausgesprochen preiswert. Und hier: Was haben wir hier, neunundneunzig Euro ...«

Moritz geht ächzend in die Knie.

»Ich bin ruiniert ... Offenbarungseid ... Gerichtsvollzie-her.«

»Willst du, dass ich hinterher so aussehe wie vorher, oder nicht?«

»Ja, schon, aber doch nicht, wenn wir dabei Pleite ge-hen.«

»Schönheit ist nicht billig.«

»Du bist schön auch ohne dieses Zeugs.«

Wenn der wüsste! Was ich seit Jahren alles draufschmiere, reibe, einklopfe. Männer sehen nur das Ergebnis. Sie wollen nicht wirklich wissen, wie es hergestellt wird, geschweige denn, was es kostet. Moritz hat sich noch nie vorher für die Preise meiner Kosmetika interessiert. Wenn er erfahren wür-de, was meine Anti-Fältchen-Augenmousse kostet, die ich seit Jahren im nichtschwangeren Zustand morgens und abends benutze – er bräuchte einen vierfachen Bypass. Sofort.

Moritz deutet mit einer großartigen Rundumgeste auf al-les, was im Bad steht. Das ist ungerecht. Da sind schließlich auch zwei Tuben von ihm dabei.

»Das kommt jetzt alles weg. Wir müssen sparen.«

»Spinnst du?«

»Emma, du wirst eine Zeit lang nichts verdienen, und in der Kanzlei läuft's auch nicht gut.«

»Ich spare doch, ich kaufe schließlich in der Discount-Parfümerie – alles, was du hier siehst – mindestens 15% bil-liger.«

Ha – ich triumphiere –, damit hat er nicht gerechnet.

»Mein Gott, Emma, stell dich doch nicht so an. Es gibt Millionen Frauen auf der Welt, die Kinder kriegen, und die haben noch nie einen Cremetopf auch nur von außen gesehen. Die ernähren ihre Bälger einen Monat lang mit dem, was du dir in einer Woche auf den Allerwertesten schmierst.«

Ich weiß, und ich habe auch ein schlechtes Gewissen dabei. Aber schließlich könnte man mit Moritz' CD-Sammlung auch ein ganzes Dorf in Afrika kaufen.

Aber bleiben wir diplomatisch. Ich will den Streit schließlich nicht eskalieren lassen.

»Das ist mir egal, ich schmiere, wo ich will, wann ich will und wie ich will.« Ich verschränke die Arme über meinem vollen Busen und strecke meinen Bauch streitlustig vor.

»Hier, du wirst sehen, wie wunderbar du ohne all dieses Zeugs leben kannst – ging schließlich Jahrhunderte vor uns auch … das Zeugs nützt doch eh nichts … investier das Geld lieber in eine private Zusatzrente.«

Moritz packt eine Tube und wirft sie aus dem offenen Badezimmerfenster.

Boing.

Ich muss sagen, ich bin erstaunt, dass ich es völlig ohne Training mit nur einem einzigen Haken geschafft habe, Moritz flachzulegen.

Liegt wahrscheinlich daran, dass ich vom Leicht- zum Schwergewicht mutiert bin. Immerhin habe ich bis jetzt ein-

einhalb Kilo zugenommen. Hat also auch Vorteile, etwas mehr zu wiegen.

Ich habe Moritz sofort einen Eisbeutel geholt und mich tausendmal bei ihm entschuldigt.

Das waren die Hormone, die da zugeschlagen haben.

Das war gar nicht ich.

Die Emma, die ich kenne, würde Moritz nie schlagen.

Zumindest nicht auf die Nase.

Tut mir unglaublich Leid, das Ganze.

Ich weiß gar nicht, was ich jetzt machen soll.

Ich bin nicht mehr Herr über mich selbst. In den USA hat eine Frau in der Schwangerschaft ihren Mann umgebracht und wurde freigesprochen – mangelnde Zurechnungsfähigkeit wegen hormonellem Ausnahmezustand.

So gesehen, hat Moritz ja gerade noch mal Glück gehabt. Auch wenn er das jetzt nicht so sehen kann.

So richtig versöhnt haben wir uns erst, als Moritz mir alle Kosmetik der Welt zugestanden hat und ich ihm dafür einen DVD-Player von unserem gemeinsamen Geld versprochen habe. (Damit habe ich immer noch den besseren Deal gemacht – aber das muss ja niemand außer mir wissen.)

Als wir später dann im Bett liegen, bin ich immer noch etwas durcheinander. Wie konnte ich nur! Hoffentlich werde ich nie nie nie nie nie unser Kind schlagen. Und wenn, dann soll mich der Blitz treffen. Dann will ich tot umfallen, auf der Stelle und sofort.

Ich küsse Moritz ganz vorsichtig auf seine wehe Nase. Moritz muss lachen. Er findet das alles jetzt höchst komisch. Auch wenn er morgen mit dickem Zinken in die Kanzlei muss. Ich mache das Licht aus und kuschle mich zum Einschlafen noch etwas näher an ihn, als ich plötzlich wieder hochschrecke.

»O Gott, irgendwas stimmt nicht … irgendwas stimmt hier nicht.«

Ich halte beide Hände an meinen Bauch. Da drin geht etwas eindeutig Seltsames vor.

»Scheiße, ich hab mich viel zu sehr aufgeregt … mein armes Baby, es flattert … irgendwas flattert … wir müssen in die Klinik … sofort … o mein Gott.«

Moritz grinst – nehm ich mal so an, im Dunkeln, genau kann ich es nicht erkennen – und zieht mich wieder an sich.

»Schsch … schsch … alles in Ordung, Emma, das ist nur das Baby, das sich bewegt … alles ist gut … es sagt nur *Hallo, Mama* … hast du ganz vergessen, dass du seit Wochen schon darauf wartest? Deine Mutter hat dir doch gesagt, wie es sich anfühlen wird.«

Und ja, es flattert wie ein kleiner Schmetterling in meinem Bauch herum. Das ist genau das, was Mam gesagt hat, wie es sein wird. Ein kleiner Schmetterling im Bauch.

Ich bin völlig verliebt, verknallt, verzückt.

Ein kleiner Schmetterling im Bauch – wie wunderbar.

Und dann hört es auch schon wieder auf.

6. Monat

O Gott. O Gott. O Gott.

Was mache ich, wenn ich drei oder vier Wochen nach der Geburt feststelle, dass ich doch lieber nicht Mama sein will und mir das alles wahnsinnig auf die Nerven geht? Wenn ich im Bermudadreieck von Windeln, Bäuerchen und Fläschchen verschollen gehe und ich mich selbst nicht mehr wiederfinden kann?

Wieso habe ich nicht vorher darüber nachgedacht? Gibt es vielleicht irgendwo eine Baby-Rücknahmestelle? Umtauschen wird wahrscheinlich schwierig: »Meins schreit zu viel – ich hätte lieber ein Modell, das vierundzwanzig Stunden am Tag schläft. Oder eins mit Kippschalter. Da kann man dann zwischen Schlafen und Wachsein wählen.«

Ich weiß nicht, ich weiß nicht. Bei jeder anderen größeren Anschaffung gibt es so was wie Probefahren oder Probewohnen. Selbst bevor man heiratet, kann man heutzutage erst mal so probeweise zusammenleben. Testen, ob das alles so passt. Und wenn einem die CD-Sammlung des anderen nicht gefällt, kann man sich einfach wieder verabschieden und zum Aufreißen eines neuen, kompatibleren Partners in den nächsten Plattenladen gehen.

Nur beim Baby, da gibt es das noch nicht. Das ist lebenslänglich. Lebenslänglicher als lebenslänglich. Das ist schlimmer als die Ehe. Ich meine, wer glaubt heute noch an die ewige Treue? Man sagt das so am Traualtar, und dann sagt man das fünf Jahre später zu einem anderen. Daran haben sich doch alle schon längst gewöhnt. Im Grunde erwartet man ja auch nichts anderes mehr. Alles heutzutage ist doch immer nur Testphase oder Lebensabschnittsphase.

Aber wer stellt so sein Kind vor: Das ist Paul, mein Lebensabschnitts-Sohn.

Wahhhhh! Das könnte eine Wahnsinns-Geschäftsidee sein: Babys probeweise ausleihen.

Kinderwunsch? Windeln Sie bei uns auf Probe! Testen Sie Ihren Mutterfaktor. Völlig risikolos. Bei Nichtgefallen Baby-Zurück-Garantie.

Mit echten Babys wird sich das wohl kaum bewerkstelligen lassen, man bräuchte Puppen, oder noch besser Roboter, und dann ... Ich werde das ganz groß aufziehen und mit der Idee Multimillionärin werden.

Bleibe doch arm. Nele hat mich wieder runtergeholt. In Amerika gibt's das schon. Da verschicken sie Babypuppen per Post. Die schreien, pinkeln und wollen dauernd gefüttert werden. Soll allen Möchtegern-Müttern, vor allem denen unter 16, die Pille versüßen.

»Jessica.«

»Klar, ja. Jessica Stockmann-Stich ... das Einzige, was diese Frau kann, ist höchstwahrscheinlich einfach hervorragendes Stillhalten beim Geschlechtsverkehr. Und so willst du meine Tochter nennen? Nö. Kommt gar nicht in Frage.«

Meine Tochter. Aha.

Aber wo er Recht hat, hat er Recht. Diese Tussi ist wirklich unerträglich.

»Lilly.«

»Mmmmh.«

»Marlene.«

»Marlene Katzmeyer? Willst du unser Kind foltern?«

Gut. Ich gebe es zu. Katzmeyer ist kein besonders schöner Nachname. Aber es ist meiner, und ich hab mich über all die Jahre hin doch sehr an ihn gewöhnt.

»Marlene Pöhlmann dagegen ... da könnte ich mich schon eher dran gewöhnen.«

Pöhlmann ist in meinen Augen nun wirklich keinen Deut besser. Auch wenn Moritz steif und fest das Gegenteil behauptet. Pöhlmann ist natürlich sein Nachname – is ja klar.

»Wir haben gesagt, es gelten nur Vornamen.«

»Okay. Okay. Annalena ... Annalena find ich definitiv gut.«

»Myriam.«

»Sophie.«

»Paula.«

»Kate.«

»Kathrin.«

»Camelia.«

»Damenbinde.«

»Helena.«

»Und wenn sie hässlich ist?«

»Tina.«

»So heißt der Hund der Nachbarn. Vanessa.«

»Nur über meine Leiche.«

Wenn das so weitergeht, werde ich Moritz diesen Wunsch demnächst erfüllen und ihn einfach erschießen. Wir werden uns nie einigen. Und da wir nicht verheiratet sind, streiten wir uns auch noch über den Nachnamen. Da gibt es zwar nur zwei zur Auswahl – aber da steht auch die ganze

Wucht von Sprache des Bluts, Vererbung, Familientradition etc. dahinter. Moritz sieht das Geschlecht der Pöhlmanns aussterben (ein schwerer Verlust für die Menschheit), und ich entdecke radikal-matriarchalische Züge an mir.

Natürlich könnten wir auch heiraten. Aber das würde das Problem mit den Nachnamen auch nicht lösen, denn man muss sich ja für das Kind auf einen Familien-Nachnamen einigen. Und wer will schon Pöhlmann heißen? Ich nicht. Und ich will einfach nicht mit dickem Bauch vorm Standesbeamten oder vorm Traualtar stehen. Da bin ich hoffnungslos romantisch.

Wahrscheinlich wird unsere Tochter mit achtzehn noch keinen richtigen Vor- und Nachnamen haben und sich dann einen eigenen aussuchen. Essica Sich vermutlich. Und dann heiratet sie einen Sockmann.

Oder sie heißt zum Zeitpunkt ihrer Geburt Anna Maria Magdalena Sandra Pia Verena Natascha Malena Jana Serena Rosa Elena Katzmeyer-Pöhlmann. Kann auch schön sein. Das Namensbändchen in der Klinik könnte man dann zusammengestrickt auch als Strampelanzug verwenden.

Nun, solange wir uns nicht einig geworden sind, heißt die Maus einfach die Maus oder Krümelchen – auch wenn das wahrscheinlich noch ein paar Jahre mehr auf der Couch für sie bedeutet.

»Hier, schau mal …«

Moritz kommt aus dem Bad und hält mir ein Sonderheft von *Eltern* vor die Nase. Auf der Titelseite ist ein Baby abgebildet, das so lange Haare hat, dass ich mir sicher bin, die haben dem Fratz fürs Foto eine Perücke aufgesetzt. Oder Hair-Extensions gemacht.

Moritz strahlt bei diesem Lorelei-Anblick. Ich hoffe, er kann auch mit einer glatzköpfigen Tochter leben. Denn die ist, nach den Babybildern von Moritz und mir zu urteilen, durchaus zu erwarten. Vielleicht sollten wir sie ja Kojaki nennen.

Seit ich schwanger bin, hat sich Moritz' Klo-Lektüre regelrecht intellektualisiert. Früher haben ihn in der Hauptsache Batman-Comics aufs stille Örtchen begleitet.

Es ist halb zehn (abends), und ich liege im Bett. Es gab mal eine Zeit, da habe ich um diese Zeit angefangen, mich zu schminken, damit ich rechtzeitig fertig war, um so um Mitternacht das Haus Richtung Party zu verlassen.

Jetzt bin ich immer so müde, dass ich nur Frühstücks-Partys besuchen könnte. Und das auch nur, wenn sie nicht vor zwölf Uhr mittags anfangen.

Moritz blickt verklärt auf das Baby-Foto.

»So in einem guten halben Jahr haben wir dann auch so einen kleinen Schreihals.«

»Nix da, halbes Jahr – sie ist allerspätestens in siebzehn Wochen und vier Tagen hier – vielleicht sollten wir mal langsam anfangen, ein Kinderbettchen, Schnuller und das Zeugs zu besorgen ...«

Moritz sieht mich schockiert an.

Tja. Manche Dinge ändern sich nie. Ich weiß jetzt, warum Frauen die Kinder kriegen. Die Männer würden ganz einfach den Termin für die Geburt verpennen. Ich dagegen zähle nicht nur die Wochen, sondern eigentlich schon die Tage. Schließlich ist das Schwangersein kein reines Vergnügen. Es gibt schönere körperliche Beschäftigungen.

»Okay, wir fahren nächste Woche zu Ikea, Schatz, versprochen.«

»Gut.«

Das hat er mir eigentlich schon vor einem Jahr versprochen. Seitdem wollen wir ein neues Sofa.

»Leandra.«

»Hä?«

»Wir müssen uns sofort auf einen Namen einigen. Die Kleine steht ja quasi schon vor der Tür.«

»Du hast ja so Recht, Schatz, so Recht.«

Ich drehe mich um und mache das Licht aus.

Neben mir im Dunkeln murmelt es.

»Paulina ... Paulina ist auch gut ... oder Antonia ... klingt doch hoheitsvoll, findest du nicht ...«

Schnarch.

Ich kann mir jetzt langsam bei meiner Frauenärztin ein Zimmer mieten. Alle vier Wochen bin ich hier. Und da habe ich noch Glück, da alles bisher im Grunde genommen völlig unkompliziert abläuft.

Dass mir die Kleine jetzt schon den Magen nach oben drückt und er deshalb immer noch auswandern will (er bekommt bloß nirgendwo ein Visum, deshalb ist er überhaupt noch da und nimmt beleidigt nur noch kleinere Portionen in sich auf), dass ich jetzt schon dauernd Sodbrennen habe und dass ich nach zehn Treppenstufen schlimmer keuche als der Gewinner des New-York-Marathons kurz nach dem Zieldurchlauf ... alles kein Problem.

Für die kleinen Scheißer nehmen wir Weiber so kleine

Wehwehchen doch gerne in Kauf. Ganz zu schweigen von den größeren und gemeineren Dingen wie Hämorriden und Krampfadern, von denen ich bis jetzt noch verschont wurde, die aber durchaus zu einer ganz normalen Schwangerschaft gehören.

Und später erst. Es kommt vor, dass die Babys nicht die Einzigen sind, die nach der Geburt Windeln brauchen – ein schwacher Beckenboden kann ganz schön durchlässig sein.

Aber ich will mich nicht beklagen: Es gibt Frauen, die müssen die ganze Schwangerschaft im Bett bleiben. Das haben die sich sicher auch nicht träumen lassen: dass einmal flachlegen im Ernstfall ewig flachliegen bedeuten kann.

Heute ist es total voll hier. Ich sehe mich neugierig um. Ich schaue gerne andere Menschen an. Ich hoffe dann immer, dass der oder die Begutachtete das nicht bemerkt, und versuche mir das dazugehörige Leben und die jeweilige Lebensgeschichte vorzustellen. Selbst wenn nicht jede dieser Frauen, die hier sitzen, Mutter ist oder Mutter wird … jede von ihnen ist zumindest Tochter. Und kennt ihre und andere Mütter. Mamas beherrschen sozusagen die Welt. Denn bisher hat ja wohl noch jeder, der hier rumläuft, zumindest eine davon abgekriegt.

Zum Beispiel die Frau in dem gelben Kleid da. Die trägt jetzt schon Schwangerschaftsklamotten, obwohl sie wahrscheinlich erst im dritten Monat ist (Neid – ich hatte auch mal so einen flachen Bauch). Sie hat eine riesige praktische Tasche dabei, aus der sie ein Schwangerschaftsbuch nach dem anderen rauszieht, in dem sie dann angestrengt liest. Sie studiert das wie andere Leute die Bibel oder so Bestseller wie »Mit dreißig die erste Million«. Die Tante in Gelb ist eindeutig eine aus Mama-Kategorie A:

Die Sinnsuche-Mama

oder auch die »Mein Leben ist leer, ich langweile mich zu Tode, also bekomme ich jetzt ein Kind, da hab ich dann wenigstens keine Zeit mehr, über die ganze Scheiße nachzudenken«-Mamas.

Es gibt Frauen, die halten Kinder für ein wunderbares Antidepressivum (andere wiederum halten sie für die Auslöser dieser Krankheit). Zumindest tun Kinder eines: Sie halten einen ständig auf Trab, und so kommen manche Frauen zwischen Windelnwechseln, Fläschchen und Schulaufgaben nie mehr dazu, über den Sinn des Lebens an und für sich und vor allem über den ihres eigenen Lebens nachzudenken.

Frau ist Mutter. Frau hat zu tun. Was soll da diese blöde Grübelei. Außerdem muss man als Mutter keine eigenen Interessen, Hobbys, Berufe, Ansichten etc. mehr entwickeln – die Kinder nehmen einem das ab. Man kann sich den ganzen Tag und die ganze Nacht mit ihnen beschäftigen. Man braucht nur noch über sie zu reden. Man braucht nur noch mit ihnen zusammen zu sein. Kinder sind für manche Frauen die beste Beschäftigungstherapie.

Und da drüben sitzt offensichtlich eine aus der Mama-Kategorie B:

Die Symbiose-Mama

Sie hat einen schätzungsweise dreijährigen Sohn auf dem Schoß, der sich nicht weiter als fünfundvierzig Zentimeter von ihr entfernen darf. Sie krallt ihn fest, damit er sie nie verlässt. Das arme Kind darf noch nicht mal nach hinten in die Spielecke, um sich ein Buch zu holen. Das Buch holt

Mama für ihn. Mama macht überhaupt alles. Und alles natürlich nur für den armen Kleinen. Am liebsten, bis der Kleine über neunzig ist. Selbst wenn das Kind aus dem Bauch ist und abgenabelt, muss es den Rest seines Lebens im quasi verlängerten Bauch der Mutter verbringen. Und dieser Bauch reicht überallhin, umfasst die Wohnung, das Haus, die Schule, die Uni und die Ehe des Sprösslings. Die ganze Welt ein riesiger Bauch. Kleinen Jungs passiert so was häufer als kleinen Mädchen. Kleine Mädchen sind zu sehr Konkurrenz, und Mama kann sie schlechter als Partnerersatz missbrauchen. Es gibt Frauen, die sind im Grunde genommen eher mit dem Kind als mit dem Mann verheiratet. Diese »Ich bin einsam, mein Mann liebt mich nicht, niemand liebt mich, mein Freundeskreis besteht aus der Supermarktkassiererin, die mich immer grüßt, aber mein Kind muss mich einfach lieben, denn ich und mein Kind sind eins, eins, eins, eins«-Mütter sind wahrscheinlich die gefräßigsten von allen.

Neben mir blättert eine Hochschwangere mit verträumtem Gesichtsausdruck in einem Hochglanzmagazin.

Klarer Fall eines Exemplars der Mama-Kategorie C:

Die High-Society-Mama

auch die »Ich bin zwar nur eine Hausfrau mit zu starker Dauerwelle in einem Reihenmittelhaus in einem Vorort von Castrop-Rauxel, aber mein Kind ist was ganz Besonderes, Einmaliges und wird mindestens der/die neue Steffi Graf/Gerhard Schröder/Stephen Hawking/Claudia Schiffer«-Mütter genannt.

Ich sehe richtig, wie sie beim Lesen der Zeitschrift einem

VIP-Dasein nach dem anderen für ihren Sprössling entgegenblättert. Und ich gehe jede Wette ein, sie hat das Baby schon vor zwei Jahren zum Ballettunterricht, zur Tennisstunde, zum Reiten, Yoga und zur Visagistin angemeldet. Der Terminkalender einer Zweijährigen sieht dann so aus wie der eines Großkonzern-Vorsitzenden. Wenn das eigene Kind das völlig defekte Selbstwertgefühl der Mama nicht aufmöbeln kann, wer um alles in der Welt soll es denn dann können? Wofür hat frau sich schließlich all die Mühe gemacht und den Chauffeur gespielt und sich die Tennisstunden buchstäblich vom Munde abgespart?

Und wehe, der Zwerg will dann nicht so wie Mama. Was soll's, viele Karrieren haben mit solch ehrgeizigen Müttern (es gibt natürlich auch Väter von dieser Sorte) begonnen und enden dann in einer 20-Zimmer-Villa in Malibu. Oder mit 20 Jahren auf der Psychiater-Couch. Es gibt schlimmere Schicksale.

Meiner Meinung nach geht es Kindern mit Müttern aus der Mama-Kategorie D erheblich schlechter – die haben noch nicht mal die Aussicht auf ein Leben als Star. Der Starposten ist in ihrer Familie nämlich längst besetzt, durch:

Die Opfer-Mama

oder auch die »Eigentlich wäre ich ja jetzt in Hollywood, im Aufsichtsrat der Deutschen Bank, die neue Jil Sander Deutschlands oder kurz vorm Nobelpreis – aber ich habe das alles, alles für meine Kinder geopfert«-Mütter.

Solche Mamis erwarten von ihren Kiddies (und leider

auch vom Rest der Welt) lebenslangen Beifall, Blumen, Bewunderung – also alles,worauf sie ihrer Meinung nach zum Wohle des Kindes verzichtet haben. Wie praktisch, wenn man einfach ein Kind bekommen kann und dann nie mehr beweisen muss, dass man tatsächlich genügend Talent, Ausdauer, Kraft etc. besitzt, um nach oben, nach vorne oder sonst wohin zu kommen. Diese Frauen schaffen es, auch mit fünfzig Kilo Übergewicht beim Windelnwechseln allen zu erzählen, dass sie eigentlich die neue Pia Bausch sind, weil sie einmal eine Woche Schnupperpraktikum im Theater gemacht haben. Und wehe, wenn der Winzling auf dem Wickeltisch (und der Rest der Welt) dann nicht klatscht.

Die Loser-Mütter,

die sind quasi das Gegenteil der Opfer-Mütter und fallen damit unter die Mama-Kategorie E.

Sie werden auch die »In der Firma sind die immer so böse, und Karriere ist so anstrengend, da bekomme ich doch lieber ein Kind und bleibe den ganzen Tag zu Hause«-Mamas genannt.

Interessant finde ich, dass es diesen Frauen anscheinend unklar ist, dass sie einen 8-Stunden-Job gegen einen 24-Stunden-Job tauschen. Und das noch ohne Lohn, Urlaub oder Weihnachtsgeld. Normalerweise würde man jemanden, der sich auf so was einlässt, für wahnsinnig erklären. Diesen Müttern aber erscheinen die Geschäftswelt und die Welt an sich viel zu anstrengend. Und Verantwortung für sich selbst zu übernehmen ist seltsamerweise für diese Frauen viel schwieriger, als die Verantwortung für dreizehn Kleinkinder zu tragen. Das Leben macht ihnen Angst, nur im Kinderzimmer fühlen sie sich sicher.

Die Klebstoff-Mütter

– Frauen der Kategorie F – heißen auch »Ich alleine kann einen Mann auf gar keinen Fall halten, warum sollte er auch bei mir bleiben, und außerdem macht erst ein Baby unsere Beziehung vollkommen«-Mamas genannt. Diese Mütter gibt es auch in der Variante: »Meine Beziehung ist beschissen, aber wenn wir ein Baby bekommen, muss er einfach bei mir bleiben«-Mütter. Ich habe von Frauen gehört, die auf diesem Weg zu vier Kindern von vier verschiedenen Männern gekommen sind. Problematisch wird das erst, wenn man als Frau dann in die Wechseljahre kommt. Aber dann tut es vielleicht auch ein Hund.

Eine Untervariante dieser Kategorie sind die »Ich bin bei deinem blöden, beschissenen, egoistischen Arschloch-Vater die letzten 25 Jahre nur deinetwegen geblieben. Und dafür, dass ich unter meiner Ehe so gelitten habe, musst du mir bis ans Ende deiner Tage dankbar sein, denn jetzt bin ich über 60 und kann wirklich nicht mehr neu anfangen«-Mütter. Jedes Kind, das so erpresst wurde, wird wahrscheinlich den Rest seines Lebens jeden Sonntag bei Mama auf der Matte stehen, um ihr auf ewig Abbitte zu leisten. Dass das Baby ein willkommener Grund ist, niemals im Leben auf eigenen Füßen zu stehen und Verantwortung für das eigene Glück zu übernehmen, kommt diesen Frauen nie in den Sinn.

Pfui, Emma, pfui. Viele böse Gedanken. Mamas sind doch heilig! Und jetzt werd ich auch noch selbst eine. Und über die Väter, die mindestens genauso viele Macken haben, habe ich noch gar nicht hergezogen. Mach ich dann beim nächsten Vorsorgetermin. Außerdem gibt es wahrscheinlich so viele Gründe, ein Kind zu bekommen, wie es Kinder auf der Welt gibt. Sicher wird meine Tochter schon mit fünfzehn auf der Couch liegen und ihrem Psychiater vorjammern, dass ich die schlimmste Mischung aus allen Kategorien bin.

Meine Nachbarin hat mir gerade so einen kurzen, durchdringenden Blick zugeworfen. Wahrscheinlich denkt sie sich gerade meine Lebensgeschichte oder mein Mutterdasein aus: Frustrierte Zimtzicke Mitte dreißig. Hat auf den letzten Drücker noch irgendeinen Typen abbekommen und sich sofort ein Kind machen lassen. Klarer Fall von Kategorie M: »Ich krieg ein Kind, weil man das halt so macht, und habe dabei tierisch Angst, und überhaupt …«

Bevor wir jetzt richtig ans Eingemachte gehen, werde ich Gott sei Dank ins Sprechzimmer gerufen.

Alles okay. Baby geht es gut.

Mir weniger.

Ich trage gerade rosafarbene Gummihandschuhe. Die man auch zum Geschirrspülen oder Putzen benutzt. Nur verwandle ich mich nicht in eine Superhausfrau. Nein, ich versuche gerade, wahnsinnig verruchte fleischfarbene Kompressionsstrümpfe damit anzuziehen. Anders bekommt man die Dinger nicht hoch, sagen die vom Sanitätshaus – wie Recht sie haben.

Ich kann mich an wenige Augenblicke in meinem Leben erinnern, an denen ich mich so sexy gefühlt habe wie im Moment. Habe das Bad mal vorsichtshalber abgesperrt. Jede Beziehung braucht ihre kleinen Geheimnisse.

Die Frauenärztin hat mir diese Dinger, die verdammt

noch mal trotz Gummihandschuhen nicht bis nach oben wollen, verschrieben. Wegen Trombosegefahr. Moritz und ich fliegen in Urlaub. Vierzehn Tage Lanzarote. Letzte Gelegenheit.

In ein paar Wochen nimmt mich kein Flieger mehr mit. Schwangere müssen leider am Boden bleiben. Viel zu teuer. Sie müssten so viel Übergepäck-Zuschlag bezahlen, dass normale Frauen damit zum Mond und zurück fliegen könnten. Okay, ist nicht wahr. Aber kein Flugkapitän der Welt will wegen Wehen am Nordpol zwischenlanden.

Ich wollte ja lieber einen Abenteuerurlaub in Uganda machen, aber Moritz hat die Panik bekommen. Dabei ist Kinderkriegen doch das Natürlichste auf der Welt (sagt er immer, wenn ich ihm eines meiner Wehwehchen klage). Kann man eigentlich auch in Uganda machen. Oder bei einem Rucksacktrip durch Südostasien. Oder quer mit dem Auto durch Australien.

Ach, vierzehn Tage Lanzarote sind auch ganz nett. Ich habe wochenlang Reiseprospekte durchgeblättert. Und einen kleinen Vorgeschmack davon bekommen, was mir blüht, wenn die Kleine erst mal da ist: Bettenbunker. Familienpreise. Kinderermäßigung. Hochsaison. Beistellbett. Im Januar milde als Schwachsinnige belächelt werden, wenn man für die Sommerferien fünf Jahre später noch eine günstige Bleibe sucht.

Familienurlaub eben. Oje.

Fünfzehn dicke Bäuche. Tatsächlich fünfzehn. Alle schwangeren Frauen Deutschlands fliegen im November auf die Kanaren. Alleine von München aus gehen täglich wahrscheinlich so fünf Maschinen. Und in denen sitzen durchschnittlich, na sagen wir mal, zehn Schwangere. Macht fünfzig Schwangere pro Tag aus München auf die Kanaren. Die denken dort mittlerweile, Deutschland sei ein unglaublich fruchtbares Land. Und alle wollen nur das eine: Die letzten kostbaren Wochen ohne schreiendes Bündel nur mit dem Mann ihrer Träume verleben. Noch mal Flitterwochen sozusagen. Noch mal Moritz und ich alleine. Romantik pur und Sonne. Sand. Meer. Und Sex.

Ich freu mich total.

Ich langweile mich total.

Fühle mich wie ein gestrandetes Walross. Liege den ganzen Tag hier am Meer und drehe mich nur ab und zu in eine bequemere Position.

Moritz ist die ganze Zeit unterwegs. Er macht Sport. Und wenn er keinen Sport macht, zieht er sich gerade um zum Sport. Ich hab am Anfang versucht, noch etwas mitzuhalten – fünfhundert Meter Fahrradfahren, einmal vom Surfbrett fallen und einen Aufschlag beim Tennis.

Ich kann einfach nicht mehr. Vom Zimmer ins Restaurant gehen und von dort aus zum Strand, das reicht mir völlig. Danach fühl ich mich, als hätte ich einen Fünf-Kilometer-Lauf absolviert. Ich krieg einfach keine Luft mehr, meine Muskeln sind aus Pudding. Nicht, dass ich vor der Schwangerschaft supersportlich war. Aber immerhin war ich ab und zu im Studio, und im Sommer fahr ich mit dem Fahrrad in die Redaktion. Ist doch was.

Aber jetzt liege ich hier auf der Liege, und nach dem Griff zur Mineralwasserflasche fühle ich mich wie nach einer Stunde Bauch-Beine-Po-Training.

Von Flitterwochen und Romantik keine Spur.

Ich bin müde. Ich hab Sodbrennen. Morgens. Mittags. Abends.

Aber wenigstens Moritz geht es bestens. Er hat da diese superschlankesupersportliche Zicke aus Hannover kennen gelernt. Beim Tauchkurs. Und jetzt waren sie zusammen segeln. Und dann spielen sie irgendwann zusammen Tennis, und dann machen sie den Wie-mache-ich-den-Mann-einer-schwangeren-Frau-an-und-schäme-mich-nicht-dafür-Sport.

Jetzt lacht die blöde Kuh gerade, dass man alle Zähne sehen kann. Und Moritz lacht mit. Laut und glücklich.

»Wir gehen zum Beachvolleyball«, ruft sie mir zu.

»Komm doch mit.« Moritz winkt heftig.

»Hab schon einen Volleyball im Bauch«, schreie ich rüber zu den beiden und deute auf die Kugel zwischen Bikiniunter- und -oberteil. »Geht nur … ich les das Buch noch zu Ende … viel Spaß.«

Das »viel Spaß« haben die beiden wahrscheinlich schon gar nicht mehr gehört, so schnell rennen die den Strand runter. Klar, ich könnte mitgehen. Klar, ich könnte sogar noch mitspielen. Ich habe Angst zu fallen oder einen Ball in den Bauch zu bekommen. Und nur dabeisitzen macht mich nur noch neidischer und eifersüchtiger auf all die schlanken Frauen in den knappen Shorts und Tops, die sich gekonnt vor Moritz in den Sand werfen.

Ich drehe mich seufzend auf die Seite und lese weiter in dem Buch »Jedes Kind kann schlafen lernen«. Mit der Schwangerschaft habe ich die Fronten gewechselt. Auch wenn ich das nicht wirklich will und eigentlich immer beides haben wollte, fühle ich mich doch jetzt schon völlig auf die eine Seite verbannt.

Bäuerchen statt Beachvolleyball.

Kinderwagen statt Sportwagen.

Spießer statt Sport.

Ich weiß gerade nicht, ob ich die Mama-Seite wirklich lieber haben will. Zumindest nicht ausschließlich. Ich will immer noch beides, bin mir aber nicht mehr sicher, ob das wirklich geht.

Wenn ich daran denke, wie viel Spaß Moritz gerade hat, denke ich, dass es doch ziemlich unfair von mir war, Moritz nicht im Vorfeld zu fragen, ob er überhaupt ein Baby haben wollte. Die biologische Uhr bei Männern tickt einfach völlig anders als bei Frauen.

Sie tickt gar nicht, während wir eine Zeitbombe in uns tragen.

Vielleicht ist Moritz noch nicht so weit, um sich durchschriene statt durchtanzte Nächte anzutun.

Vielleicht wäre er mit einer jüngeren Frau besser dran, die noch mehr Zeit hat zu warten.

Vielleicht hätte ich ehrlich sein sollen.

Vielleicht ist es nicht so gut, jemanden, den man liebt, durch einen Trick und mit – okay, nennen wir die Sache beim Wort – einer Lüge zum Vater zu machen.

Vielleicht ist es besser, nicht weiter drüber nachzudenken und mal kurz ins Wasser zu watscheln.

Vielleicht, Emma, vielleicht.

Ich komme aus dem Urlaub zurück mit der Erkenntnis, dass fleischfarbene Kompressionsstrümpfe die einzigen halterlosen Strümpfe sind, die nicht rutschen, und dass man seine Flitterwochen besser vor statt während einer Schwangerschaft verbringt.

Ist auch was.

Aber der letzte Abend im Hotel war dann eigentlich doch gar nicht so schlecht – selbst wenn ich mich sonst nicht mehr so bewegen kann – ein paar entscheidende Stellungen bekomm ich doch noch hin. Da kann die Zicke aus Hannover nicht mithalten. Ha!

Der Headhunter von Stemmer Consulting hat sich gemeldet – kann sein, dass die von Newsletter ein zweites Vorstellungsgespräch mit mir wollen. So in drei, vier Wochen. Ich bin anscheinend in der engeren Wahl.

Gute Idee. Ich mach mich schon mal auf die Suche nach einem Emma-Double ohne Bauch. Oder ich ess mir schnell noch zwanzig Kilo mehr an, damit die Schwangerschaft nicht auffällt. Ich könnte aber auch einen Tschador tragen und behaupten, ich sei zum Islam übergetreten. Irgendwas muss mir einfallen. In drei bis vier Wochen bin ich im Siebten, und ich weiß nicht, ob man mir glauben wird, ich hätte aus Versehen einen Baseball verschluckt.

Es ist typisch. Für Männer ist die Frage Kinder oder Karriere die größte Nicht-Frage überhaupt. Für Frauen heutzutage ist es wahrscheinlich die größte Frage, die es in ihrem Leben gibt – außer natürlich der »Was-ziehe-ich-heute-an«-Frage.

Ich kenne keinen einzigen Mann, der sich jemals darüber Gedanken gemacht hat, wie er nach der Geburt wieder in den Job einsteigen soll. Geschweige denn, wie er nach der Geburt wieder sein altes Gewicht erlangen soll.

Wenn ein Mann bei Newsletter erscheinen und sagen würde, seine Frau sei im siebten Monat, wären alle begeistert: So einer ist jetzt richtig an der Kandare – er wird schuften bis zum Umfallen, um seine kleine Familie zu ernähren. Für Männer ist eine Schwangerschaft beim Einstellungsgespräch direkt karrierefördernd. Für Frauen ist sie leider das Gegenteil.

Warum können wir nicht einfach Eier legen? Ich meine so als Spezies insgesamt. Ich finde, das hätte entschieden Vorteile – schließlich ist selbst ein Straußenei kleiner als ein sechseinhalb Pfund schweres Baby. Außerdem haben Babys Ecken und Kanten, mit denen sie unterwegs hängen bleiben können, oder noch schlimmer: wenn sie rückwärts zuerst rauswollen. Auch das ist bei einem Ei einfach kein Problem.

Ich stell mir das toll vor: Man setzt sich in der U-Bahn oder im Auto einfach auf das Ei. Zum Reisen gibt es einen speziellen beheizbaren Eier-Koffer. Selbst im Arbeitsleben wären Eier praktischer zu handhaben als ein 8-Monats-Bauch. Dann gäbe es Bürostühle mit eingebautem Eifach – so kann man gleichzeitig arbeiten und brüten.

Ach, die Welt der Eierleger. Die meisten Viecher, die aus Eiern schlüpfen, sind Nestflüchter und können sich sofort selbst versorgen – wie praktisch! Man stelle sich das mal vor – ein Baby knackt die Schale, steht innerhalb der nächsten fünf Minuten (wenn auch noch etwas wackelig) auf und macht sich alleine auf den Weg zum Kühlschrank.

Wir dagegen! Neun Monate schwanger und danach neunzig Jahre »Mama mach, Mama tu, Mama zahl«.

Aber ich hab's ja so gewollt.

Platsch.

Platsch.

Platsch.

Ich krieg lauwarmen Glibber auf den Bauch. Heute ist der große Ultraschall-Termin. Wird, wenn man will, in der Mitte der Schwangerschaft in einer speziellen Praxis mit einem Doppler-Ultraschall-Gerät gemacht. Moritz sitzt neben mir und hält Händchen. Wir wollen beide Baby gucken. Und vor allem wollen wir wissen, ob alles in Ordnung ist mit Valeska (Moritz' derzeitiger Favorit) beziehungsweise Tessa (das ist mein Name, und der ist doch viel schöner, oder?).

Die Show beginnt. Der helle Wahnsinn. Da ist die Kleine, nuckelt gerade am Daumen und winkt uns beiden zu. Hallo, Mama, hallo, Papa. Nett, dass ihr mal vorbeischaut.

Und dann wird sie in Scheiben zerlegt. Wie eine graue Salami, oder besser noch wie so eine Schinkenwurst mit größeren dunklen Stücken dazwischen. Unfassbar, was heute alles so geht. Der Arzt klickt auf ein paar Tasten, und wir blicken Mausi erst mal mitten ins Gehirn. Zwei Nieren, ein Herz, und die Blase ist ziemlich leer. Hat gerade gepinkelt, meint der Arzt. Ins Fruchtwasser. Man könnte auch sagen, in meinen Bauch. Wie schön, jetzt bin ich auch noch eine Toilette. Ich will diesen Gedanken nicht wirklich weiterverfolgen.

Was soll's, Hauptsache, alles ist dran an der kleinen Maus, und wie's aussieht, ist sie komplett.

»Wissen Sie schon das Geschlecht?«

Moritz nickt, und ich mache den Mund auf:

»Es ist ein Weibchen.«

Der Arzt starrt mich eine Sekunde an, ringt sichtlich um Fassung, dann bricht er in brüllendes Gelächter aus. Moritz gackert. Hahaha.

»Ein Weibchen!«

Prust. Kicher.

Was ist daran so komisch? Ich wollte natürlich weiblich sagen. Den Rest des Ultraschalls schweige ich hoheitsvoll, während die beiden Männer über meinen Bauch hinweg blöde Frauenwitze reißen.

Beim Hinausgehen flüstert mir Moritz anzüglich ins Ohr: »Wahrscheinlich denkt der Doktor jetzt, du bist eine höhere Tochter und mit trächtigen Jagdhunden und Pferden aufgewachsen.« Ich sehe ihn mit meinem allerbösesten Blick an. Ich komme aus einem Lehrerhaushalt, und das einzige Haustier, das ich je hatte, war Alfred, das Meerschwein. Und Alfred war männlich, neurotisch und impotent.

Moritz geht neben mir her und hält sich den Bauch vor Lachen.

Typisch Männchen.

Es gibt Momente in meinem Leben, da würde ich es durchaus vorziehen, wenigstens für kurze Zeit wieder alleine zu leben. Single sein kann sehr schön sein.

7. Monat

»Also, wie du das überhaupt auch nur ansatzweise in Betracht ziehen kannst ...«

»Wieso ... kein Mensch würde sich heutzutage einen Zahn ohne Betäubung ziehen lassen.«

»Das ist doch was völlig anderes.«

»Wieso?«

»Also, ich kann dir nur sagen, du wirst etwas ganz Wunderbares versäumen ...«

»Was ist daran wunderbar, wenn's wahnsinnig wehtut und man wie eine Irre in der Gegend rumbrüllt?«

»Vergiss mal den Schmerz, du fixierst dich da so drauf, da kann man einfach hineinatmen ... einatmen ... ausatmen ... einatmen ... ausatmen ... siehst du, so ...«

Mein Gegenüber holt tiiiieeef Luft und hech-ch-ch-ch-elt wieder aus. Tiiiieeef Luft holen und wieder auauau-auauaushecheln.

»Ich will einfach nicht.«

»Stell dich doch nicht so an. Das haben Millionen von Frauen vor dir schon durchgemacht.«

»Und ein paar hunderttausend davon sind daran krepiert.«

»Wenn du so negativ bist, schadet das dem Kind.«

»Ich bin nicht negativ, ich bin realistisch.«

»Du musst einfach lernen, dich zu öffnen, dich hinzugeben, das ist wie beim Sex.«

»Wie beim Sex? Kein Schniepel ist so groß wie ein ausgewachsenes Baby« – auch wenn manche Männer das gerne hätten –, aber das trau ich mich jetzt doch nicht laut zu sagen.

»Hast du dabei auch einmal an die arme kleine Maus gedacht? Bei einem Kaiserschnitt wird sie einfach so mir nichts, dir nichts auf die Welt gezerrt, in das kalte Neonlicht eines OP-Saals ...«

»Vielleicht ist sie ja auch froh, endlich rauszukommen und dabei sogar die Abkürzung nehmen zu können. Du stehst doch auch nicht gern im Tunnel im Stau.«

»Was du alles denkst. Ein Kaiserschnitt ist einfach keine richtige Geburt.«

»Genau das ist der Sinn der Sache.«

»Du wirst das hinterher schrecklich bereuen. Red mal mit den Frauen, die einen Kaiserschnitt hatten ... entsetzlich ... wochenlange Depressionen ... haben sich nie mehr als richtige Mutter gefühlt ... und die Schuldgefühle dem Kind gegenüber ... tststs ... also ich, ich würde nie einen Kaiserschnitt machen lassen. Ich habe alle meine Kinder unter Wasser geboren. Zu Hause in der Badewanne. Nur mit Hebamme und im kleinen Kreis der Familie. War ganz einfach. Sind zack rausgeflutscht, die kleinen Scheißer, und wurden bei Kerzenschein und Walgesängen in Empfang genommen ... das merkt man den Kleinen einfach an ... die sind viel entspannter.«

Mir gegenüber sitzt die Koryphäe zum Thema Geburt: Bernd, achtunddreißig Jahre. Dreifacher Vater. Ein alter Kommilitone von Moritz. Wir haben uns zufällig in der Stadt getroffen, und als er meinen dicken Bauch sah, hat er mich zu einem Vitamincocktail eingeladen. Ich genehmige mir noch einen Schluck von diesem Glibberzeugs, während er weiterhin über seine drei Geburten spricht.

Moritz erzählt mir später, dass ihm Marie – Bernds Frau –, als ihre Wehen einsetzten, vor der letzten Geburt ein Schlafmittel ins Bier gekippt hat, damit sie in aller Ruhe ins Krankenhaus fahren und dort ihr Kind bekommen konnte – mit PDA. Sie hatte wohl die Schnauze voll von dem wunderbaren Unterwassergebären in der häuslichen Badewanne.

Scheiße.

Es ist drei Uhr mitten in der Nacht. Moritz neben mir schnarcht sanft vor sich hin. Mein Herz klopft in einem ziemlich unguten Rhythmus. Krümelchen tritt mich. Autsch. Ich kann seit Stunden nicht schlafen.

Ich glaube, ich bin kurz vor einer Panikattacke. Vielleicht bin ich auch schon mittendrin. Mir wird erst jetzt so richtig klar, dass ich Krümelchen irgendwie aus mir rausbekommen muss – und dass das ganz sicher kein Spaß ist –, egal ob mit PDA oder ohne oder mit Kaiserschnitt oder Lavendelöl. Sie muss irgendwann und irgendwie da raus.

Und das ist gemein von der Natur – das Reintun war so schön, warum kann das Raustun nicht auch so sein?

Moritz will eine sanfte Geburt. Am liebsten eine Hausgeburt.

Ich will eigentlich am liebsten gar keine Geburt.

Ich habe ihm vorgeschlagen, wir trennen uns für diese Zeitspanne – er bringt zu Hause das Kind auf die Welt, und ich mache derweil einen Kurztrip nach New York.

Es gibt so ein wundervolles Buch von Leboyer, dem Erfinder der sanften Geburt. »Das Fest der Geburt« – hat mir meine Mam bei einem ihrer letzten Überfälle hier geschenkt – und mir dazu gleichzeitig von dem Schlachtfest meiner Geburt erzählt. Achtundvierzig Stunden Wehen, Saugglocke, Blut, Schweiß und Tränen, und irgendwann war es ihr dann egal, ob ich da lebend oder tot rauskomme, Hauptsache, ich komme überhaupt raus. Ich werde das Gefühl nicht los, dass sie mir die Schmerzen bis heute nicht verziehen hat.

»Ahh, Sie machen das ganz wunderbar.«

Ich knalle meine Brüste aneinander, dass Moritz (und jeder andere Mann) nur seinen Spaß daran hätte.

Wir spüren unseren Beckenboden. Der Beckenboden ist das Wort der Stunde. Alles dreht sich um ihn, und dabei wusste ich vorher überhaupt nicht, dass ich so was habe.

Wir, das sind zehn Frauen mit unterschiedlich großen Bäuchen vor einem großen Spiegel.

Alle lassen ihre Brüste aneinander knallen. Die Bäuche wackeln. Wir machen Bauchtanzübungen. Ich bin aus Versehen in einem esoterischen Geburtsvorbereitungskurs gelandet. Dabei wäre einer, der mich anästhesiert oder zumindest hypnotisiert, zurzeit wahrscheinlich die bessere Wahl für mich. Aber die Kurse in dieser Stadt sind so ausgebucht, dass man froh sein kann, wenn man überhaupt einen Platz bekommt.

Ich habe keine Angst vor der Geburt.

Ich habe keine Angst vor der Geburt.

Ich habe eine Scheißangst vor der Geburt.

Vielleicht schaffen die es hier ja, mich etwas zu beruhigen. Also schüttle ich weiterhin mein Becken und meine Brüste.

Patsch. Patsch. Patsch. Kann ja nicht schaden.

Die Kursleiterin ist eine streng dreinblickende Frau um die sechzig, die mir eher wie ein Feldwebel als wie eine Hebamme vorkommt. Jede Frau erzählt reihum etwas über sich. Warum sie hier ist, was sie so erwartet …

Rosi ist gerade dran, sie erwartet ihr Zweites. Rosi ist dreiunddreißig und sieht so stämmig und gesund aus, dass ich denke, was macht die hier? Die wirft ihr Kind doch in zwei Stunden und geht dann die Heuernte reinholen.

»… und dann, nach achtundvierzig Stunden, war der Muttermund gerade mal fünf Zentimeter offen, und der Arzt wollte schon einen Kaiserschnitt machen, aber ich habe mich dagegen gewehrt und einfach weiter durchgehalten, und es war wirklich schrecklich, und ich habe Angst, dass es diesmal auch so lange dauern wird … ich mach schon immer alle Übungen und lass mich akupunktieren … aber man weiß ja nie …«

»Warum lässt du dir diesmal nicht einfach eine PDA legen?«

Alle Augen richten sich auf mich.

Schweigen.

Was hab ich bloß gesagt?

»Warum willst du keine Bomben legen?« Vielleicht haben alle *das* verstanden.

»Ich mein ja nur … dann tut's wohl nicht mehr so weh … denk ich mir … ähm … wurde mir so gesagt … stimmt doch wohl, oder?«

Ich blicke fragend in die Runde.

Die Hebamme sieht mich mitleidig an.

»Es gibt Frauen, die tun so was natürlich …«

»Eine Spritze ins Rückenmark! Nie und nimmer!«

»Das ist doch keine richtige Geburt!«

»Da merkt man ja überhaupt nichts mehr!«

»Da kann man ja gar nicht mehr mitarbeiten!«

»Ist es das, was wir wollen?«

»Nein!«

»Da wird man ja einfach nur noch entbunden, wie schrecklich.«

»Dieses Ärztezeugs ist Teufelszeugs.«

»Genau.«

»Frauen haben seit Jahrtausenden Kinder ohne so was zur Welt gebracht.«

»Jede Frau kann gebären.«

»Jawoll.«

Auf den Gesichtern, die sich mir zudrehen, liegt einhellig der Ausdruck des Abscheus und des Entsetzens.

»Ich mein ja nur, es tut dann nicht mehr so weh, und dann hätte ich nicht mehr so viel Angst …« Ich kann einfach meine Klappe nicht halten. Im Gegensatz zu den anderen.

Denn jetzt kommt mir tödliches Schweigen entgegen.

»Rein theoretisch.«

Schweigen.

»Durch den Schmerz muss man durch, das ist nun mal so. Wer das nicht will, sollte gleich gar keine Kinder bekommen.«

Hugh.

Die Hebamme hat gesprochen.

O Gott, Emma, warum kannst du dein Schandmaul nicht halten.

Die Weiber hier binden mich gleich an den Marterpfahl, damit ich endlich lerne, Schmerzen auszuhalten.

Die Hebamme lächelt mich nachsichtig an. Sie empfiehlt mir, zur Abhärtung zum Zahnarzt zu gehen und mir ohne Spritze einen Zahn ziehen zu lassen. Das macht sie hin und wieder, um in Übung zu bleiben. Auch wenn sie seit circa fünfzehn Jahren keine Kinder mehr bekommen kann.

Man weiß ja nie.

Sie blickt in die Runde. Dicke Bäuche. Darüber aufmerksame Gesichter.

»Und damit wir alle lernen, Schmerzen besser auszuhalten, machen wir jetzt gleich eine meiner beliebtesten Übungen. Wir werden einen Schmerz simulieren, der den Wehen gleicht, und Sie werden einatmen, einatmen, einatmen. Hecheln. Hecheln. Hecheln. Sie werden Ja zu dem Schmerz sagen. Ja, ich will dich annehmen. Ja, ich liebe dich. Ja, komm zu mir. Ja. Ja. Ja. Sie werden sich ihm ganz öffnen, Sie werden sich ihm hingeben, Sie werden ihn begrüßen wie einen guten alten Freund. Sie werden sagen:

»Jaaaaaaa!«, schallt es aus dem Mund von neun Frauen.

Die Hebamme geht zu einem Schrank und öffnet ihn. Drinnen liegen jede Menge glitzernde Instrumente. Sie strahlen und funkeln verheißungsvoll im Licht der Duftkerzen.

Ich schaffe es, aus dem Fenster des Kursraums im dritten Stock zu springen, bevor mir die Hebamme alle Fingernägel bei lebendigem Leib rausreißt.

Als ich unten ankomme, bin ich bewusstlos. Irgendwer rüttelt an meiner Schulter.

»Frau Katzmeyer! Frau Katzmeyer! Wachen Sie auf.«

Ich schlage die Augen auf. Ich bin anscheinend bei einer Entspannungsübung eingeschlafen. Die Stunde ist zu Ende. Ich stehe auf und gehe in die Umkleidekabine.

Ich weiß nicht mehr genau, was Traum und Wirklichkeit ist. Liegt vielleicht an den Räucherstäbchen.

In jedem Fall habe ich noch all meine Fingernägel.

Aber ich beschließe zu meiner Sicherheit, wenn möglich sofort in einen weniger naturverbundenen und PDA-freundlicheren Kurs zu wechseln.

Nichts, wirklich nichts auf dieser Welt spaltet die Lager so immens wie das Thema Geburt. Fundamentalistische Moslems und fanatische Christen sind nichts dagegen. Zwischen den Geburtshaus-Anhängern und denen vom geplanten Kaiserschnitt in einer High-Tech-Klinik gibt es Atomkriege. Vergesst Afghanistan, Palästina oder den Irak – der wahre Kampfplatz sind die Kreißsäle Deutschlands. Jede Fraktion weiß immer alles besser, und es gibt für jede Variante mindestens eine Story, die jeweils die eigene Ideologie bestätigt.

Ich trau mich schon nirgendwo mehr zu sagen, dass ich über einen Kaiserschnitt oder eine PDA überhaupt nur nachdenke. Wenn ich so was erwähne, blicken mich manche Frauen an, als wollte ich das Kind nicht möglichst unkompliziert und möglichst schmerzfrei zur Welt bringen, sondern als wollte ich Krümelchen bei der Geburt erdrosseln, vierteilen und dann ermorden. Interessant ist dabei, dass anscheinend alle Männer – außer Bernd – das Thema eher pragmatisch sehen. Und Bernd zählt nicht wirklich. Der trägt dicke selbst gestrickte Wollsocken in offenen Sandalen.

Überhaupt würde es mittlerweile eine völlig schmerz- und verletzungsfreie Form der Geburt geben, wenn Männer die Kinder kriegen würden. Vielmehr würde es dann mittlerweile überhaupt keine Geburten mehr geben. Allein bei der Vorstellung, dass ein Mann einen Tischtennisball aus seinem Schniepel herauspressen muss (was meiner Meinung nach ungefähr die richtige Relationsentsprechung wäre), würden alle Männer, die ich kenne, zu Totalverweigerern werden und sich sterilisieren lassen.

Manche Frauen hingegen verlangen von Frauen, dass sie ihre Kinder wie im Mittelalter bekommen – je mehr es wehtut, desto größer ist der Orden an der milchvollen Mutterbrust.

»Noch drei Wochen.«

»Emma, das ist nun wirklich zu früh, ein paar Monate musst du schon noch aushalten.«

»Doch nicht die Geburt – ich hab in drei Wochen einen zweiten Vorstellungstermin bei Newsletter.«

»Ist doch toll.«

»Geht's dir noch gut?«

Ich blicke Moritz an. Männer sind eindeutig vom Mars. Mindestens. Moritz ist wahrscheinlich von einem ganz anderen Sonnensystem. Und ich bin gerade Mutter Erde.

»Wie soll ich denn da auftauchen? Mit diesem Bauch?«

»Na klar.«

»Moritz, wo lebst du? Niemand auf der Welt stellt eine Schwangere ein … selbst wenn ich erst nach der Geburt dort anfangen müsste … Babys schreien, scheißen, werden krank … sie sind völlig unkontrollierbar … und inkompatibel mit den meisten Jobs, die es hier so gibt … als Reisbäuerin auf Java wär's wahrscheinlich kein Problem. Aber soll ich mir Krümelchen auf den Rücken schnallen und damit nach Berlin fliegen und den Bundeskanzler interviewen?«

»Warum nicht?«

»Ich denke, das Beste ist, ich sag den Termin ab. Oder ich kauf mir ein Bugs-Bunny-Kostüm zum Gespräch, das etwas ablenkt. Oder ich garantiere denen, dass ich fünf Kindermädchen gleichzeitig eingestellt habe, die Krümelchen rund um die Uhr in einem anderen Land betreuen, damit ich mich voll und ganz nur noch meinem Baby Newsletter widmen kann.«

»Gute Idee.«

Ich blicke Moritz nachdenklich an. »Natürlich könntest auch du die Kinderbetreuung in den ersten Jahren voll übernehmen … drei Jahre Erziehungszeit geht jetzt auch für Männer … es gibt mittlerweile ganz tolle Flaschennahrung … du könntest dir in deiner Kanzlei solange eine Vertretung suchen … dann kann ich voll für Newsletter arbeiten und …«

»Keine gute Idee. Gar keine gute Idee.«

»Wieso nicht?«

»Ich verdiene viel mehr als du.«

»Nicht, wenn ich den neuen Job habe …«

»Ähm …«

Moritz starrt mich ratlos an. Ich sehe förmlich seine Gehirnzellen rasen.

»Ein Kind braucht seine Mutter.«

»Und seinen Vater.«

Touché. Mal schauen, wie er da wieder rauskommt.

»Ich will nicht den ganzen Tag zu Hause hocken und du-ziduzi machen. Das hatten wir nie ausgemacht … da werd ich ja wahnsinnig … das kannst du nicht von mir verlangen … da hätten wir besser nie ein Kind gemacht … ich bleib nicht hier … auf keinen Fall … das kannst du nicht von mir verlangen, Emma, das kannst du einfach nicht verlangen … sie ist deine Tochter …«

»Schon gut, Moritz, schon gut … ich hab das nicht so ernst gemeint … ich kauf mir das Bugs-Bunny-Kostüm …«

Wenn Frauen so ein Zeugs wie Moritz eben labern würden, gäb's keine Babys mehr. Aber auch wenn Moritz gerade typisches Mann-Macho-Gelaber von sich gegeben hat – ich kann das wirklich nicht von ihm verlangen. Schließlich habe ich die Pille abgesetzt.

Ohne ihn zu fragen.

Die nächsten paar Tage ist Moritz anscheinend immer noch verunsichert und sauer wegen unseres kleinen Streits. Ständig telefoniert er hinter geschlossenen Türen. Das kenne ich. Er redet dann stundenlang mit meiner Mutter und holt sich Rat, wie er mit ihrer zurzeit schwierigen Tochter umgehen soll. Und Mam hat da natürlich jede Menge Tipps und Tricks parat. Von »Lass sie einfach schreien« bis »Du sollst das Kind nicht zu sehr verwöhnen«.

Wenn ich mir das so anschaue, frage ich mich manchmal, ob Moritz und Mam nicht ein besseres Paar abgeben würden als Moritz und ich.

Muss doch kein Bugs-Bunny-Kostüm kaufen. Die Schnarchnasen von Newsletter haben den Termin schon wieder verschoben. Ich hoffe, das passiert noch ein paar Mal, dann schaffe ich es, zum zweiten Vorstellen wieder schlank zu sein.

Lena 15 78 45 90.

Hab ich gerade auf Moritz' Schreibtisch gefunden. Einen Zettel mit einem weiblichen Namen und einer verschmierten Telefonnummer drauf.

Lena? Lena?

Wer ist Lena?

Und was suche ich eigentlich an Moritz' Schreibtisch?

Alles gute Fragen, die ich alle nicht wirklich beantworten kann.

Lena kenn ich nicht, und Moritz kennt sie hoffentlich auch nicht.

Ich habe versucht, Moritz' Lebensversicherungspolice zu finden. Ich wollte mal schauen, ob er sie schon auf mich überschrieben hat. Zu meiner und Krümelchens Sicherheit. Man weiß ja nie.

Scheiße. Ich hätte ihn einfach danach fragen sollen. Jetzt ist es zu spät. Ich komm mir vor wie eine ganzganz blöde Schnüfflerin.

Ganz blöd. Wie sieht das jetzt aus ... wenn ich ihn frage, wer denn eigentlich Lena ist.

»Lena. Welche Lena?«

»Na die, deren Telefonnummer in der obersten Schublade deines Schreibtischs rumliegt.«

»Was machst du an meinem Schreibtisch?«

»Ich, ähh, wollte Staub wischen.«

»In der Schublade?«

Ich glaube, ich kann auf so ein Gespräch mit Moritz gut verzichten. Wahrscheinlich ist dieser Zettel uralt, und ein Mann, der seine Frau betrügen will, bewahrt doch keine Telefonnummer offen in der obersten Schublade seines Schreibtischs auf.

Oder doch?

Ich vergesse den Zettel jetzt mal ganz schnell und nehme ein heißes Bad.

»Hallo? Hallo, ist da jemand? Hallo?«

Boing. Doing. Schepper.

Mir ist gerade der Hörer aus der Hand gefallen. Kein Wunder, ich bin ja auch noch überall klatschnass. Ich hab's in der Wanne nicht mehr ausgehalten und quasi aus Versehen diese Lena-Nummer gewählt. Irgendeine Lena war da jetzt wirklich dran. Und die Stimme klang verdammt jung und attraktiv.

Was mach ich jetzt?

Ein paar Brote schmieren und Lena vergessen.

Rote Haare. Und Moritz wälzt sich gerade mit ihr im Bett. Kein Wunder ... unser Sexualleben beschränkt sich mittlerweile so auf einmal im Jahrhundert, und dann geht eigentlich auch nur noch die Löffelchenstellung. Ich hasse die blöde Lena-Kuh.

Autsch.

Mist. Jetzt hab ich mir fast in den Finger geschnitten.

»Schwarze Haare.«

»Woher weißt du das?«

»Eine Frau weiß das ganz einfach.«

»Emma, nimm ein heißes Bad.«

»Hab ich schon.«

»Dann war's zu heiß.«

»Ich war nur drei Minuten drin.«

»Du bist hysterisch.«

»Bin ich nicht.«

»Du bist schwanger.«

»Ja, schon …«

»Siehst du, und deswegen bist du hysterisch. Erst siehst du überall nur Babys und Kinderwagen und Fläschchen, jetzt sucht sich deine Neurose ein anderes Objekt …«

»Nele, bitte, der Zettel war echt.«

»Ich bin in einer Sitzung … hier bricht gerade ein Konzern zusammen, manche Menschen, weißt du, haben echte Probleme … entspann dich, denk an dein Baby, hör ein bisschen Mozart, und ruf mich erst wieder an, wenn er wirklich mit einer anderen im Bett liegt, was er nie tun wird, da Moritz dich liebt … und nimm bis dahin bitte deine Schwangerschafts-Vitamine.«

Klick.

Die hat einfach aufgelegt.

Nele hat einfach aufgelegt.

Die spinnt wohl, zu denken, dass ich spinne.

Ich brauch jetzt erst mal einen Cognac.

Dann muss ich nicht mehr über Lena 15 78 45 90 nachdenken.

In meinem Zustand wird es wohl leider eher ein stilles Mineralwasser werden.

Egal. Ich muss auf jeden Fall mal hier raus und nachdenken.

Im Romans sitzen um diese Zeit schon die ersten schönen Menschen. Alle im Business-Look.

Ich trage Jogginghosen. Die einzigen »normalen« Hosen, in die ich noch reinpasse. Und ich habe als Einzige hier ein paar Kilo zu viel. Der Rest der Frauen hat eher ein paar Kilo zu wenig. Was soll's. Sollen sie doch den ganzen Tag Headlines, Artikel oder Software produzieren. Stolz schiebe ich meinen Bauch vor. Ich produziere Leben. Oder zumindest eine neue Rentenzahlerin – ist doch auch was.

Ich schiebe mich in eine Ecke, wische dabei mit meinem Bauch fast den Cappuccino vom Nachbartisch und versinke in den roten Polstern der gigantischen Sitzbank.

Ein koffeinfreier Latte Macchiato und ein Glas Leitungswasser. Und einen Schokokuchen mit Sahne und ein Krabbenbrötchen. Gleichzeitig bitte.

Meine Essgewohnheiten sind ab und zu immer noch seltsam.

Ich vergess jetzt einfach diesen ganzen Scheiß mit der Telefonnummer. Nele hat Recht. Ich bin hysterisch. Seit ich schwanger bin, bringt mich der kleinste Scheiß aus dem Lot. Und das wird von Monat zu Monat schlimmer. Wahrscheinlich fange ich im neunten Monat schon an zu heulen, wenn mir jemand erzählt, dass in der nördlichen Mongolei ein Hund von einem Pferd getreten wurde.

Ich beiße zum Trost in mein Krabbenbrötchen und schiebe mir dann parallel ein Stück Schokokuchen mit Sahne rein, als ich die größte Sahneschnitte überhaupt entdecke.

Fünf Tische weiter. Schwarzer Anzug. Weißes Hemd.

Keine Krawatte. Kein Schmuck. Teure Uhr. Unverschämt gut aussehend und unverschämtes Grinsen.

Brad Pitt hat Jennifer Aniston verlassen.

George Clooney hat sich die Haare gefärbt.

Robert Redford hat sich vor fünfunddreißig Jahren klonen lassen, und hier sitzt das Ergebnis.

Mein Gott. Ich wusste gar nicht, dass es so was wirklich und wahrhaftig gibt. Ich dachte immer, diese Jungs seien Erfindungen von solchen Klatschtussen wie mir. Alles synthetisch am Computer hergestellt. So was wie den darf es in der Realität gar nicht geben, sonst würde keine Frau der Welt jemals wieder ihren Emil, Erwin oder Egon küssen.

Und er sieht in meine Richtung.

Zumindest bilde ich mir das ein. Irgendwas hämmert hier laut. Wo kommen jetzt die Bauarbeiter her?

Oje, das ist mein eigenes Herz.

Aber ich liebe doch Moritz. Und Moritz liebt mich. Und Moritz hat eine Telefonnummer von einer Lena in seiner Schreibtischschublade.

Der Typ grinst mich an.

Vielleicht hängt hinter mir ein gutes Bild. Die machen hier doch immer so Ausstellungen.

Ich dreh mich um. Weiße Wand.

Rechts von mir ein knutschendes Pärchen. Links von mir ein streitendes. Vielleicht amüsiert er sich darüber.

Er schielt. Das wird's sein. So wunderschöne Augen, und er schielt. Armer Junge. Aber ich bin sicher, das wird keine Frau davon abhalten, innerhalb von einer Sekunde mit ihm ins Bett zu steigen.

Ich lächle jetzt einfach mal zurück.

Sein Grinsen wird noch breiter.

Hurra! Ein Mann sieht mich an, und noch besser: Er lächelt mich an. Das ist mir seit Monaten (seit man den Bauch sehen kann) nicht mehr passiert.

Der meint mich!

Jetzt weiß ich, was los ist: Die Tischplatte verdeckt meinen Bauch. Wahrscheinlich sehe ich von seiner Warte aus wie jede andere, normale Frau und nicht wie ein Walross auf Landgang.

Das ist ja genial. Wenn man sich als Schwangere männertechnisch wieder als Frau fühlen will, muss man einfach hierher kommen und mit dem Bauch in den roten Lederpolstern versinken.

Ich werde in dieser Sekunde neu geboren. Ich bin sexy. Ich bin verführerisch. Ich bin heiß. Ich bin nervös.

Hilfe.

Er steht auf. Jetzt geht er bestimmt nach Hause, wo fünf scharfe nackte Weiber auf ihn warten. Auch okay. Wenigstens für zwei Sekunden habe ich mich mal wieder wie früher gefühlt ...

Ich beiß zum Trost in ein Stück Schokokuchen.

»Darf ich mich zu Ihnen setzen?«

Keuch. Hust.

Der Schokokuchen verteilt sich wie ein Pollock-Bild über die weiße Tischdecke.

Die blauen Augen hypnotisieren mich. Ich bin ein Kaninchen. Ein williges Kaninchen. Und ich will für immer in seinem Zylinder wohnen.

Ich schaffe es, matt zu nicken.

»Ich mag Frauen, die genießen können. Ich habe Ihnen

beim Essen zugeschaut … einfach wunderbar … ich kenne sonst nur Frauen, die sich stundenlang an einem stillen Mineralwasser festhalten und schon Hüftspeck bekommen, wenn sie ein Stück Kuchen nur ansehen … Darf ich Ihnen vielleicht noch den amerikanischen Käsekuchen bestellen?«

Ich nicke – willenlos. Von mir aus könnte er sogar eine ganze jugoslawische Speisekarte rauf und runter bestellen.

Wenn er wüsste, was die Ursache für meinen ab und zu hemmungslosen Appetit ist.

Wir unterhalten uns zwei wunderbare Stunden lang. In Wirklichkeit waren es wahrscheinlich gerade mal zwanzig Minuten. Und dann spüre ich es. Immer deutlicher und deutlicher.

Ich muss pinkeln. Dringend. Gebt mir eine Bettpfanne. Bitte. Sofort. Oder die Bedienung kriecht mal kurz zwischen meine Beine und legt mir einen Blasenkatheter.

Florian – so heißt die Schnitte – redet und redet über Gott und die Welt, und es ist nicht nur Blabla.

»… und dann war ich …«

»Auuuutsch … jaaaaaaa, seh ich auch so … autsch.«

»Ist irgendwas? Geht es Ihnen nicht gut?«

Mir geht es blendend. Krümelchen hat mich gerade voll in die volle Blase getreten. Ich bekomme gleich einen Blasensprung. Aber einen Harnblasensprung.

Florian redet weiter. Es klingt immer noch intelligent.

»Blablablablablablablaa«

»Ja … ja.«

»…«

Es hat keinen Sinn mehr. Ich kann mich auf nichts mehr

konzentrieren. Ich versteh überhaupt nicht mehr, was Florian sagt. Alles ist nur noch Nebel.

Eine Toilette bitte – sofort.

Es hilft alles nichts. Entweder steh ich jetzt auf, oder ich pinkle hier in die Polster.

Ich blicke Florian noch mal tief in seine wunderschönen blauen Augen.

Okay. Er hat gewonnen. Ich pinkle hier in das rote Sitzpolster.

»Tut mir Leid, aber ich muss mal kurz … darf ich?«

Ächzend stemme ich mich von der Bank hoch. Mein Bauch landet genau in Florians Augenhöhe. Er starrt ihn an, als wäre vor ihm gerade der Mond von Alpha Centauri aufgegangen.

»Bin gleich wieder da … dann reden wir weiter …«

Ich lächele tapfer und tue so, als wäre nichts, während wegen der eng stehenden Tische mein vorquellender Bauchnabel im Vorbeigehen fast mit seiner Nase zusammenstößt.

Ach, ist das schön, wenn der Schmerz nachlässt. Ich pinkle gerade zwei große Apfelschorlen, einen koffeinfreien Latte Macchiato und eine heiße Schokolade aus. Wahrscheinlich habe ich gerade den Schwangeren-Rekord fürs Wasserhalten im siebten Monat gebrochen.

Als ich zurückkomme, ist Florian verschwunden.

Tja. Dacht ich's mir doch. Wenn ein Mann meinen Bauch sieht, verwandle ich mich sofort in ein Neutrum. Nicht, dass ich wirklich mit Florian ins Bett wollte. Ich könnte Moritz nie betrügen und habe es auch nie getan.

Außerdem ist es ziemlich absurd, mit einem Kind im Bauch mit einem anderen als dessen Vater ins Bett zu gehen. Es gibt wahrscheinlich Männer und Frauen, die so was tun, aber ich stell mir das völlig unmöglich vor.

Aber es gibt eine ganz bestimmte Alltags-Flirt-Rate, die wahrscheinlich jede Frau über zehn und unter hundert kennt. Das sind so kleine Blicke in der Straßenbahn, ein Lächeln beim Gemüsehändler, ein kurzer Moment in der Schlange vorm Kino. Und ganz egal, ob man gebunden ist oder nicht, ob man treu ist oder nicht, irgendwie brauche ich das. Und wahrscheinlich jede andere Frau. Das gehört dazu, um sich als Frau zu fühlen. Es geht nicht darum, wirklich jemanden kennen zu lernen und wilden Sex mit einem Wildfremden zu haben. Es geht nur darum, dass man als Frau wahrgenommen wird. Und das war so selbstverständlich in meinem Leben, dass ich es erst bemerkt habe, als es mit wachsendem Bauch verschwunden ist.

Als ich mich setze, sehe ich, dass er die Rechnung bezahlt und mir einen Zettel dagelassen hat. Er entschuldigt sich, sein Pieper hat sich gemeldet, er musste dringend los, und hier ist seine Telefonnummer, falls ich mal wieder mit ihm quatschen will … alles Gute für mich und das Baby … und ich soll ihn auf jeden Fall anrufen, wenn es da ist.

Hey, der Typ sieht nicht nur gut aus, er ist auch noch nett. Unfassbar. So was gibt's doch gar nicht.

Na ja, ich bin auf jeden Fall wieder Mama – unsichtbar für den Rest der Jungs hier.

Geh ich eben nach Hause.

Ich hab geflirtet. Moritz hat eine Lena-Nummer.

Was soll's. Irgendwie sind wir quitt.

Finde ich.

Auf den Straßen draußen ist für vierundzwanzig Stunden der Frühling ausgebrochen. Der ganze Schnee ist weg. Liegt am Föhn. Kaum weht der warme Wind, haben alle gute Laune und ein paar Flausen im Kopf.

Ich gehe ganz beschwingt (so, wie man in meinem Zustand noch schwingen kann) nach Hause.

Zu meinem Schatz.

8. Monat

Was einmal klappt, muss auch wieder klappen.

Ich habe meinen zweiten Termin mit Newsletter einfach in das Café gelegt, wo ich Florian getroffen habe. Ist doch viel netter und ungezwungener blablabla … wenn die wüssten.

Und ich habe vorgesorgt und eine leere Dose dabei. Zum Pinkeln. Wenn Männer das können, kann ich das auch. Auf dem Oktoberfest soll es sogar einige Jungs geben, die einfach im Sitzen in die Lederhosen pinkeln. Läuft unten raus, und auf dem Leder gibt es keine Flecken. Igitt, igitt.

»Wollen Sie eigentlich einmal Kinder?«

Frau Dr. Eiermann lächelt mich freundlich über ihr Mineralwasser hinweg an.

Diese Frage ist bei Einstellungsgesprächen verboten, wird aber Frauen über dreißig garantiert gestellt. Da darf Frau dann aber lügen, bis sich der Beckenboden biegt.

Ich sinke noch tiefer ins Sitzpolster. Frau Dr. Eiermann und ihr Assistent haben doch hoffentlich nichts bemerkt. Bis jetzt lief das Gespräch hervorragend.

»Ähm … äh … Kinder? Ich?«

»Ja.«

Ich habe mit dieser Frage gerechnet. Aber ich bin mir nicht sicher, wie die richtige Antwort lautet. Sage ich »Ja«, bekomme ich wahrscheinlich den Job nicht, da sie dann denken, ich werde sofort schwanger, gehe für drei Jahre in

Erziehungsurlaub und koste Newsletter somit die nächsten Jahre nur Geld, weil sie mir den Job auch noch freihalten müssen. Sage ich aber »Nein«, halten sie mich für eine eiskalte Karrieretussi ohne soziale Bindungen, die über Leichen geht, und so jemanden wollen die vielleicht auch nicht.

Also antworte ich mit einem entschiedenen »Vielleicht« und strahle Frau Dr. Eiermann an:

»Wissen Sie, Kinder sind was Wunderbares, aber ich habe diese Frage noch nicht so ganz für mich entschieden ... ich bin ja noch jung ... der Trend geht ja zu immer älteren Müttern ... und gerade jetzt passt ein Kind nun gar nicht in meine Karriereplanung.«

Der letzte Satz ist leider wahr. Auch wenn man bei mir nicht wirklich von Planung irgendeiner Karriere reden kann, befürchte ich. Aber wenn ich mir mein Leben so anschaue, hätte ein Kind eigentlich nie gepasst. Das ist wahrscheinlich der Grund, warum Frauen es immer weiter hinausschieben. Irgendwie passt es nie, außer man macht es passend. Ach, welche Weisheit ... und das von mir, die ich hier meinen Bauch unter dem Tisch verstecke.

Frau Doktor Eiermann rauscht eine Viertelstunde später mit ihrem Assistenten wieder ab. Sie werden sich bei mir melden. Aber meine Chancen stehen gut ... ihr Assistent hat doch glatt mit mir geflirtet und mir das am Ende zugeflüstert ... ich sag's ja, dieses Café ist ein magischer Ort für Schwangere.

Boing. Schepper. Klirr.

Jetzt bin ich voll gegen die Wasserflasche getreten, die neben dem Bett stand. Es ist kurz nach Mitternacht. Meine Augen sind quadratisch. Ich lag bis eben vorm Fernseher. Mittlerweile kenne ich das Programm in- und auswendig. Weggehen macht einfach nicht mehr so viel Spaß, und an Durchschlafen ist sowieso nicht mehr zu denken. Mit dem Bauch wache ich alle halbe Stunde auf – Ammenschlaf nennt man das – Training für die Zeit nach der Geburt. Damit ich dann schon so weit entfernt von ruhigen Nächten bin, dass ich ihnen nicht mehr nachtrauere.

Moritz, der schon tief geschlafen hat, macht das Licht an.

Ich versuche hochschwanger auf einem Bein zu hüpfen (der kleine Zeh tut ganz gemein weh) und schaffe es gerade noch rechtzeitig, mir ein Bettlaken vor den Körper zu halten. Zirkus Krone hat mir für diese Nummer schon sechsstellige Summen geboten.

»Aber Emma, muss das denn sein?«

Moritz rollt rüber, bückt sich und hebt die Flasche auf. Ein ganz natürlicher, einfacher körperlicher Vorgang, zu dem ich leider nicht mehr in der Lage bin.

»Alles in Ordnung?«

Moritz blickt mich besorgt an.

»Ja. Muss ja. Mach sofort das Licht wieder aus. Ich such nur mein Pyjama-Zelt.«

Moritz seufzt auf und löscht das Licht.

»Ich finde das hysterisch.«

»Du bist ja auch keine zwei Öltanks.«

»Emma, ich bitte dich … ich finde dich auch so … ähm, attraktiv.«

Rumpel. Boller. Peng. Boing.

Wo ist bloß dieser verfluchte Pyjama? Der ist ganz neu und in der Herrenabteilung für Übergrößen erstanden. Dort sind die Figuren mit enormen Bäuchen gewöhnt. Bei den

Frauen sind die Schnitte in den Übergrößen völlig anders. Frauen werden eher so rundum mächtig und prächtig. Männer schaffen eher einen Zwanzigmonatsbauch mit Steckerl-Beinchen drunter.

»Das sagst du jetzt nur so«, murmle ich im Dunkeln.

»Das mein ich so … ich mach jetzt das Licht wieder an.«

»Wenn du das tust, lass ich mich von dir scheiden.«

»Wir sind doch gar nicht verheiratet.«

»Trotzdem.«

Ächzend lasse ich mich neben ihm ins Bett sinken. Unser schönes französisches Bett bekommt sofort heftige Schlagseite.

So, so – Moritz findet mich also »ähm, attraktiv«. Früher fand er mich einfach schön. Hat er zumindest ab und zu gesagt. Aber irgendwie kann ich ihn verstehen. Wer findet schon ein aufrecht gehendes Hängebauchschwein schön? Wahrscheinlich nur George Clooney (alias Florian) und ein Hängebaucheber. Aber Moritz ist weder der eine (seufz) noch das andere (Gott sei Dank).

Wenn Moritz so aussähe wie ich gerade, ich weiß nicht, was ich wirklich denken würde. Würde ich ihn mit einem solchen Bauch neben mir noch sexy finden? Könnte ich ihn noch anfassen und dabei scharf werden? Ich weiß es nicht. Alles, was ich weiß, ist, dass Sex mit Bauch ein definitives Problem darstellt.

Seit dem sechsten Monat betrachte ich schwergewichtige Paare in ganz neuem Licht. Es ist schon schwierig, wenn nur einer – so wie in unserem Fall leider ich – den Umfang einer Regentonne hat. Aber wie kopulieren zwei Regentonnen? Vielleicht kopulieren die gar nicht, sondern vermehren sich durch Teilung wie die Regenwürmer. Ich kann mir nicht vorstellen, wie man die beiden Geschlechtsteile in der vorgeschriebenen Form zusammenbringt, wenn der Bauchumfang so groß wird, dass man seinem Geschlechtsteil ohne Spiegel gar nicht mehr hallo sagen kann.

Moritz und ich haben das Problem in jedem Fall sehr elegant gelöst. Wir haben einfach gar keinen Sex mehr. Seit Jahren. Na ja, gut. Seit ein paar Wochen. Ich kann einfach nicht mehr. Will einfach nicht mehr. Fühl mich einfach nicht mehr danach. Und immer nur die in allen Büchern so empfohlene Löffelchenstellung von hinten – während mein Bauch vorne schwer wiegt und die Kleine mich tritt – also nee, von wirklich gutem Sex ist das weit entfernt.

Wir kuscheln.
Ist doch auch schön.

Die Frage ist nur:
Wie lange kann ein Mann ohne Sex leben?
Und wie lange kann Moritz ohne leben?
A. Drei Wochen?
B. Drei Tage?
C. Drei Minuten?
Und wie lange kann ich es?
Ich schätze, wenn die Männer ehrlich sind und man als Frau nicht ganz naiv ist, gewinnt Antwort C.
Aber wenn das Baby erst mal da ist, wird alles ganz anders. Dann sind wir schon so daran gewöhnt, keinen Sex

mehr zu haben, dass es gar nicht mehr auffällt, wenn wir keinen Sex mehr haben.

Mit diesem sehr beruhigenden Gedanken schlaf ich schließlich ein.

Zweihundert gewichtige Frauen mit gewichtig dreinblickenden Männern im Schlepptau drängen sich auf engstem Raum.

Vor uns läuft eine Diashow – reizende Bilder: ein wunderschön mit Blumen dekoriertes Zimmer. Eine riesige Badewanne. Ein behaartes Köpfchen, das gerade herauskommt, und alles, was von einer Frau dabei so drumherum zu sehen ist.

Ein paar der Männer (und auch ein paar Frauen) gehen bei diesem Anblick zu Boden und müssen wiederbelebt werden. Das ist kein Problem. Hier gibt es jede Menge Krankenschwestern, die kalte Waschlappen bereithalten.

Moritz und ich bleiben völlig gelassen. Alles schon mal gesehen. Das hier ist ungefähr die fünfundzwanzigste Klinikbesichtigung, die wir absolvieren.

Moritz und ich sind auf der Suche nach einem geeigneten Ort, um Krümelchen auf die Welt zu bringen. Und das ist nicht so einfach, da es in dieser Stadt mehrere Kliniken gibt, die vor Schmerzen brüllende Schwangere aufnehmen – gegen gute Bezahlung selbstverständlich. Und jede Klinik macht ungefähr einmal in der Woche eine Werbeveranstaltung. Das ist wie auf einer Butterfahrt, nur dass hier statt Heizdecken Gebärhocker angepriesen werden.

Seit Moritz sich plötzlich gegen eine Hausgeburt entschieden hat (er hat eine von den Horrorstorys gehört, bei denen das für Mama und Baby nicht so gut ausging), ist er der Meinung, dass ich das Kind nur in einer Klinik mit der allerallerneuesten Neugeborenenintensivstation auf die Welt bringen kann.

Ist mir alles recht, solange sie hier Anästhesisten im Vierundzwanzig-Stunden-Einsatz haben. Denn ich habe in jedem Fall beschlossen, Krümelchen mit einer PDA auf die Welt zu bringen. Für äußerste Notfälle habe ich einen Gummihammer in meiner Kliniktasche verstaut – und Moritz das Versprechen abgenommen, mich gegebenenfalls eigenhändig k.o. zu schlagen. Man weiß ja nie, wie die Ärzte heutzutage so drauf sind.

»Kannst du nicht mal über was anderes reden? Ich dachte, wir hätten vereinbart, dass deine Schwangerschaft nicht dauernd Thema ist. Du bist doch nur noch wie all die anderen blöden, nur noch schwangeren Sumpfkühe, für die die Welt nur noch aus Wehen und Windeln besteht, merkst du das denn nicht?«

Ich glaube nicht, dass sie das zu mir sagt. Das haben wir früher nur über die anderen gesagt.

Nele und ich spazieren über die Hundewiese im Englischen Garten. Die Sonne scheint, aber alles ist dick verschneit. Die Bäume tragen weiße Mützen, und die Drogendealer am Monopteros frieren sich was ab.

Okay, es ist wahr. Ich habe die letzten zehn Minuten über den Wehenschreiber (eine Welle war schon mal zu sehen – harmlose Vorwehe, hat mir die Frauenärztin versichert) und die Herztöne von Krümelchen geredet. Dafür hat Nele nur über ihre Sanierungsversuche bei einer insolventen Autofirma gesprochen.

Wie es scheint, finden wir kein gemeinsames Thema

mehr. Außer vielleicht noch die Entwicklungspolitik in Oberunterfranken.

»Schwanger sein ist einfach so raumgreifend, da bleibt eben kaum noch Platz für was anderes.«

Nele blickt anzüglich auf meinen Bauch.

»Sieht ganz so aus. Wahrscheinlich wirst du, wenn das Baby dann da ist, nur noch ›duzzi-duzzi mama geht ada‹ zu mir sagen. Sind ja schöne Aussichten.«

Ich bleibe stehen und starre Nele an.

»Hast du dir mal überlegt, dass du nur noch über den Job reden kannst? Das langweilt auch mit der Zeit. Ist auch immer das Gleiche.«

»Wie bitte? In meinem Leben ist wenigstens wirklich was los.«

»Was los? Ha. Das stimmt doch gar nicht. Die Typen, die du ständig abschleppst, sind doch völlig austauschbar. Und außerdem bist du doch nur neidisch.«

Neles Mund bleibt plötzlich offen stehen. Kleine weiße Atemwölkchen schweben langsam raus und lösen sich in der eiskalten blauen Luft auf.

Die Welt ist für eine Sekunde aus dem Takt geraten.

Ich glaube nicht, was hier passiert. Nele und ich streiten uns. Richtig. Ernsthaft. Unwiderruflich.

Und ein ganz blödes Gefühl von Einsamkeit beschleicht mich.

Das musste ja so kommen. Ich habe ja bisher auch immer den Kontakt zu allen Freundinnen verloren, die schwanger geworden sind. Die Interessen waren plötzlich so unterschiedlich. Die Weiber redeten nur noch über Kinder. Gemeinsam ausgehen war nur nach generalstabsmäßiger monatelanger Vorplanung der anderen Seite möglich und wurde oft in letzter Sekunde abgesagt. Stundenlange Telefonate wurden zu Machtkämpfen zwischen Mutter und schreiendem Kind, die immer auf Kosten meiner Ohren gingen. Kein Wunder, dass man sich da irgendwann nicht mehr trifft.

Und jetzt sehe ich Nele mit schnellen Schritten davongehen.

Ich starre ihr hinterher.

Ich bekomme ein Baby.

Verliere ich deshalb meine beste Freundin?

Ich rolle gerade mich und meinen Tausend-Kilo-Bauch aus Baby Gap, wo ich für den unglaublich günstigen Preis von fünfundfünfzig Euro eine Wickeltasche mit allem Schnickschnack gekauft habe. Ich bin immer noch so geschockt von dem Streit mit Nele, dass ich mir Einkaufen als Therapie verordnet habe.

Und da krieg ich gleich den nächsten Schock. Da drüben sitzt Moritz. In diesem schicken Café.

Und Moritz ist nicht allein.

Ganz klar zu sehen durch die riesigen Scheiben des Cafés (wer will schließlich schon in einem In-Laden sitzen, wenn die Leute draußen gar nicht mitkriegen, dass man in einem In-Laden sitzt?).

Neben ihm sitzt eine äußerst attraktive, äußerst schlanke, äußerst gut gekleidete und äußerst weibliche Person.

Lena?

Irgendein Instinkt bringt mich dazu, hinter die nächste Säule zu springrollen. Ich lehne mich schwer atmend mit dem Rücken daran. Wahrscheinlich sind von der anderen

Seite rechts und links Teile von meinem Bauch zu sehen. Eine Säule mit Ausbuchtungen. Ich bin dicker als dieses Beton-Dings hier. Was soll's. Ich muss mich anlehnen. Mein Herz schlägt plötzlich viel zu schnell. Akuter Anfall von Präklamsie – Bluthochdruck in der Schwangerschaft.

Das ist eine Mandantin. Das ist sicher nur eine Mandantin.

Moritz ist treu. Ich bin DIE Frau für ihn (manchmal – ab und zu – hin und wieder – gelegentlich), Moritz liebt mich (fast immer – meistens – durchaus – trotzdem), wir haben eine tolle Beziehung (denke ich zumindest – glaube ich – hoffe ich).

Scheiße. Ich weiß nicht, was los ist. Ich habe ein ganz, ganz ungutes Gefühl. Ich habe es geahnt. Moritz ist doch noch nicht reif dafür, Vater zu werden. Vielleicht will er durchgemachte Nächte lieber in einer Bar als am Babybett durchmachen. Vielleicht hätte ich auf ihn hören sollen, als er meinte, er fühlt sich noch nicht so nach Kind. Vielleicht hätte ich nicht einfach, ohne ihn zu fragen, die Pille absetzen sollen. Vielleicht hätte ich in der letzten Zeit nicht so schwangerschwierig sein sollen. Vielleicht hätten wir doch mehr Sex haben sollen. Vielleicht mache ich mir jetzt einfach zu viele Gedanken.

Wenn ich eine ganze Frau bin, rolle ich jetzt da rüber, sage einfach HALLO, SCHATZ und setzte mich dann zwischen die beiden auf die nächsten vier Stühle.

Aber ich bin keine Frau mehr. Oder ich bin viel mehr als das.

Ich blinzele für eine Sekunde hinter der Säule hervor.

Moritz steht auf, die Brünette steht auf, und die beiden

vögeln sich jetzt hinten im Lagerraum des Cafés den Verstand aus dem Kopf. Testen Stellungen, von denen Moritz und ich seit Monaten nur noch träumen können. Fressen sich gegenseitig auf und machen all das, was Moritz und ich in letzter Zeit ziemlich vernachlässigt haben.

Neun Monate später wird auch sie dann ein Kind bekommen, dem man leider Gottes zwar den Vater, aber auch das Entstandensein unter wirklich hektischen Produktionsbedingungen ansehen wird. Sie wird ihn dann auf drei Millionen verklagen, drei Cent bekommen, und ich werde mich in der amerikanischen Eisdiele bei uns um die Ecke lukrativ scheiden lassen – die angeschlagene Bärchen-Frühstückstasse und unsere Tochter bleiben bei mir. Zusätzlich erhalte ich lebenslänglich einen Becher Erdbeereis im Monat. Mit Sahne.

Was Boris Becker in London kann, kann Moritz Pöhlmann in München schließlich auch.

Als ich erneut blinzle, sitzt Moritz immer noch mit der Frau am Tisch.

Die beiden lachen. Vor allem sie lacht. Moritz kann unfassbaren Charme versprühen. Ich weiß das. Und genau das tut er gerade. Ein Funkelfeuerwerk geht auf die Tussi nieder.

Wenn sie seine Mandantin ist, was bitte gibt es da zu lachen? Keiner lacht bei einem Anwalt. Rechtsstreitigkeiten sind nicht zum Lachen. Und wieso schaltet Moritz sein Funkelfeuerwerk ein?

Es gibt nur eine Erklärung: Sie ist keine Mandantin.

Sie ist Lena.

Moritz winkt dem Kellner und zahlt – offensichtlich die gesamte Rechnung.

Sie ist keine Mandantin.

Ich stöhne auf.

»Mein Gott, die Frau hat Wehen, wusst ich's doch. Hilfe! Zu Hilfe! ... Atmen Sie, atmen Sie, wir helfen Ihnen ...ganz ruhig ... alles wird wieder gut ... das hat man jetzt vom Heterosex ... ts ts ts.«

Vor mir steht ein schwuler, blondierter, bestens gekleideter Verkäufer aus dem sauteuren Schuhladen von gegenüber und kippt vor Aufregung fast aus seinen Prada-Latschen. Er schreit in Richtung der Schlampenschläppchen, wo ein rothaariges Exemplar seiner Gattung mit großen Augen die Tür aufhält.

»Den Notarzt, Klausi, den Notarzt ... Nummer ist hinten im Büro ... beeil dich, wenn sie blutet, werde ich ohnmächtig! ... Bestell am besten gleich zwei Krankenwagen.«

»Hey, soo dick bin ich jetzt auch noch nicht«, versuche ich schwach zu protestieren.

»Der zweite ist für mich, Schätzchen, für mich.«

Ich habe das Missverständnis dann noch vor dem Notarzt-Einsatz aufklären können und bin nach einem Espresso im Laden mit ein paar wunderschönen geschenkten Baby-Prada-Schühchen, vier Küsschen rechts und links und einer ernsten »Sie sollten sich wirklich schonen«-Ermahnung wieder in die Fußgängerzone entlassen worden.

Moritz war natürlich längst mit der Brünetten verschwunden.

»Wie war denn so dein Tag, Liebling?«

Moritz steht in der Tür, ziemlich durchweicht vom Schneeregen, zwei Schachteln Pizza in der Hand.

Er blickt mich an, als wäre ihm die heilige Mutter Gottes erschienen.

»Was ist jetzt los? War dir nicht gut? Hast du den ganzen Tag Soap-Operas im Fernsehen angeschaut?«

»Wieso?«

»Du redest, als hätte dir jemand einen Dialog geschrieben. Das hast du mich noch nie gefragt.«

Ich zucke lässig mit den Schultern. Man kann schließlich jeden Tag sein Leben verändern. Und so, wie's aussieht, verändert sich mein Leben gerade ziemlich.

»Ich hab gekocht.«

Moritz kommt auf mich zu, legt mir seine flache Hand auf die Stirn.

»Kein Fieber … vielleicht leicht erhöhte Temperatur … wahrscheinlich ein akuter Anfall von Nestbautrieb …«

Ich wende mich beleidigt den Pellkartoffeln zu.

»Ich dachte einfach, wir machen uns mal einen schönen Abend. Nur wir zwei. Es gibt Pellkartoffeln mit Kräuterquark. Aus dem Kühlregal.«

Moritz macht sich grinsend eine Flasche Bier auf.

»Super Idee … das Schwangersein tut dir gut … macht dich direkt häuslich.«

Ich lächele ihn an.

Ha! Häuslich … was soll man im achten Monat auch anderes sein? Soll ich mir die Nächte in Clubs um die Ohren hauen, wo die Kellner meinen Drink mittlerweile auf meinem Bauch abstellen können? Und so, wie es aussieht, macht die Schwangerschaft Moritz ja wohl eher aushäusig.

Wir setzen uns.

»Mmh … ich wusste gar nicht, dass du so gut kochen

kannst«, sagt Moritz und verteilt ein paar Pellkartoffeln und Quark auf der mitgebrachten Pizza Re-
gina.

»Erzähl doch mal, woran arbeitest du denn gerade?«

»Ahm ahm … mampf … Mann, hab ich Hun-
ger.«

Moritz schlingt in sich rein.

»Jetzt erzähl schon.«

»Seit wann interessierst du dich für Wirtschafts-
recht?«

»Ich dachte, jetzt wo wir Eltern werden, sollten wir einfach
alles über den anderen wissen … ich mein erfahren … ich
mein einfach, wir sollten uns vielleicht mehr austauschen …«

»Emma, mein Schatz, wir leben seit fast drei Jahren zusammen …«

»Ja, aber ich möchte dich einfach noch besser kennen lernen. Also erzähl schon: Warst du den ganzen Tag im Büro?«

»Ja, klar, wo soll ich denn sonst sein?«

»Oh, vielleicht gehst du ja zwischendurch mal einkaufen
oder einen Kaffee trinken oder einfach mal an die frische
Luft … war ja schließlich so schönes Wetter heute … ich
mein ja nur …«

Moritz schüttelt den Kopf und blickt mich mit diesem ty-
pischen »Sie ist schwanger und seitdem leider nicht mehr so
ganz zurechnungsfähig«-Blick an, den er sich seit einigen
Wochen angewöhnt hat. Ich hasse das.

»Emma, ich bin Anwalt. Ich hab keine Zeit für so was …
außerdem muss ich ja wenigstens eine Zeit lang das Geld
für drei verdienen … gibt's hier eigentlich irgendwo noch
ein Bier?«

Er steht auf und begibt sich auf die Suche.

Aha. Keine Zeit für so was. Der Herr Anwalt.

Das war eine Lüge. Eindeutig. Und faustdick.

Und er ist noch nicht mal rot geworden. Oder verlegen. Oder sonst irgendwie irgendwas. Nichts. Einfach gar keine Reaktion.

Ich blicke Moritz an, der gerade genüsslich sein neues Bier aufmacht.

Wenn ich bisher dachte, dass sich Krümelchen in meinem Bauch manchmal wie ein Alien anfühlt (sorry, ist aber so, ich hab den ersten Alienfilm schließlich mindestens fünfmal gesehen und kann diese Szene, in der das Vieh den Bauch ausdellt, echt nie mehr vergessen), lag ich völlig falsch.

Der (die? das?) wahre Alien sitzt gerade vor mir.

Wer ist dieser Mann?

Vielleicht ist er gar kein Anwalt, sondern Doppelagent. Vielleicht hat er irgendwo noch eine andere Frau und drei Kinder. Vielleicht betrügt er mich schon seit Jahren. Vielleicht spielt er den Superhengst in Pornofilmen. Vielleicht habe ich jetzt ein ernstes Problem.

Oh, Shit.

Sieben Uhr morgens. Moritz' Wecker klingelt. Er gibt mir ein Küsschen auf die Stirn.

»Schlaf weiter, mein Schatz, ist ja dein freier Tag heute … du solltest überhaupt nicht mehr so viel arbeiten, schon dich, denk an das Baby, bleib doch einfach heute mal im Bett.«

Ich murmele und tue so, als würde ich wieder in Tiefschlaf versinken.

Dabei bin ich seit Stunden wach.

Ha! Im Bett bleiben. Das könnte ihm so passen.

Ha! Für so was wie in der Mittagszeit in der Fußgängerzone mit überschlanken Brünetten sitzen hat also der Herr Anwalt keine Zeit. So, so. Das wollen wir doch mal sehen.

Unten fällt die Haustür ins Schloss. Er ist weg. Meine Zeit ist gekommen.

Ich rolle aus dem Bett. Das geht nur noch seitlich – meine (auch früher kaum vorhandenen) Bauchmuskeln haben sich gänzlich aufgelöst, damit Krümelchen mehr Platz hat.

Stöhn. Ächz.

Ich habe es in weniger als fünf Minuten in die aufrecht sitzende Position geschafft – das ist mein persönlicher Rekord seit zwei Wochen.

Weiter geht's. Fünf Minuten Bürstenmassage und fünf Minuten Zupfmassage.

Duschen. Am Schluss eiskalt, damit ich keine Krampfadern bekomme und meine Brustwarzen bissresistent werden.

Bauch eincremen. Und den Rest. Das heißt da, wo ich überhaupt noch hinkomme.

Still-BH anziehen. (Wo, ach, sind die Zeiten zarter roter oder schwarzer Spitze hingegangen? Fort, hinfort …)

Kompressionsstrümpfe anziehen (als ich mich das erste Mal in diese Dinger gequetscht habe, hätte ich mir nie träumen lassen, sie mal täglich anzuziehen und auch noch dankbar dafür zu sein. Wenn ich ohne die aus dem Haus gehe, habe ich innerhalb einer halben Stunde Elefantenbeine).

Zum hundertsten Mal dieselbe Hose. Schwangere konzentrieren sich modisch auf das Wesentliche: zum Beispiel auf das einzige Kleidungsstück, das überhaupt noch passt.

Jetzt noch meine Multivitamintabletten. Und die Eisentabletten. Und die Jodtabletten.

Und Müsli mit Joghurt frühstücken, damit Mausi und ich nicht unterwegs umkippen.

Kaum zwei Stunden später sind wir beide dann auch endlich ausgehbereit. Toll, wie eine Schwangerschaft einem ein völlig neues Zeitgefühl zu vermitteln vermag.

Ich habe das früher immer für einen Witz gehalten. Aber ich kann mir wirklich nicht mehr alleine die Schuhe zubinden. Außer ich nehme zwei Zangen zu Hilfe, und dann brauch ich Stunden dafür. Das ist jetzt im Winter ganz besonders praktisch. Alle meine warmen Schuhe sind Schnürschuhe. Ich beneide alle Frauen, die im Sommer schwanger sind. Hab schon versucht, mit ein paar Sommersandalen und dicken Socken auf die Straße zu gehen. Bin nach fünf Schritten, als mein Verstand wieder einsetzte, zurückgegangen und hab's doch lieber wieder mit den Stiefeln versucht.

Normalerweise hilft mir Moritz dabei. Heute muss ich es selbst machen. Mittlerweile ist es zwölf Uhr vierundzwanzig.

Ich quetsch mich ins Auto. Mein Bauch und die Sportsitze stehen auf Kriegsfuß, und wenn ich könnte, würde ich einfach das Lenkrad abmontieren.

Scheiße. Was vergessen. Typisch.

Zu viel Östrogen schlägt aufs Kurzzeitgedächtnis.

Ich hopple noch mal zurück. Hole meine Klinik-Tasche. Man weiß ja nie. Vielleicht will Krümelchen doch früher kommen, und dann steh ich mit Wehen in der Fußgängerzone und muss alles noch mal neu kaufen.

Mein Hang zu großen Taschen ist das Einzige, was sich kaum geändert hat. Ich hatte auch zu meiner Zeit als Single schon ein Faible für riesige Handtaschen und immer einen BUK (Beischlaf-Utensilien-Koffer) dabei – das Einzige, was sich verändert hat, ist der Inhalt. Jetzt ist es der GUK (Geburts-Utensilien-Koffer). Statt Gummis gibt's darin Stilleinlagen. Statt Aspirin für den Morgen danach Traubenzucker für das Durchhalten während der Geburt. Und statt eines Stringtangas zum Wechseln riesige Baumwollunterhosen mit noch größeren Damenbinden.

Ach, eigentlich ist das richtig gemütlich hier. Draußen schweben kleine Schneeflocken vom Himmel, im Radio kommt gute Musik. Ich habe eine Thermoskanne mit warmem Kakao dabei und kann mit dem Feldstecher nicht nur in Moritz' Kanzlei, sondern auch noch in ein paar andere Büros und Wohnungen sehen.

Vielleicht hätte ich doch Privatdetektiv werden sollen. Emma Marlowe, übernehmen Sie.

Ich habe tatsächlich kurzzeitig erwogen, einen echten Privatdetektiv zu engagieren. Aber einen Tagessatz von über fünfhundert Euro kann ich mir zurzeit nicht leisten. Und an unser gemeinsames Konto zu gehen und Moritz zu erzählen, ich hätte das ganze Geld für Windeln ausgegeben, erschien mir doch etwas gewagt.

Jetzt bin ich froh. Klappt doch ganz wunderbar. Wäre doch gelacht, wenn ich nicht rausbekommen würde, wer die Brünette wirklich ist und ob Moritz und sie nun oder ob nicht.

Moritz sitzt oben im dritten Stock, brav über seine Akten gebeugt. Alles wunderbar. Ich beiß mal in eines von meinen mitgebrachten Brötchen.

Das Einzige, was ich nicht bedacht habe: Ich muss schon wieder dringend pinkeln. Das ist gemein. In keinem Detektivfilm der Welt müssen die mal müssen. Wie machen die das bloß? Auch Nichtschwangere und Männer müssen doch manchmal. Okay – Männer stellen sich einfach an die nächste Ecke. Aber was macht eine Frau? Pieselt in eine zweite Thermoskanne? Ich roll mal rüber ins nächste Café.

Als ich wieder zurückkomme, sehe ich nur noch Moritz' Hinterteil in der U-Bahn verschwinden.

In so kurzer Zeit habe ich seit Wochen keine hundert Meter mehr zurückgelegt. Ich bin quasi gerannt, gejoggt, gesprintet.

Okay, ich bin wahrscheinlich gehopst wie ein Petzi-Ball.

Aber ich schaffe es zwei Waggons hinter Moritz in die U-Bahn. Das soll mir mal eine im achten Monat nachmachen.

Eine Schwangerschaft im Winter hat auch Vorteile. Man schwitzt nicht so, hat nicht so viel Wasser in den Beinen und sonst wo und kann still und heimlich Kompressionsstrümpfe und Schwangerschaftsgürtel tragen, ohne dass das irgendjemand bemerkt. Das Blöde ist nur, dass man deshalb auch meist nicht für schwanger gehalten wird. Und dabei bin ich wirklich langsam auf das Mitgefühl meiner Mitmenschen angewiesen.

Zum Beispiel jetzt. Ich brauche dringend einen Sitzplatz, oder mein Rücken bricht einfach in der Mitte durch.

Die U-Bahn ist proppenvoll. Ein wahnsinniges Geschiebe und Gedränge. Vielleicht sollten Schwangere im Winter rosafarbene oder hellblaue Armbinden tragen mit der Aufschrift: ACHTUNG – SCHWANGER – AGGRESSIV UND UNZURECHNUNGSFÄHIG – BITTE NIRGENDWO LÄNGER ALS ZWEI SEKUNDEN STEHEN LASSEN!

Ich trage keine Armbinde. Dafür sage ich dem nächstbesten Typen (Lodenjanker, Hütchen, Gamsbart – ein echter als Bayer verkleideter Preuße), der einen Sitzplatz hat und Zeitung liest: »Ähm, entschuldigen Sie, ich bin schwanger – dürfte ich mich bitte auf Ihren Platz setzen?«

Der Typ blickt für eine Zehntelsekunde von seiner Zeitung auf. »Schwanger? Das kann ja jede sagen, man sieht doch gar nichts.«

Und liest seelenruhig weiter.

Als ich den Sitzplatz endlich ergattert habe – ich habe dem Gamsbart einfach seine Zeitung aus der Hand gerissen und dann alle meine UnterhemdenT-ShirtsPullover hochgehoben und ihm meinen nackten Bauch entgegengestreckt –, sehe ich, dass Moritz bei der Station in der Nähe des In-Cafés aussteigt. Ha! Ertappt.

Ich steige auch aus, setze unauffällig meine Sonnenbrille auf und folge ihm nach draußen.

Auf der Höhe von Karstadt verliere ich Moritz' Spur. Ohne wilde Autoverfolgungsjagd. Emma Marlowe hatte leider einen schwangerschaftstypischen Wadenkrampf und musste aufgeben.

»Schönen Schreibtisch hast du hier. Ist der neu?«

Moritz zuckt zusammen, als er mich sieht. Er ist gerade zur Tür reingekommen.

Ich sitze, den Bauch hervorgestreckt, auf seinem Bürostuhl und warte seit einer geschlagenen Stunde auf ihn.

»Ich dachte, wir beide überraschen dich einfach mal.«

»Ähh … ja … ähmm … schön.«

Die Überraschung ist sichtlich gelungen. Moritz windet sich, als würde er in einer Schwangeren-Bauchtanzgruppe mitmachen, und versucht irgendetwas hinter seinem Rücken zu verstecken.

»Ich bin schon seit einer Stunde hier.«

»Ach ja?«

»Wo warst du denn?«

»Willst du ein Mineralwasser?«

Moritz beginnt mir Orangensaft einzuschenken. Interessant. Die Hälfte davon geht daneben. Sehr interessant. Er versucht, unauffällig eine Plastiktüte hinter den Gläsern verschwinden zu lassen. Wahrscheinlich ist da frische Unterwäsche drin. Oder Duschzeug. Ich hab mal gelesen, dass es beim Fremdgehen unheimlich wichtig ist, immer das gleiche Duschgel wie zu Hause zu benutzen. Sonst verrät man sich durch einen fremden Geruch.

Ich würde sagen, mein Besuch hier ist ein Volltreffer.

»Deine Assistentin wusste nicht, wo du bist.«

»Vielleicht ein paar Kekse? Ihr beide müsst was essen. Irgendwo hier müssen noch ein paar Kekse rumfliegen …«

Moritz durchwühlt hektisch einen Aktenschrank.

Kekse. Ha. Hier geht es nicht um Kekse.

»Wo warst du denn?«

»Wo ich war?«

»Ja.«

»Tja, ich war … also ich hab mich mit einer Mandantin getroffen.«

»Mandantin.«

»Ja.«

»Ja?«

»Business-Lunch. Du verstehst.«

»Ich versteh was?«

»Geschäftsessen.«

»Geschäftsessen.«

»Im Rincon.«

»Rincon.«

»Ja.«

»Ah ja.«

Ich blicke Moritz direkt in die Augen. Er blickt direkt zurück. Zuckt noch nicht mal mit der Wimper. Ein noch besserer Lügner als ich zurzeit.

Und dann gehe ich zum Frontalangriff über.

»Ich hab dich in der Fußgängerzone gesehen, du warst gar nicht essen – zumindest nicht im Rincon.«

»Oh.«

Gute Antwort.

Mal gespannt, ob ihm sonst noch was einfällt.

Er blickt mich scharf an.

»Und was machst du mittags in der Fußgängerzone?«

Geschickter Konter. Angriff ist die beste Verteidigung. Darauf bin ich jetzt nicht vorbereitet.

»Ähhh … Einkaufen.«

»Ach, ich dachte, du kannst kaum noch drei Meter laufen mit dem Bauch, und für das Baby haben wir doch schon alle Sachen.«

»Mir war eben danach.« Ich gerate so langsam ins Schleu-dern.

»Und was hast du so gekauft?«

»Oh … ähm, Schokolade … ja genau, mir war plötzlich so nach Schokolade, und wir hatten keine mehr zu Hau-se …«

»Ach ja? Interessant.«

Moritz blickt mir tieeef in die Augen.

Ich zucke noch nicht mal mit der Wimper.

Oh, Mann, lass dich nie mit einem Anwalt ein. Irgendwie schaffen die es immer, einem das Wort im Mund herumzu-drehen.

Wieso bin jetzt eigentlich ich auf der Anklagebank?

»Okay. Ich geb's zu, Frau Staatsanwältin. Ich war heute Nachmittag in der Fußgängerzone. Ich bin schuldig im Sin-ne der Anklage.«

»Oh.«

Ich starre ihn entsetzt an. Ich hab ihn erwischt.

Das wollte ich doch.

Und jetzt will ich es nicht mehr. Jetzt ist alles aus. Jetzt sagt er mir, dass er mich verlassen wird …

Plötzlich geht Moritz nach hinten an den Schrank. Es ra-schelt, und Moritz zaubert zwei wunderschöne Päckchen hervor.

Eines hält er mir vor die Nase.

»Für dich.«

»Was ist das?«

»Mach's auf.«

Ein Still-BH aus schwarzer Spitze. Der blanke Wahnsinn. Damit sieht mein praller Busen bestimmt aus wie der von Sophia Loren zu ihren besten Zeiten.

Und dann noch ein Päckchen.

»Für Krümelchen.«

Rosa Turnschühchen und eine Zipfelmütze.

»Ich war einkaufen, ich wollte dich eigentlich erst heute Abend damit überraschen …«

Ich falle Moritz um den Hals.

»Küss mich, Baby.«

Eng umschlungen gehen wir beide zu Boden.

Ich liebe ihn.

9. Monat

Wenn man kurz vorm Platzen ist wie ich, kann man es noch weniger glauben. Obwohl ich es eigentlich schon seit meinem ersten Termin bei der Frauenärztin weiß, gibt es irgendetwas in meinem Gehirn, das sich weigert, das wirklich zu begreifen.

Die hängen da doch einfach noch einen Monat dran!!!!

So eine Riesenschweinerei!

Früher war man einfach neun Monate schwanger. Basta. Wusste jeder. Also, bei meiner Mutter war das noch so. Und bei ihrer Mutter. Und bei deren Mutter und bei deren Mutter. Und in Deutschland und in China und in Amerika und sogar in Timbuktu. Selbst die Babys wussten das und hielten sich einfach dran. Schließlich ist es nicht soo schwer, bis neun zu zählen.

Eins – zwei – drei – vier – fünf – sechs – sieben – acht – neun.

Geht doch.

Das haben die schon im Mutterleib hinbekommen. Ohne Taschenrechner. Wo ist das Problem? Da reichen doch zwei Hände.

Heutzutage sind es zehn Monate Schwangerschaft.

Einfach so. Ist wohl irgendwann in den letzten zwanzig Jahren verlängert worden – wahrscheinlich nach einem Unentschieden der Mütter gegen die Väter. Die Papas wollten einfach noch einen Monat länger in Ruhe schlafen. Dass die werdenden Mamas schon seit mindestens zwei Monaten keine so erquickliche Nachtruhe mehr hatten, interessiert dabei keinen Schwanz – um es mal in aller Deutlichkeit zu sagen.

Vielleicht denken sich die Babys von heute aber auch, die Welt wird immer beschissener, warum soll ich da rauskommen. Bleib ich doch einfach einen Monat länger da drin. So schön werd ich's eh nicht mehr haben.

Vier Wochen länger! Vier Wochen! Das ist in meinem Zustand wie vier Jahre! Vierzig Jahre! Vierhundert Jahre!

Wahrscheinlich hört es nie mehr auf. Nur traut sich niemand, das einer Hochschwangeren zu sagen. Aus Angst, sie würde vor Entsetzen von der nächsten Brücke rollen.

Moritz erklärt mir die ganze Zeit, dass das Ganze ein rein rechnerisches Phänomen ist und die Schwangerschaft nur dann zehn Monate dauert, wenn sie in Wochen oder in Mondmonaten à achtundzwanzig Tagen gerechnet wird, während ein herkömmlicher Monat nun mal länger als vier Wochen dauert, und wenn man dann diese Tage …

Ist mir alles egal. Ich will nicht rechnen. Ich will einfach mal nicht mehr schwanger sein.

Und wenn es nur für neun Minuten ist.

Neun Sekunden.

Neun Nanosekunden.

Ach.

Leider werde ich aber noch circa 7 Wochen oder 49 Tage oder 1176 Stunden oder 70.560 Minuten oder ich weiß nicht wie viele Sekunden schwanger sein.

Wenn ich dann noch vierzehn Tage übertrage, erhäng ich mich. Aber wahrscheinlich gibt es nirgendwo ein Seil, das das Gewicht von mir und Krümelchen dann noch aushalten würde. Aber zwei Wochen länger als geplant halte ich einfach nicht aus. Auf gar keinen Fall. Das heißt nicht, dass ich mich nicht auf Krümelchen freue.

Ich glaube, das ist ein uralter Trick von Mutter Natur. Am Ende einer Schwangerschaft ist frau einfach so genervt von diesem Zustand, dass es ihr scheißegal ist, wie und unter welchen Bedingungen oder Schmerzen das Baby rauskommt – Hauptsache, es kommt raus. Raus. Raus. RAUS!!!!

»Berlin.«

»Berlin?«

»Genau.«

»Wieso musst du ausgerechnet jetzt nach Berlin?«

»Beruflich.«

»Ich bin in der siebenunddreißigsten Woche. Ich kann auch nicht beruflich nach Berlin. Ich kann gar nichts mehr. Noch nicht mal mehr meine Schuhe zubinden.«

»Da ist ein neuer großer Mandant, der will, dass ich mit ihm rede.«

»Aber doch nicht mitten in der Nacht.«

»Emma, das dauert mindestens zwei Tage. Soll ich dann ständig hin und her fliegen?«

»Ja.«

»Nein.«

»Ich bin schwanger.«

»Du hinderst mich daran, meinen Job zu machen.«

»Ich hindere dich nicht, das Baby hindert dich. Es ist auch deins, wenn ich dich daran erinnern darf. Außerdem kannst du ja nach Berlin. Du sollst bloß nicht über Nacht bleiben.«

»… du willst doch, dass ich dich finanziell unterstütze.«

»Ja, weil ich jetzt zwei bis drei Monate einfach nicht mehr arbeiten kann. Selbst wenn ich wollte. Bulle lässt mich nicht mehr ins Büro. Und ich bin zu dick, um überhaupt noch an die Tastatur eines Computers zu kommen.«

»Du sollst ja auch nicht mehr arbeiten.«

»Und du sollst nicht über Nacht in Berlin bleiben.«

»Du bist hysterisch.«

»Du bist rücksichtslos.«

»Stell dich nicht so an.«

»Ich stell mich nicht an. Ich bin schwanger.«

»Ich weiß.«

Irgendwas an Moritz' Ton gefällt mir nicht. Gefällt mir ganz und gar nicht.

Es ist auf jeden Fall interessant, was Männer für Vorstellungen von einer Geburt haben. Das macht man irgendwie so nebenher – wie Zähneputzen. Ich schätze, dass da bei Moritz ein gewisser Verdrängungsmechanismus eingesetzt hat. Wenn man dem Ganzen keine so große Bedeutung beimisst, wird's schon nicht so wild sein.

Ich habe plötzlich das schleichende Gefühl, den Schwarzen Peter gezogen zu haben.

Für mich ändert sich alles.

Für Moritz ändert sich gar nichts.

Ich kann jetzt schon quasi nicht mehr ausgehen, meinen Job nicht mehr machen, keinen Sport machen, meine Klamotten nicht mehr anziehen undundund.

Und Moritz macht einfach so weiter wie bisher. Er geht weiter in seinen Job, steigt weiter in den Flieger, trinkt weiter Alkohol und wird nebenher mal schnell Papa.

Aber ich sitze in der Mama-Falle. Geködert mit – Babyspeck. Und das für die nächsten zwanzig Jahre – mindestens.

»Wie soll ich das verstehen?« Ich blicke Moritz herausfordernd an, vielleicht wird es Zeit, mal ein paar Dinge klarzustellen.

»Emma, du bist seit hundert Jahren schwanger, und je dicker du wirst, desto dickköpfiger wirst du.«

»Ich bin nicht dickköpfig. Und wenn, dann habe ich jedes Recht dazu. Ich bin schwanger.«

»Genau das meine ich.«

»Was meinst du?«

»Du bist schwanger, aber deshalb hast du nicht immer Recht.«

»Oh, doch. Ich habe immer Recht, auch wenn ich nicht schwanger bin.«

Das war jetzt Quatsch, klang aber gut, finde ich. Wenn ich mich aufrege, hab ich's einfach nicht mehr so mit wirklich fundierten Argumenten.

»Emma.«

»Moritz.«

»Ich kann's nicht mehr hören.«

»Was?«

»Das Wort ›schwanger‹ und alles, was damit zu tun hat.«

»Aber ich bin es, und es wird höchste Zeit, dass du das kapierst, und ich will nicht die Einzige sein, für die sich alles ändert.«

»Das bist du nicht. Du bist nicht die Einzige. Sicher nicht. Das kannst du mir glauben. Auch für mich ist alles anders. Vor allem du. Dabei wollte ich kein Kind – zumindest jetzt nicht. Aber mich hat ja niemand vorher gefragt.«

Boing. Das saß. Mit diesen Worten geht Moritz ab.

Die Tür knallt.

Müsste mal dringend neu gestrichen werden.

Moritz hat heute Nacht auf dem Sofa in seinem Arbeitszimmer gepennt und ist in aller Frühe mit seinem Berlin-Gepäck ins Büro abgerauscht. Wir haben uns nicht mehr gesehen.

Er hat mir einen Zettel hingelegt: Ich kann ihm ja eine SMS schicken, wenn ich denke, dass es losgeht. Er nimmt sich dann einen Leihwagen oder steigt in den nächsten Flieger.

Äußerst beruhigend für mich.

Nehmen wir mal an, mir platzt heute Nacht um 3.41 Uhr die Fruchtblase. Und nehmen wir mal an – so rein theoretisch –, ich bin dann noch in der Lage, eine SMS zu schicken oder ihn anzurufen. Bis er dann wieder in München ist, feiert die Kleine ihren ersten Geburtstag.

Aber das ist nicht wirklich das Problem im Moment. Denn wenn das so weitergeht, wird die Geburt das letzte gemeinsame Erlebnis von mir und Moritz sein.

So geht das nicht.

Ich kann hier jetzt nicht in Ruhe frühstücken.

Ich muss noch mal mit Moritz reden. Wenigstens fünf Minuten. So kann er doch nicht abfliegen. Wir werden Eltern, wir müssen uns doch zusammenraufen.

Im Büro ist er schon nicht mehr zu erreichen, er ist auf dem Weg zum Flughafen, und sein Handy ist aus.

Muss ich eben auch zum Flughafen. Na toll. Ich hab nur meinen Pyjama an und nun wirklich keine Zeit für das ganze aufwendige »ich bin schwanger und will schön sein und bleiben« Ritual.

Ich schnappe mir einen von Moritz' Pullis und zieh ihn einfach über den Pyjama.

Ich brauch noch ein Paar Schuhe, die ich schnell anziehen kann. An meine geschnürten warmen und bequemen Winterstiefel ist nicht zu denken, da brauch ich ewig. Dann eben meine Lieblings-Ausgeh-Stiefel – viel zu hochhackig für den neunten Monat – aber es sind die einzigen, die ich dank der segensreichen Technik des Reißverschlusses schnell anziehen kann. Zum Schluss ziehe ich einfach Moritz' Wintermantel über das Ensemble drüber und muss sagen, es sieht sogar schick aus – oder zumindest nach modischer Avantgarde irgendeines durchgeknallten holländischen Designers. Gut, dass Moritz den Mantel dagelassen hat, das Teil ist so schön kuschelig, und meine Mäntel bekomme ich alle nicht mehr zu.

Ich glaub es nicht. Ich sitze im Auto und habe gerade in Moritz' Manteltasche nach einem Taschentuch gesucht, aber keines gefunden.

Dafür aber einen Zettel. Und was für einen Zettel.

*Christine 17 ** 21.01. 14.00 Uhr*
Myriam 18
*Celine 16 * 02.02.*
*Natascha 17 ****

So geht das immer weiter. Mindestens zehn Frauennamen mit einer Zahl hintendran, einige davon mit Sternchen versehen. Zum Teil auch ein Datum dabei. Manche sind durchgestrichen. Haben's offensichtlich nicht so gebracht, die Damen.

Was heißt hier Damen? Die Mädchen. Die Kinder. Die Babys.

Die erste Zahl ist doch ganz offensichtlich das Alter und die zweite der Tag, an dem er ... an dem er ... ich mag gar nicht daran denken.

O Gott – Moritz hat eine vorgezogene Midlife-Crisis. Ganz klar, eigentlich will er mit Mädels ins Bett, die gleich alt oder möglichst noch jünger als seine Tochter sind. Wollen irgendwann alle Väter. Aber das würde zurzeit bedeuten, dass er mit einem frisch gelegten Hühnerei vögeln müsste. Das macht nicht so viel Spaß. Deshalb nimmt er mal vorsichtshalber die Siebzehn- bis Zwanzigjährigen.

Moritz – du Schwein –, ich mach dich fertig.

Ha!

Du kannst es nicht mehr aushalten, dass ich schwanger bin?

Ha!

Ich werde dir zeigen, was schwanger sein wirklich bedeutet.

Ich starte den Motor und gebe Gas.

Ich komme!

Ich wackele über den Flughafen. Wie konnte ich jemals elegant auf diesen 8-Zentimeter-Absätzen laufen?

Ich hangele mich Meter für Meter vorwärts und halte

mich an allem fest, was sich anbietet. Mein Gleichgewichtssinn ist durch Krümelchen völlig durcheinander. Vielleicht sollte ich schnell einen Rucksack kaufen und mit ein paar Steinen füllen, um durch den Ausgleich nach hinten in eine halbwegs aufrechte Position zu kommen.

Ein paar Leute sehen mich missbilligend an.

Eine ältere Frau, im Jogginganzug auf dem Weg nach Mallorca, zischt ihrem Mann zu:

»Am hellichten Tag schon betrunken … dieses Elend kann man ja gar nicht mit anschauen …«

Sie zischt so laut und deutlich, dass nicht nur ich, sondern auch alle anderen im Umkreis von fünfzig Metern das mitbekommen haben.

Das lass ich nicht auf mir sitzen und zische zurück:

»Ich bin nicht betrunken, ich bin schwanger …«

Die Frau schüttelt verächtlich den Kopf.

»Noch schlimmer … hat Ihnen niemand gesagt, dass Alkohol in der Schwangerschaft absolut schädlich ist … man sollte die Polizei rufen, Sie Rabenmutter, Sie …«

Bevor sie noch deutlicher werden kann, schwanke ich lieber schnell weiter. Moritz' Flieger geht in einer halben Stunde.

Hurra. Ich hab's bis zum Schalter geschafft. Aber von Moritz weit und breit keine Spur. Vielleicht fliegt er ja gar nicht nach Berlin. Wieso auch?

Vielleicht war das nur eine Ausrede. Wahrscheinlich bleibt er hier in München und lässt in irgendeinem Hotel eine nach der anderen antanzen. Ich ziehe noch mal den Zettel mit den Namen raus, damit ich ihm den Beweis gleich um die Ohren hauen kann, falls er doch noch kommt, da fällt mir so ein buntes Bildchen mit einem Schriftzug unten auf dem Papierbogen ins Auge: *Au-Pair-Agentur Mary Poppins/Inhaberin Lena Reumann/ Widenmayerstra…*

Lena Reumann? Lena … das ist die Lena … klar, die Telefonnummer stimmt auch.

Und dann wird es langsam hell um mich. Taghell. Strahlend hell.

Au-Pair-Agentur?

Oh, Mann, war ich blöd.

Wunderbar. Wunderbar. Wunderbar.

Moritz ist ein Schatz, das ist wunderbar. Das sind alles Au-Pair-Mädchen! Moritz ist der beste Mann der Welt. Mein Mann. Der Vater meiner Tochter.

Er will, dass ich den Job bei Newsletter machen kann. Er organisiert für Krümelchen eine Kinderbetreuung. Er will mich damit überraschen. Wir werden doch noch eine glückliche Familie.

Ach, Moritz.

Und ich war so blöd und schwierig und habe dich verdächtigt.

Einen tollen Mann, Partner, Vater für sein Kind hat keine Frau auf der ganzen Welt.

Ich bekomme vor lauter Rührung richtig Tränen in die Augen.

Und dann seh ich ihn durch den Schleier meiner Tränen leibhaftig vor mir.

Moritz knutscht da drüben bei Schalter vier (Flüge nach Berlin) mit der Brünetten aus der Fußgängerzone.

Ich bin wieder zu Hause.

Wie ich das geschafft habe, weiß ich echt nicht mehr.

Wahrscheinlich habe ich zehn rote Ampeln überfahren, drei Fußgänger gekillt und einen Lastwagen gerammt. Gott sei Dank besitze ich keine Waffe, außer meinen zu hohen Absätzen. Ich könnte im Moment für nichts mehr garantieren.

Ich bin hochschwanger und tief erniedrigt.

Das gibt vor jedem Gericht der Welt mildernde Umstände.

Ich blicke in den Spiegel. Ich fühle mich g-r-a-u-e-n-h-a-f-t. Ich kann immer noch nicht glauben, was ich da am Flughafen gesehen habe. Alles ist schrecklich.

Die Welt ist schrecklich.

Aber ich musste ja auch noch ein Kind in diese Welt setzen. Na ja, sie ist noch nicht ganz da, aber trotzdem.

Ich habe mir das alles mal ganz anders vorgestellt. So wie auf den Fotos in der Werbung. Ein Sommermorgen. Eine Blumenwiese. Eine glückliche Familie beim Picknick ohne Ameisen.

Ich weiß, in manchen Dingen bin ich naiv, aber das ist jede Frau. Schließlich geben wir ja auch alle Monat für Monat Unsummen für Anti-Falten-Cremes aus.

Ich setze mich hin und tue erst mal das, was ich am besten kann.

Ich heule.

Ich heule geschlagene drei Stunden und höre erst auf, als Mausi mich tritt und meint, dass langsam ihr Fruchtwasser-

Swimmingpool austrocknet, weil das ganze Wasser oben rausfließt. Ich schniefe noch einmal auf.

Selbstmitleid ist hier fehl am Platze.

Schließlich habe ich mir das alles selbst eingebrockt. Schließlich wollte ich unbedingt ein Kind.

Schließlich habe ich heimlich die Pille abgesetzt und ihn nicht gefragt. Da hat er schon Recht. Auch wenn Moritz eine Geliebte hat – ich bin auch nicht gerade unschuldig.

Aber: Ich liebe Krümelchen.

Daran kann nichts auf der Welt was ändern. Ich werde mich also heroisch einreihen in das zerlumpte Heer allein erziehender hennagefärbter Mütter und mich in der Schlange beim Sozialamt hinter sie stellen.

Ich und Krümelchen – wir beide machen das schon.

Am besten, Moritz und ich trennen uns gleich. In aller Freundschaft. Mit allem Respekt, den künftige Eltern doch füreinander aufbringen sollten. Wir regeln sofort Unterhalt, Sorgerecht und das ganze Pipapo. Werden Moritz und ich eben statt der idealen Familie die idealen getrennten Eltern, und ich gründe dann eine neue, ideale Patchwork-Familie.

Welches Paar mit Kind ist schließlich heutzutage wirklich noch ein Paar? Meistens sieht es doch so aus: Eine Frau hat zwei Kinder von unterschiedlichen Vätern, lernt einen neuen Mann kennen, der dreimal geschieden ist und zweimal Unterhalt bezahlt für seine vier fast schon erwachsenen Söhne, und innerhalb von einem halben Jahr ist sie wieder schwanger, schließlich wollten sie dann doch noch ein gemeinsames Kind als Krönung ihres Glücks.

So schaffen es die Leute auch im Zeitalter von Klein- und

Kernfamilie, sich dem Modell der Großfamilie in gewisser Weise wieder zu nähern. Man muss nur mal an die ganzen beteiligten Großeltern und Onkels und Tanten in diesem System denken. Moritz' Vater lebt ihm das Modell ja schon mehr oder weniger erfolgreich vor. Hat sich wohl vererbt.

Fröhliche Weihnachten.

Ach, schnief. Ich darf gar nicht an Weihnachten oder solche Familienfeste denken. Fang ich gleich wieder an zu heulen. Schließlich bin ich jetzt allein erziehend. Und Krümelchen wird zu solchen festlichen Anlässen dann stundenweise von Patchwork-Familie zu Patchwork-Familie gereicht werden. Schnief.

Ich reiße mich endgültig zusammen.

Und dann fang ich an zu schreiben. Einen Abschiedsbrief. Da muss ich Moritz nicht in die Augen blicken. Ich könnte ihn nicht mehr ansehen, ohne mir dauernd vorzustellen, was er mit der anderen im Bett gerade getrieben hat … das könnte ich nicht aushalten … und Krümelchen sicherlich auch nicht.

Lieber Moritz,
ich war ganz zufällig am Flughafen, weil ich zufällig mit dir reden wollte, und da habe ich dich zufällig mit der anderen Frau gesehen.
Du betrügst mich, aber ich muss dir gestehen, auch ich habe dich betrogen. Krümelchen ist kein Zufall. Krümelchen ist geplant gewesen – von mir. Ich habe die Pille ohne dein Wissen abgesetzt und sehe jetzt, dass du anscheinend noch nicht reif dafür bist, Vater zu werden …

Drei Tränen verwischen die Tinte etwas.

Sieht zu melodramatisch aus. Ich bin doch keine Heulsuse. Ich bin eine starke Frau. Ein Vorbild an Mut und Tapferkeit. Eine allein erziehende Mutter. Und Moritz knutscht mit einer anderen rum – wie kommt der eigentlich dazu? Also noch mal:

Lieber Moritz,
blablabla ... ich will deinem weiteren Glück nicht im Wege stehen, schließlich habe ich mir die Sache mit dem Baby selbst eingebrockt, und ich bin auch bereit, sie auszulöffeln ...

Nee. Bringt's alles nicht. Krümelchen gibt's nun mal, und vielleicht hätte sich Moritz, das Schwein, ja auch mal um die Verhütung kümmern können. Vielleicht sollte ich etwas direkter werden:

Lieber Moritz,
ich habe dich am Flughafen mit dieser blöden, schlanken, beweglichen, biegsamen, nichtschwangeren Tussi gesehen ...

Schon besser. Oder wie wär's mit:

Sehr geehrter Herr Moritz Pöhlmann,
meine Anwältin wird sich in der nächsten Woche wegen der Alimente mit Ihnen in Verbindung setzen.
Verachtungsvoll
Ihre Emma Katzmeyer

und Tessa Katzmeyer (Ha! jetzt bekommt Krümelchen wenigstens den Namen, den ich ihr geben will, das hat er nun davon.)

Gut. Schon ganz gut. Aber jetzt bin ich im kreativen Rausch:

Lieber Moritz,
ich war am Flughafen. F… doch, wen du willst … Hauptsache, du zahlst pünktlich Unterhalt für mich und deine Tochter …

Ha! Langsam hab ich den Bogen raus – oder noch besser:

Moritz,
du blöder Wichser, wie kannst du nur mit einer anderen ins Bett gehen, während ich dein Kind unter Schmerzen gebäre … die Frucht unserer gemeinsamen Liebe …

Aua. Das bringt mich wieder auf den Boden der Tatsachen zurück. Schließlich war ich diejenige, die Moritz als Erste betrogen hat. Oder zumindest heftig belogen. Dass aus so einem Anfang nichts werden kann, ist eigentlich klar.

Ach. Ganz egal. Meine Gefühle fahren Achterbahn. Bloß weg hier. Ich muss aus dieser Wohnung raus. Ich kann hier keine Sekunde länger bleiben und mir dabei vorstellen, wie Moritz irgendwann rundgevögelt aus Berlin kommt und so tut, als sei alles völlig in Ordnung.

Ich knülle alle Briefentwürfe zusammen und verbrenne sie stilecht im offenen Kamin.

Leider haben wir in unserer Drei-Zimmer-Wohnung keinen.

Also landen sie in meinem bewährten Geheimfach unter dem Biomüll.

Ich lege Moritz nur einen kleinen Zettel auf den Tisch.

»Ich habe dich am Flughafen gesehen. Emma«

Wie schön, dass Packen jetzt so einfach geht. Früher habe ich Stunden gebraucht, um meine drei Taschen für einen Wochenendtrip nach London zurechtzumachen. Moritz hat sich dabei immer totgelacht und sich geweigert, mir beim Tragen zu helfen – dabei hatte dieser Mistkerl immer nur Handgepäck dabei. Alle Männer sind so. Alle haben immer zu wenig Gepäck dabei. Egal wohin sie reisen und wie lange sie dort sind. Das komplette Gepäck eines Mannes für eine Weltumrundung geht problemlos in den Kosmetikkoffer für den Wochenendtrip einer Frau.

Deshalb werden sich Männer und Frauen auch nie verstehen. Wie konnte ich solche fundamentalen Tatsachen einfach übersehen?

Ach, Erinnerungen … es wird Zeit, nach vorne zu blicken, und nur nach vorne. Ein Kind ist die Zukunft. Nichts als die Zukunft.

Ich schnappe einfach meine Kliniktasche und zwei Schwangerschaftshosen, und schon bin ich fertig.

Höchste Zeit, mein Leben endlich mal richtig in die Hand zu nehmen.

»Es ist mir egal, ob ich einen Termin habe oder nicht. Es ist mir egal, ob Frau Dr. Eiermann Zeit hat oder nicht. Ich muss sie sprechen, und zwar jetzt sofort.«

Die Assistentin von Frau Dr. Eiermann starrt mich an, als würde sie erwarten, dass ich gleich platze.

Ich strecke ihr meinen Bauch herausfordernd entgegen. Stehe hier bei Newsletter und verstecke nichts mehr. Sollen doch alle sehen, was los ist. Jawoll. Ich will diesen Job. Jawoll. Ich werde erfolgreich und allein erziehend sein. Jawoll. Mach ich doch mit links.

Und ich lass mich doch nicht von so einer rot gefärbten Assi-Tusse mit einem Taillenumfang von fünf Zentimetern kleinkriegen.

»Tut mir Leid. Ich kann Sie nicht zu Frau Dr. Eiermann durchlassen.«

»Ich will diesen Job unbedingt, und ich werde alles problemlos managen. Sie müssen sich überhaupt keine Sorgen machen. Ich kann nachts arbeiten, ich kann fünf Kindermädchen organisieren, ich kann sogar meine Mutter anrufen und sie bitten, Babysitting zu machen … Sie werden sehen, das Baby ist überhaupt kein Problem …«

Ich stehe vor Frau Dr. Eiermann, nachdem ich ihre Assistentin einfach mit meinem Bauch an die Wand gedrückt habe. Ich schätze, sie klebt dort immer noch wie ein abstraktes Gemälde.

Frau Dr. Eiermann sieht mich an.

»Wie sind Sie so schnell so schwanger geworden?«

Ich zucke mit den Achseln.

»Tut mir Leid. Aber wir haben uns für einen anderen Kandidaten entschieden. Ich dachte, man hätte Sie schon benachrichtigt.«

Ich glaub das nicht.

»Was? Das kann nicht sein. Das ist Diskriminierung …

immer gehen die besten Jobs an Männer ... die bekommen ja auch keine Kinder ... ist ja klar ... und Sie als Frau unterstützen diese Gemeinheit auch noch ... Sie sind eine Schande für das ganze weibliche Geschlecht ... wenn wir uns nicht gegenseitig unterstützen, wer soll es denn dann tun ... ich werde Sie vor Gericht bringen, ja, genau, ich werde Sie verklagen, diesen ganzen blöden Verlag werde ich verklagen ...«

Jetzt bin ich so richtig in Fahrt. Kämpferin für die Rechte der Frauen und Kinder in einer feindlichen, von Männern (und von Frauen, die verkappte Männer sind, wie diese Eiermann) dominierten Welt.

»Regen Sie sich bitte nicht so auf, das ist nicht gut für Ihr Kind ...«

Frau Dr. Eiermann ist aufgestanden, hält mir ein Glas Wasser hin und drückt mich in einen Sessel.

»Ich reg mich auf, wann ich will, und ...«

»Hier ...«, Frau Dr. Eiermann fällt mir ins Wort, »setzen Sie sich erst mal ... die andere Kandidatin ist Mutter von drei Kindern. Das jüngste ist ein Jahr. Sie war einfach besser qualifiziert. Tut mir Leid ... in einem Jahr wird vielleicht wieder was frei ... wenn einer unserer Mitarbeiter in Erziehungsurlaub geht.«

Schluck.

Unter Tränen schließe ich mein Auto auf. Frau Dr. Eiermann hat selbst eine Tochter und wünscht mir und dem Baby für die Zukunft alles Gute.

Ich kann sie jederzeit anrufen, wenn ich Hilfe brauche, aber sie hat definitiv keinen Job für mich.

Wohin jetzt? Nach Hause will ich nicht. Mir geht's schlecht. Ich will verwöhnt werden. Ich brauch Zimmerservice und eine riesige Badewanne.

Ich wollte eigentlich ins Hotel.

Jetzt stehe ich plötzlich vor Neles Haustür.

Ich bleibe ein paar Minuten im Auto sitzen.

Das Hotel kann warten.

Kein Mann mehr.

Keine beste Freundin mehr.

Kein Job mehr.

Ein paar einsame Schneeflocken fallen vom Himmel und schmelzen langsam auf der Windschutzscheibe.

Und dann tritt mich Krümelchen. Hey, ich bin auch noch da, und wir zwei sind ein Team.

Da hat sie Recht.

Ich steige aus.

Wo ich schon mal hier bin, kann ich ja auch klingeln.

»Ja, wer ist denn da?«, ertönt Neles Stimme.

»Ich bin's, die blöde schwangere Sumpfkuh, ich wollte nur mal …«

Der Summer geht an, die Tür springt auf.

Es gibt Momente im Leben, da weiß man, ob eine Freundschaft wirklich eine Freundschaft ist.

Nele blickt mich nur an, als ich dann endlich vor ihr stehe. Verfroren, Schneeflocken im Haar und mit rot geheulten Augen.

Ich reiße mir die Sauerstoffmaske vom Gesicht (Nele hat eine Dachterrassenwohnung im fünften Stock ohne Aufzug – für Schwangere in meinem Stadium ist das der Aufstieg zum Mount Everest), und dann nimmt Nele mich einfach wortlos in den Arm.

Na ja, sie versucht es, trotz Bauch.

Und dann sitze ich mit einem Berg Taschentücher und einer heißen Tasse Tee auf Neles Sofa und schluchze einfach drauflos.

»Ich hab mich so scheißeinsam gefühlt, wir haben uns so schrecklich gestritten, so saublöd, und jetzt hat Moritz wirklich eine andere, ich hab ihn am Flughafen rumknutschen gesehen, jetzt ist er abgezwitschert nach Berlin und lässt mich hier alleine zurück, während ich jeden Augenblick platzen kann, und ich kann ihm das noch nicht mal vorwerfen. Ich hab doch die Pille abgesetzt … aber ihm nichts davon gesagt … ich blöde Kuh … ja, ich weiß, das war Scheiße, das macht man einfach nicht, aber ich wollte unbedingt ein Kind, das heißt, eigentlich wollte ich es nur mal so ausprobieren … wer ahnt denn, dass ich gleich dick werde? … und deshalb basiert das alles auf einer Lüge, und ich halt es nicht mehr aus …Und dann, dann haben wir beide, seit ich schwanger bin, auch nur noch Krach, und ich weiß eigentlich gar nicht, wohin ich jetzt gehen soll in diesem Zustand … ich würde ja zu Mam fahren, aber ich denke, das ist keine wirkliche Alternative, da mutiere ich selbst innerhalb von fünf Minuten zum Kleinkind und ich … ach, ich weiß einfach nicht mehr …«

Ich fange hemmungslos an zu heulen. Dabei dachte ich, ich hätte mein Pensum für den heutigen Tag wirklich erfüllt. Ich schnappe mir noch mal zehn Taschentücher.

»Ich bin eine blöde Kuh. Eine blöde nichtschwangere Sumpfkuh.«

Das kam von Nele.

»Wie bitte?«, kommt unter Schniefen von mir.

»Tut mir Leid, Emma, dass ich dich so alleine gelassen habe ...«

»Alleine gelassen?«

Für einen Moment hört der Tränenfluss auf.

»Du hättest mich während der Schwangerschaft einfach mehr gebraucht, und ich war nicht für dich da ... ich war egoistisch ...«

»Ach, du warst nicht egoistisch, du bist einfach nur nicht schwanger, und da ist alles so anders ...«

»Ich war egoistisch. Und neidisch. Und traurig. Und verletzt. Und eifersüchtig. Und saublöd ... und vor allem ...«

Nele blickt mich mit ihren großen braunen Augen an.

»Vor allem war ich selbst schwanger.«

Und dann fängt Nele plötzlich hemmungslos an zu schluchzen.

Schluchz. Und noch mehr Schluchz.

Ich sehe Nele an. Nele und schwanger?

»Wie ist denn das passiert?«

(Das ist nun wirklich die blödeste Frage der Welt – ich bin schon wie meine Mam.)

»Und wann ist denn das passiert?«

»Und wieso weiß ich nichts davon?« (Noch mehr blöde Fragen.)

Ich nehme sie in den Arm (na ja, ich versuche es, aber der Krümelchenbauch ist dabei etwas im Weg).

»Aber Nele, wenn du schwanger bist, ist doch alles in Ordnung, wir packen das schon ... wir beide ... ziehen einfach zusammen und gründen eine Baby-Still-und-Spiel-WG ... freu dich doch ... ist doch wunderbar.«

Nele schluchzt verzweifelt auf.

»Ich bin gar nicht mehr schwanger ... schon lange nicht mehr ... das ist es ja ... es tut mir so Leid ... es tut mir so wahnsinnig Leid ... ich hab's wegmachen lassen ... vor über einem Jahr ... er wollte es nicht ... erst dachte ich, ich krieg's einfach, und dann hab ich gemerkt, dass er es nicht wollte ... und dann bin ich umgekippt ...und ich war so unsicher ... und ich dachte, ich pack locker eine Abtreibung ... ist doch kein großer Akt ... was sollte ich mit einem Kind? Bei dem Job? Jetzt? Und mit diesem Typen? Allein erziehend?«

Nele schluchzt und schluchzt und schluchzt.

Sie hat mir nichts davon erzählt, weil sie Angst hatte, dass ich das nicht verstehen würde.

Am Anfang war sie völlig erleichtert. Und dann, ein paar Monate später, ging es los. Immer wenn sie ein anderes Baby gesehen hat, hat sie ausrechnen müssen, wie alt denn ihr Baby jetzt wäre.

»Ich konnte nicht mehr an einem Kinderwagen vorbeigehen, ohne loszuflennen ... völlig bescheuert ... Und dann bin ich ins völlige Gegenteil gekippt und hab irgendwann völlig zugemacht ... jede Menge Typen gevögelt und mir gesagt, dass ich das jetzt alles so richtig genieße ... und dann bist du schwanger geworden, und ich dachte, ich muss sterben ... ich kann das nicht aushalten, dass du ein Baby bekommst und ich keines habe ... ständig muss ich daran denken, wie alt mein Kind jetzt wäre und dass es vielleicht schon Mama sagen könnte ... und deshalb war ich so eklig zu dir ... und blöd ... saublöd ... dabei kannst du doch gar nichts dafür ...«

»Ach, Nele … es tut mir so Leid für dich, aber es ist völlig in Ordnung, wenn man ein Baby nicht haben will. Das ist deine Entscheidung. Und niemand hat das Recht, sich da einzumischen. Du brauchst dich nicht schuldig zu fühlen. Ich kann das verstehen … ich hätte dir da nie Vorwürfe gemacht. Ich hätte dir doch geholfen … egal, wie du es hättest machen wollen … es ist schon okay … ich bin sicher, auch das Baby versteht das … manchmal geht's halt einfach nicht …«

»Meinst du? Ich meine, meinst du wirklich, dass das Baby das versteht …«

»Ganz sicher … du musst einfach mal mit ihm reden … und es um Verzeihung bitten, dass es doch noch etwas warten musste … du kannst wieder eins bekommen, wenn du willst … du musst dir nur selbst verzeihen.«

Nele blickt mich an, und dann heulen wir noch mal so richtig gemeinsam los.

Wir schwören, uns in Zukunft alles zu erzählen.

Ohne Rücksicht auf Verluste.

Verheult und erleichtert schlafen wir beide aneinander gekuschelt in Neles Kingsize-Bett ein.

»Emma kann mir gestohlen bleiben …«, sagt Nele und beißt dabei kräftig in ihr Frühstücksbrötchen. »Sie ist unerträglich, seit sie schwanger ist, und ich will nichts mehr mit ihr zu tun haben.«

Ich schneide mir eine Banane ins Müsli und muss aufpassen, mir dabei nicht in den Finger zu schneiden.

»Wunderbar. Genau so … dafür wird Moritz vollstes Verständnis haben.«

Nele ist großartig.

»Genau in dem Tonfall musst du ihm das sagen, wenn er dich anruft und wissen will, wo ich bin oder ob ich bei dir bin. Du hast mich nicht gesehen und willst mich auch nicht mehr sehen.«

»Das glaubt er mir nie.«

»Baby, du kannst Männer alles glauben machen, wenn du nur willst.«

Nele nimmt grinsend noch einen Schluck Kaffee.

»Süße, ich bin spätestens um acht heute Abend zurück, und wir zwei … pardon, wir drei …«, Nele streicht über meine Melone, »… wir fahren dann in die Hütte und machen uns ein schönes Wochenende … ich werde mich um euch beide kümmern, dir den Rücken massieren und Krümelchen Frank Sinatra vorspielen … es wird wunderbar …«

Nele gibt mir einen dicken Kuss. Sie hat eine Berghütte von ihrer Oma geerbt, und immer wenn wir von den Männern die Schnauze voll haben, verbringen wir ein paar Tage dort.

»Ruh dich aus …«

Werd ich tun.

Ich nehme ein heißes Bad.

Und dann nehm ich noch ein heißes Bad.

Und drei Stunden später nehm ich noch ein heißes Bad. Das (oder ein Swimmingpool mit Olympiamaßen) ist der einzige Ort auf der Welt, an dem ich mich noch einigermaßen leicht fühle.

Scheiße. Nele hat gerade angerufen, sie hat noch eine wichtige Konferenz, und es wird wahrscheinlich später. Wahrscheinlich ziemlich spät.

Fahren wir eben morgen früh.

Vielleicht sollte ich noch ein heißes Bad nehmen – Nele hat so tolle Badeöle und Chichizeugs zum Reinkippen.

Es klingelt an der Tür.

Es ist schon nach sechs abends. Kommt um die Zeit noch die Post? Ich blicke mal vorsichtshalber aus dem Fenster.

Da unten steht Moritz' Auto. Mitten auf der Straße.

Es klingelt schon wieder. Shit.

Ich lösche vorsichtshalber mal alle Lichter.

Ich bin nicht da.

Nele ist nicht da.

Niemand ist da.

Okay, das ist idiotisch, bis vor zwei Sekunden war alles noch hell erleuchtet. Aber vielleicht hat er ja nicht hochgeguckt. Schließlich schaut man nicht in den Himmel, wenn man wo klingelt.

Es läutet Sturm. Orkan. Hurrikan.

Ich mach nicht auf. Ich mach einfach nicht auf.

Schließlich bin ich ja auch gar nicht da. Wie kann ich dann aufmachen?

Ich brauch ein Paar Kopfhörer. Mit Mozart. Zur Entspannung.

Boing. Schepper. Klirr.

Es ist nicht gut, wenn man sich in meinem Zustand aufregt.

Ich hab den Turm mit den CDs im Dunkeln umgeworfen – natürlich waren die alphabetisch sortiert – der einzige Bereich, in dem Nele ordentlich und, wie ich finde, pingelig ist.

Und ich hab immer noch keinen Kopfhörer gefunden.

Ich wickel mir Neles Sofadecke um den Kopf. Das Ding

ist riesig und von Burberry. Mir hängen ein paar Fransen ins Gesicht. Karo stand mir noch nie wirklich gut. Aber dieser Klingelton ist absolut abartig. Das kann nicht gut sein für Krümelchen. Wenn Moritz nicht bald aufhört, bekomm ich wahrscheinlich Wehen oder einen Tinnitus oder beides.

Uff. Er hat aufgehört zu klingeln. Ich lüfte die Sofadecke von meinem Ohr.

Stille. Schweigen.

Wie wunderbar.

Wie im Kloster.

Ich spitze noch mal aus dem Fenster. Moritz' Auto ist anscheinend weg, ist bei dem Schnee schwer zu erkennen.

Noch mal davongekommen.

Da kann ich ja endlich ein heißes Bad nehmen.

Ich will gerade das Licht wieder anmachen und mich ins Badezimmer rollen, als es plötzlich an der Wohnungstür hier oben zu hämmern beginnt.

»Nele ... mach auf ... wenn du da bist ... hier ist Moritz ... ich bin auf der Suche nach Emma ... wir haben uns gestritten, und sie ist verschwunden ... und wie ich sie kenne, hat sie sich bei dir versteckt ... Nele ... mach die Tür auf ... Nele ... mach auf ...ich muss mit Emma reden ... es ist wirklich dringend!«

Scheiße.

Für einen Moment bin ich versucht, die Tür aufzumachen. Ich würde einfach in Moritz' Arme sinken – und ihn mit meinem derzeitigen Gewicht zu Boden reißen.

Ich würde ihm auf dem Fußboden vor Neles Wohnungstür alles gestehen, und er würde mir alles gestehen. Alles wäre nur ein einziges großes, riesengroßes Missverständnis, eine Einbildung, eine Hormon-Fata-Morgana. Ich habe ihn nicht betrogen – mit dem Absetzen der Pille. Moritz hat mich nicht betrogen – mit einer anderen Frau.

Alles wird gut.

Wir sind eine glückliche kleine Familie. Wir gehen sonntags mit Kinderwagen im Park spazieren. Die Sonne scheint, die ersten Gänseblümchen blühen. Viele andere Paare mit Kinderwagen kommen uns entgegen. Unserer ist natürlich der schönste. So ein Dreirad-Jogger. Für Krümelchen ist eben nur das Beste gerade gut genug. Neben uns läuft glücklich ein kleiner Rauhaardackel an der Leine. Er kläfft einen frei laufenden Schäferhund auf der Wiese an.

Dackel? Wieso Dackel? Ich hasse Dackel.

Plötzlich merke ich, dass das Klopfen aufgehört hat und dass das einzige vernehmbare Geräusch jetzt Moritz' schnelle Schritte sind, die die Treppe hinuntereilen.

Uff. Ich bin noch mal davongekommen.

Nur fühl ich mich nicht wirklich erleichtert.

Ich kann nicht länger hier bleiben. Noch so eine Klingelattacke halten meine Nerven nicht aus. Nele ist nicht zu erreichen. Immer noch Konferenz. Die haben sogar die Handys aus. Das muss aber wirklich wichtig sein.

Ich werd einfach zu Neles Berghütte vorfahren. Moritz findet die nie – er war erst einmal dort –, er hat's nicht so mit den Bergen. Nele kann ja morgen früh nachkommen.

Ich muss jetzt alleine sein (interessant, dass man selbst

nach neun Monaten allerallerintimster Zweisam-
keit als Schwangere immer noch den Gedanken
hat, man müsste mal alleine sein – das geht nun
biologisch wirklich überhaupt nicht mehr). Nun
gut, vielleicht muss ich mal zweisam sein. Und
nachdenken.

Ich hinterlasse Nele eine Nachricht, schnappe mir
die Schlüssel der Hütte und stehe vor der Tür und
einem Problem. Meine Taschen, die Klinik- und
die Reisetasche, müssen nach unten – aber wie? Nele hatte
mir alles hochgetragen, aber ich kann das wirklich nicht
nach unten schleppen.

»Hey, sind Sie wahnsinnig?«

»Nein, schwanger.«

Jetzt hab ich doch tatsächlich fast einen Rauhaardackel
erschlagen. Sein Herrchen schüttelt wütend die Faust nach
oben und geht dann kopfschüttelnd weiter, während sein
Köter kläfft wie wild.

Ich habe die beiden Taschen minus Zerbrechlichem einfach aus dem Fenster im fünften Stock geworfen. Ein dicker
Bauch macht eben erfinderisch.

Gut, dass mein Auto drei Straßen weiter steht. So konnte Moritz meinen Wagen nicht bemerken. Ich klemme mich
und Krümelchen hinter das Steuer.

Wie fahren Frauen mit Zwillingen im Bauch Auto? Oder
mit Drillingen? Bekommen die von der Krankenkasse einen
Chauffeur gestellt? Wie ich unser Gesundheitssystem kenne, bekommen die wahrscheinlich eher eine Arm-und-Bein-
Verlängerungsprothese. Ist billiger.

Es ist schon dunkel, und es sind noch knappe siebzig Kilometer bis zu Neles Hütte. Als ich draußen vor der Stadt auf der Landstraße bin, kommt mir der Gedanke, dass diese Aktion vielleicht keine so gute ist.

Ich hab Sommerreifen drauf.

Hab den Reifenwechsel einfach völlig vergessen dieses Jahr.

Schön, dass mir das jetzt einfällt.

Es schneit. Immer heftiger. Und es schneit weiter.

Diese Art von Schneeflocken, die im Dunkeln auf die Windschutzscheibe zurasen und einen nach kurzer Zeit in Trance versetzen. Sieht aus wie das Umschalten in Lichtgeschwindigkeit bei den alten Science-Fiction-Filmen. Nur dass ich statt mit Lichtgeschwindigkeit immer langsamer vorankomme.

Vielleicht sollte ich doch besser umkehren und zurück in die Stadt fahren.

Ist vielleicht gar keine schlechte Idee.

Emma, ganz ruhig. Ganz ruhig.

So, das war's. Ich stehe mitten in Sibirien.

Beim Wendemanöver ist der Wagen weggerutscht und hängt jetzt mit einem Reifen im Graben. Und die restlichen drei schaffen es bei dem Schnee nicht, das Ding da rauszuholen.

Ich stehe in dieser Scheißkälte und sehe mittlerweile aus wie ein Schneemann, der die dickste Kugel in der Mitte hat, und hoffe, dass irgendwann ein Auto vorbeikommt. Oder ein Traktor. Von mir aus auch ein Pferdeschlitten. Aber da ist nichts in Sicht. Ist ja auch kein Wunder bei dem Sauwetter.

Wie peinlich! Ich sitze im Auto, die Standheizung läuft, und ich habe mir gerade in die Hosen gemacht. Wahrscheinlich vor Angst. Das ist mir seit meinem dritten Lebensjahr nicht mehr passiert.

Und dann wird mir klar, dass das, was in Unmengen meine Beine runterläuft, kein Pipi ist.

Meine Fruchtblase ist geplatzt.

Und im nächsten Moment kommt der erste Schmerz wie eine Welle angerollt.

Ich versuche »ja ja ja« zu denken, wie so schön im Schwangerschaftskurs gelernt, und schreie »nein nein nein«.

Moritz!

Ich greife mit zitternden Fingern nach meinem Handy und wähle Moritz' Nummer.

Bitte. Bitte geh jetzt sofort ran. Es tutet eine kleine Ewigkeit.

»Moritz Pöhlmann. Hallo?«

»Waaaaaaaaaaaaahhhhhhhhh.«

Ich schreie einfach ins Handy. Die nächste Wehe hat mich voll erwischt.

»Emma, Emma, bist du das?«

Moritz' Stimme klingt, als wäre er in Amerika. Irgendwie ist er das ja auch.

Als ich wieder Luft holen kann, macht es *piep piep piep*.

Und der Akku vom Handy gibt den Geist auf.

Ich bin eine blöde Kuh.

Eine blöde schwangere Kuh.

Krümelchen wird bei Kilometer achtundneunzig der Bundesstraße Zehn auf die Welt kommen.

Und ich bin allein.

O nein.

Aber Kühe können doch auch ihre Kälber alleine kriegen, oder nicht?

Ich knie im Vierfüßlerstand auf der Rückbank. Hechhhhhhhhhle mir bei jeder Wehe einen ab (alle drei, vier Minuten … da hab ich wohl noch was vor mir), verfluche Gott, Sex, den Winter und am meisten mich selbst, als die Tür vom Auto aufgerissen wird.

Moritz blickt entgeistert auf mein Hinterteil, das sich ihm entgegenreckt.

»Ist das Baby schon da?«

Nele steht hinter Moritz, ein riesiges Badetuch in der Hand.

Wie ich sie kenne, hat sie auch eine Wanne voll heißem Wasser dabei.

Nele fährt wie eine gesengte Sau.

Die nächste Frauenklinik ist in Prien. Zehn Kilometer weg. Im Notfall könnten wir auch zum Tierarzt in Eggstätt gehen. Nele hat das alles recherchiert. Sie ist wirklich pragmatisch veranlagt.

Moritz hat nach meinem Anruf Nele aus ihrer Konferenz gezerrt. Er hat mit einer Schere vor ihr rumgefuchtelt und ihr gedroht, er würde sie auf der Stelle kahl scheren, wenn sie ihm nicht sagt, wo ich bin.

Nele hat (im Nachhinein muss ich sagen: Gott sei Dank) sofort gestanden. Man muss das verstehen. Sie hängt eben an ihren viel zu dünnen Haaren, die sie mühselig über Jahre auf Schulterlänge gezüchtet hat.

Als sie bei Nele zu Hause waren und meine Nachricht gefunden haben, sind sie sofort hinter mir hergefahren.

Wir schlittern über die Landstraßen.

»Emma, durchhalten. Halt durch.« Moritz sitzt hinten bei mir auf der Rückbank und hält meine Hand.

Ich kralle ihm bei jeder Wehe meine Fingernägel rein. Ich halte seltsamerweise locker durch. Wehen tun zwar scheißweh, deshalb heißen sie schließlich Wehen, aber in den Pausen dazwischen könnte ich noch Witze reißen. Sind wahrscheinlich jede Menge Endorphine, die jetzt durch mich hindurchströmen, damit man während einer Geburt nicht völlig abdreht.

Und es ist nicht so, wie es mir erzählt wurde. Wahrscheinlich ist es sowieso für jede Frau völlig anders. Ich habe, glaube ich, in meinem Leben vor nichts so viel Angst gehabt wie vor der Geburt von Krümelchen. Und jetzt, wo ich mittendrin bin, ist es völlig anders, als ich dachte.

Während ich schwanger war, hatte ich die ganze Zeit ein Gefühl, als würde ich mit voller Wucht auf eine Betonwand zurasen und es gäbe nirgendwo eine Notbremse. Ab dem dritten Monat kann man aus einer Schwangerschaft eben nur noch durch eine Geburt aussteigen – egal in welcher Form sie auch stattfinden wird –; das Baby muss raus, und es wird nicht einfach morgens fröhlich krähend neben einem liegen.

Aber jetzt, wo es wirklich losgeht und Moritz und Nele da sind, ist es trotz der Schmerzen wundervoll. Genau.

Komischerweise fällt mir jetzt das Wort wundervoll dazu ein. Und irgendwie ist das – auuuuuuuutsch – wirklich wahr.

Denn egal wie ... bald werde ich Krümelchen zum ersten Mal im Arm halten.

Moritz ist völlig aufgelöst. Jedes Mal, wenn ich jaule, jault er mit. Man könnte meinen, er muss das Kind bekommen.

»Oh, Mann, Emma, es tut mir Leid ... so Leid ... waaaa-ahhhhh, atmen, atmen ... du musst atmen ... ich hab einen solchen Scheiß gebaut ... ich wollte dich eigentlich wirklich nur überraschen und ein Au-pair-Mädchen für Krümelchen besorgen, damit du deinen Job bei Newsletter machen kannst ... waaaahhhhh ... Luft holen, Emma, Luft holen ... siehst du ... so ... aber irgendwie war ich auch schwanger ... auf jeden Fall sind die Hormone mit mir durchgegangen ... anders kann ich mir das nicht erklären ... aauuu-utsch ... das hat wehgetan ... aber Emma, ich schwöre dir, ich habe nicht mit ihr geschlafen ... ich bin überhaupt nicht mit ihr nach Berlin geflogen ... als wir im Flugzeug waren, habe ich plötzlich an dich und an das Baby denken müssen ... und dass du alleine mit dem dicken Bauch zu Hause sitzt und dass ich auch nicht immer gut zu euch beiden war in letzter Zeit ... schließlich bist du schwanger und hast jedes Recht der Welt, kompliziert zu sein ... du trägst schließlich unser gemeinsames Baby ganz alleine ... und ich hätte dir mehr helfen sollen ... die deutsche BA wird mich wahrscheinlich nie wieder einsteigen lassen, so einen Terror hab ich veranstaltet ... die waren schon auf dem Rollfeld ...«

Ehrlich gesagt, könnte mir Moritz im Moment auch erzählen, er hätte ein ganzes weibliches Fußballteam durchgevögelt ... es wäre mir gerade egal ... Hauptsache, er ist hier, bei mir und hält jetzt meine Hand.

Ich greife noch fester zu und ziehe Moritz zu mir runter.

»Versprich mir eines … au Shiiiiiiiiiit …«

Nele schlingert in die Auffahrt der Klinik.

»Alles, Emma, ich versprech dir alles, ich werde nie, nie wieder eine andere Frau auch nur anschauen, ich werde immer treu sein … und mein Geschirr gleich in die Spülmaschine stellen und …«

»Ach, vergiss es … wahhhhhhh … versprich mir nur, dass ich eine PDA bekomme, und zwar sofort … wahhhhhh.«

Ich liebe den Anästhesisten. Ich möchte ihn heiraten. Er ist der tollste Mann auf Erden. Die Wehen tun nicht mehr weh. Ich spüre sie noch, aber ohne den Schmerz … das ist wie Achterbahnfahren, ohne dass man kotzen muss … wie tonnenweise Eis essen, ohne dick zu werden.

Ich schicke Moritz und Nele mal raus – die beiden sehen aus, als könnten sie einen Kaffee gebrauchen. Oder noch besser einen Schnaps.

Mir jedenfalls geht es ganz wunderbar. Wunderbar.

Krümelchen leider nicht mehr. Ihre Herztöne machen schlapp, und eine freundlich lächelnde Oberärztin mit Damenbart plädiert entschieden für einen Kaiserschnitt.

Moritz ist zurück und wird bei dieser Nachricht noch blasser im Gesicht. Nele ist vor Erschöpfung draußen eingeschlafen.

Dann geschieht alles ganz schnell. Der wundervolle Anästhesist setzt mir noch eine Spritze (jetzt fällt mir auf, der hat fast keine Haare mehr auf dem Kopf, dafür ziemlich viele in der Nase … also das mit dem Heiraten werde ich mir noch überlegen), und dann schneiden sie mir bei vollem Bewusstsein den Bauch auf.

Ich starre auf eine grüne Wand, die vor meinem Gesicht aufgespannt wurde. Moritz sitzt mit Mundschutz und grünem Käppi neben mir und streichelt meine Wange. Vielleicht hätte er doch Arzt werden sollen. Verdammt sexy sieht er aus.

An was ich alles denke, während die Ärzte an meinem Unterleib rumzerren, um Krümelchen unbeschadet auf die Welt zu bringen.

Ich bin hellwach, aber auch richtig high – das Schmerzmittel wirkt anscheinend ganz hervorragend. Kein Wunder, nach neun drogenfreien Monaten.

Und dann höre ich es.

»Wäääähhhh wääääähhhhh.«

Klingt ziemlich empört. Ist ja auch nicht schön, aus dem warmen dunklen Bauch in den kalten neonerleuchteten OP gezerrt zu werden.

Ihr erster Schrei. Der Wahnsinn.

Während die Ärzte meinen Bauch wieder zunähen, legt mir jemand Krümelchen neben meinen Kopf.

Ich blicke ihr direkt in die Augen.

Hallo. Darf ich vorstellen. Ich bin deine Mama.

Ich kann es selbst kaum glauben. Sie kommt von ganz weit her und ist noch nicht richtig da.

Trotzdem sieht sie mich an, als würden wir uns aus einem früheren Leben kennen.

Kurz darauf sind wir wieder zurück im Kreißsaal.
Moritz und ich, wir drei.

Mit Krümelchen, die endlich richtig auf der
Welt ist. Ein vollständiges, fertiges Baby. Alles
dran. Unglaublich. Ein kleiner Mensch.

Nele hat sie kurz bewundert und uns dann alleine gelassen. Sie kommt aber morgen früh gleich
als Erste zu Besuch und will die Maus dann mindestens eine Stunde auf dem Arm halten. Schließlich ist sie ja die Patentante.

Alles ist ruhig. Das Licht gedämpft.

Krümelchen ist frisch gebadet, in eine Decke eingewickelt und liegt auf meinem Bauch. Moritz sitzt auf einem
Stuhl neben uns und sieht so glücklich aus, dass er gleichzeitig wahnsinnig dämlich aussieht.

Von Krümelchen kann eigentlich keine Rede sein. Wie
sich rausgestellt hat, ist Krümelchen ein ziemlicher Krümel.
4100 Gramm schwer, 53 Zentimeter lang (wie bitte gehen
53 Zentimeter Minimensch in meinen Bauch? – die Natur
ist ein echter Verpackungskünstler) und pumperlgesund.

Beide Agpar-Tests mit jeweils zehn Punkten bestanden.
Ich bin stolz. Wir werden sie gleich in Harvard anmelden.

Unfassbar.

Ich kann keine Sekunde meine Augen oder meine Nase
von ihr lassen. Sie riecht unglaublich gut. Nach Zimt und
Marzipan und Rosen.

Sie ist ein Wunder.

Und sie ist einfach wundervoll.

Keine Ahnung, wo sie wirklich herkommt. Aus meinem

Bauch nur teilweise. Irgendwie bin ich mir sicher, sie ist eigentlich direkt vom Himmel gefallen. In unsere Arme.

Unglaublich.

Sie hat mich und Moritz als ihre Eltern ausgesucht.

Das ist eine große Ehre.

Ich hoffe, wir werden uns als ihrer würdig erweisen.

Oh, verdammt. Sie ist noch nicht eine ganze Stunde auf der Welt, und ich glaube, Moritz und ich brauchen dringend noch mal so was.

Moritz streicht ihr vorsichtig über eine Wange und strahlt erst sie und dann mich an. »Wenn ich sie so anschaue, glaub ich, wir brauchen dringend noch mal so was«, sagt er mit einem ziemlich verwegenen Grinsen im Gesicht.

Irgendwie krieg ich trotz langsam einsetzender Schmerzen, weil die PDA nachlässt, auch so was wie ein schiefes Lächeln hin, während Krümelchen kleine, leise Babygeräusche macht.

»Geht klar – aber die nächste Schwangerschaft übernimmst du.«

Moritz küsst mich. Und dann küsst er ganz, ganz vorsichtig Krümelchen.

Krümelchen pinkelt mir vor Begeisterung auf den Bauch.

Ich liebe Moritz. Ich liebe Krümelchen.

Und ich bin so glücklich wie noch nie nie nie in meinem ganzen Leben.

Rabääääääähhhhhhhhhhh!!!!!!!

Ach ja.

Bulle hat uns beide gleich am nächsten Tag mit seiner Frau besucht. Sie ist schwanger, Anfang dritter Monat, und die beiden strahlten über das ganze Gesicht. Er hat mir einen neuen Job angeboten. Er wechselt zu einem anderen Verlag und braucht dringend eine gute Journalistin. Für ein neues Nachrichtenmagazin. Seriös und ernsthaft. Richtiger Journalismus. Krümelchen kann ich einfach mitnehmen. Die haben dort einen Kinderhort.

Und Nele hat einen neuen Mann kennen gelernt. Was Ernstes, sagt sie. Er ist allein erziehend mit einem drei Jahre alten Sohn. Da kann sie schon mal Mama üben.

Krümelchen ist jetzt ein paar Wochen alt. Ich bin immer noch glücklich mit ihr – und mittlerweile glücklich mit Moritz verheiratet. Natürlich hatten wir in der Hochzeitsnacht endlich wieder tierisch guten Sex (in unseren Träumen in den knappen zwei Stunden Schlaf, die Krümelchen uns gegönnt hat).

JUNGE AUTORINNEN
BEI GOLDMANN

Freche, turbulente und umwerfend komische Einblicke in die Macken
der Männer und die Tricks der Frauen.

Helen Fielding
Hummer zum Dinner
Roman

44687

Maeve Haran
Fang noch mal von vorne an
Roman
Von der Autorin des Bestsellers
»Liebling, vergiß die Socken nicht!«

43584

Jane Heller
Fahr zur Hölle, Liebling
Roman

43619

Janet Evanovich
Vier Morde und ein Hochzeitsfest
Roman
»Diese funkensprühenden Krimis lassen
die gesamte Konkurrenz hinter sich!«
Booklist

54135

GOLDMANN